Alexandra Mor

Lilienfeuer

cbj

© Neal Preston

DIE AUTORIN

Alexandra Monir wuchs in der Nähe von San Francisco auf. Sie ist Schriftstellerin und Musikerin und hat bereits erfolgreich Bücher für Erwachsene veröffentlicht. »Lilienfeuer« ist ihr erstes Jugendbuch. Die Autorin lebt zurzeit in Los Angeles und schreibt an ihrem nächsten Buch, bloggt für die Huffington Post und ist dabei, ein Musical zu komponieren.

ALEXANDRA MONIR

LILIEN FEUER

Aus dem amerikanischen Englisch
von Michaela Link

cbj

Kinder- und Jugendbuchverlag
in der Verlagsgruppe Random House

MIX
Papier aus verantwortungsvollen Quellen
FSC® C083411

Verlagsgruppe Random House FSC® N001967
Das für dieses Buch verwendete FSC®-zertifizierte
Papier *Schleipen Werkdruck* liefert
Cordier, Deutschland.

1. Auflage
Deutsche Erstausgabe Oktober 2015
Gesetzt nach den Regeln der Rechtschreibreform

Die Originalausgabe erschien 2014 unter dem Titel »Suspicion«
bei Delacorte Press, einem Imprint von Random House Children's Books,
einer Abteilung von Random House LLC,
in der Verlagsgruppe Penguin Random House, New York.

Aus dem amerikanischen Englisch von Michaela Link
Lektorat: Julia Przeplaska
Umschlagbild: Mädchen © 2014 by Antenna/Getty Images,
Labyrinth © 2014 by Mopic/Shutterstock
Umschlaggestaltung: init.büro für gestaltung, Bielefeld,
unter Verwendung des Designs von Alison Impey
KK · Herstellung: wei
Satz: KompetenzCenter, Mönchengladbach
Druck und Bindung: CPI books GmbH, Leck
ISBN: 978-3-570-40274-0
Printed in Germany

www.cbj-verlag.de

FÜR ZAZA, MEINE MOM,

die liebevollste Mutter auf der Welt und meine beste Freundin. Danke, dass du auf jedem Schritt dieser Reise an meiner Seite gewesen bist!

UND ZUM ANDENKEN AN PAPA,

meinen geliebten Großvater, der jetzt mein Schutzengel ist. Danke, dass du das Geschichtenerzählen in mein Leben und Freude in mein Herz gebracht hast.

STAMMBAUM DER FAMILIE ROCKFORD

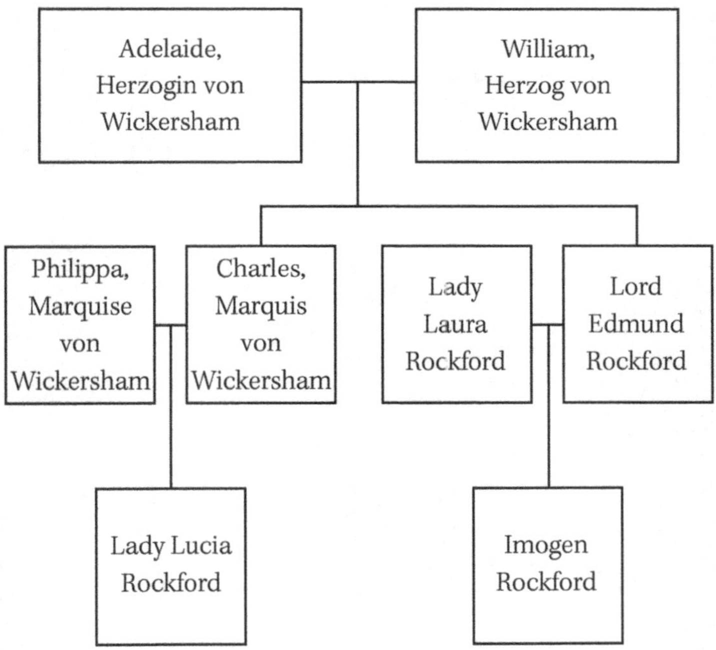

Teil I

Prolog

Eigentlich ist mir dieser Raum vertraut. Ich bin unzählige Male hier gewesen. Aber jetzt erkenne ich nichts mehr wieder. Die leuchtenden Farben sind grau geworden, der Blick aus den Fenstern kommt mir eigenartig fremd vor, und irgendjemand muss die Möbel umgestellt haben, ohne es mir zu sagen. Nichts ist an seinem Platz, und als ich mich in meinen Lieblingssessel setzen will, falle ich fast ins Leere.

Ein Arm bremst meinen Fall und richtet mich auf. Sanft lenkt er mich dorthin, wo der Sessel tatsächlich steht. Ich schließe die Augen und zähle bis zehn. Wenn ich sie wieder öffne, wird alles wieder so sein wie immer. Normal. Aber obwohl die Farben zurück sind und die Möbel an der richtigen Stelle stehen, weiß ich, dass in Rockford Manor nie wieder etwas *normal* sein wird. Nie mehr.

Ich hätte nicht verdrängen dürfen, was ich vor Jahren am eigenen Leib erfahren habe – dass es nur einer einzigen

Nacht bedarf, um einen Ort ganz grundlegend zu verändern; dass ein einzelnes Ereignis einen soliden Bau zum Einsturz bringen und einem Zuhause die glücklichen Erinnerungen eines ganzen Jahrzehnts rauben kann. Aber ich habe nicht damit gerechnet, dass es zweimal passieren würde. Ich habe mich wieder von Rockford Manor vereinnahmen lassen, und selbst jetzt, da ich am liebsten fliehen würde, kann ich diesem Stück Erde nichts entgegensetzen. Es zieht mich herunter und sickert in mich ein, bis ich nicht mehr weiß, wo ich ende und es beginnt. So ist es wohl, wenn man seine Identität an einen Ort bindet: Er kann dich verraten, kann deine Illusionen zerstören – und doch kommst du nicht von ihm los.

»Geht es Ihnen gut, Hoheit?«

Ich antworte nicht, weil ich mich zuerst nicht angesprochen fühle. Die Anrede ist mir immer noch fremd, und in meinem Schockzustand warte ich darauf, dass jemand anders – eine echte Herzogin – antwortet. Aber dann besinne ich mich und schaue auf.

Oscar, der Butler, steht mit bleichem Gesicht vor mir.

»Ich fürchte, die Behörden verlangen, dass Sie aussagen. Ein Beamter wartet in der Bibliothek.«

Ich senke den Blick zu Boden.

»Von Ihnen wird nur erwartet, dass Sie die Wahrheit sagen«, fügt er sanft hinzu.

»Die Wahrheit?«, wiederhole ich. *Wo fange ich an? Und wer würde mir jemals glauben?*

»Ja. Von Anfang an.«

»Das würde bedeuten, dass ich sieben Jahre zurückgehen muss«, flüstere ich.

Irgendwo tief in mir weiß ich, dass die Ereignisse des

heutigen Abends mit jenen vor so vielen Sommern zusammenhängen. Aber es wird wehtun, so weit zurückzugehen, die Erinnerungen an eine Zeit aufleben zu lassen, zu der ich anders war – unschuldig, unberührt von Tod oder Skandalen.

Oscars Miene wird weicher.

»Kennen Sie nicht den alten Spruch, dass die Wahrheit befreit? Vielleicht wird es Ihre Last mindern, wenn Sie Ihre Geschichte erzählen.«

Ich starre aus dem Fenster, zu den Bäumen mit den Lichterketten. Sie glitzern immer noch, lange nach dem abrupten Ende der Party. Dieselben Bäume, die Rockford Manor schon Jahrhunderte vor mir ihr Zuhause genannt haben, sind Zeugen meiner Geschichte – sie sind genauso darin verwickelt, wie ich es bin.

»Hoheit, ich fürchte, Sie haben keine andere Wahl«, fährt Oscar fort und schreitet durch den Salon. »Sie sind zu einer vollständigen Aussage verpflichtet. Allerdings – da Sie unter Schock stehen, werde ich dem Beamten vielleicht begreiflich machen können, dass er am besten morgen wiederkommt.«

Ich nicke dankbar.

»Ja, bitte.«

»Und ich schlage vor, dass Sie mir, wenn ich zurück bin, die ganze Geschichte erzählen. Dann können wir entscheiden, was wir die Behörden wissen lassen.« Oscars Augen werden warm, als er mich ansieht. »Sie können sich darauf verlassen, dass ich alles tun werde, um Sie zu beschützen. Ich habe mein ganzes Leben im Dienst Ihrer Familie verbracht. Sagen Sie mir die Wahrheit – und erlauben Sie mir, wieder nützlich zu sein.«

Ich bleibe stumm und sehe Oscar nach, der aus dem Raum und in den Flur tritt. Ich weiß nicht, was er tun könnte, um mir zu helfen ... aber in diesem Augenblick ist er alles, was ich habe.

Erinnerungen steigen auf, während ich mir vorstelle, wie ich endlich meine Geschichte erzähle. Mein Geist stolpert durch die Tage, Monate und Jahre zurück, bis ich wieder sie bin: die zehn Jahre alte Imogen Rockford, der die Welt zu Füßen liegt.

Jede Familie hat ihren Schandfleck. Den Missratenen, den Unruhestifter, den Gestrauchelten – jedes große Haus der englischen Aristokratie hat mindestens einen dieser Charaktere vorzuweisen. Wir kennen ihre Geschichten in- und auswendig; wir haben davon in Büchern gelesen, sie bei unseren Nachbarn und vielleicht sogar unter unserem eigenen Dach erlebt. Aber was geschieht, wenn dieser Schandfleck einer Familie alles übersteigt, was wir verstehen oder für möglich halten? Wie sollen wir entscheiden, ob etwas »gut« oder »böse« ist, das wir nie zuvor erlebt und von dessen Existenz wir nichts geahnt haben?

Können wir so etwas überhaupt beurteilen?

»Die Rockfords: Wahrnehmung kontra Irrglaube«, The ISIS Magazine

I

Juli 2007

Ich richte mich höher auf der Rückbank auf und umklammere aufgeregt Mums Hand, während der Wagen durch die Straßen von Wickersham Village kurvt. Als wir die schwarzen Eisentore erreichen, auf denen das vergoldete Familienwappen der Rockfords prangt, ist der Augenblick, auf den ich mich so sehr gefreut habe, endlich gekommen: Zum ersten Mal auf dieser Reise wird mein Blick auf meinen Lieblingsort in England fallen.

Die Tore öffnen sich und unser Wagen rollt hindurch. Ich lehne mich aus dem Fenster und betrachte voller Ehrfurcht den sich kräuselnden blauen See und die weitläufige Parkanlage, die sich über Meilen erstreckt. Die gebogenen Äste der Bäume weisen uns den Weg zu dem Palast in der Ferne: Rockford Manor. Das Landhaus, das Dads Familie seit dem 18. Jahrhundert gehört, ist eher ein Märchenschloss als ein Haus mit seinen prächtigen Säulen, Kuppeltürmen, weitläufigen Gärten und fast zweihundert Zimmern – von denen ich die meisten noch nicht erkundet habe.

»Wir sind zu Hause!«, sagt Dad gut gelaunt und dreht sich auf dem Beifahrersitz nach hinten, um Mum und mich anzulächeln.

»Ich wünschte, es wäre unser Zuhause«, antworte ich und hopse auf meinem Sitz herum, während wir uns dem Haus nähern. »Lucia hat so ein Glück, dass sie tatsächlich hier wohnen darf.«

»Und *du* hast Glück, dass du so ein schönes Zuhause in New York hast, das auf uns wartet«, wirft Mum spitz ein. Immer hält sie Ausschau nach Zeichen dafür, dass unser jährlicher Sommerurlaub in Rockford meinen Charakter verdirbt.

»Ich weiß, ich weiß.«

Und es ist wahr. Ich liebe unsere Wohnung in Tribeca und das noch mehr, seit meine Freundin Zoey Marino in dasselbe Gebäude gezogen ist. Aber jeden Sommer verzaubern mich Rockford Manor und das englische Landleben etwas mehr: allmorgendliche Ritte durch den Park mit meiner Cousine, Kricket auf dem Rasen, Nachmittagstee mit Butterscones im Rosengarten, verregnete Tage, die ich eingekuschelt in der riesigen Bibliothek verbringe, Spaziergänge durch lange Flure, in denen Kunstschätze warten, wie sie sonst nur ein Museum zu bieten hat, und vor allem ... Besuche von dem einzigen Jungen, mit dem ich jemals befreundet sein wollte: Sebastian Stanhope.

Ich glaube, ich werde nie verstehen, warum Mum und Dad nach meiner Geburt beschlossen haben wegzuziehen, statt in diesem Paradies zu bleiben. Ich habe sie Dutzende von Malen gefragt, und sie sagen immer, dass wir wegen

Dads Job nach New York gezogen seien – was mir ein wenig seltsam vorkommt, weil es ja auch in England Anwälte gibt.

Meine Gedanken eilen davon, als wir unter einem hohen steinernen Bogen ein weiteres Tor erreichen, ein Zeichen, dass wir fast da sind. Die Reifen des Autos knirschen auf dem Kies, als wir in die geschwungene Auffahrt einbiegen, die zu beiden Seiten von akkurat getrimmtem Rasen gesäumt wird. Und plötzlich sind wir im großen Innenhof, den die Natursteinmauern, Säulen und Türme des Herrenhauses umgrenzen. Auf der Treppe zum Herrenhaus haben sich dessen Bewohner in zwei Reihen aufgestellt, um uns zu begrüßen – die Familie vorn, das Personal dahinter.

»Benimm dich, Imogen«, sagt Mum sanft, als der Wagen vor dem Haus ausrollt. Ich nicke ungeduldig. Der Fahrer beeilt sich, um die Türen zu öffnen, und Mum und ich folgen Dad in den großen Innenhof. Ich halte die Luft an bei meinen ersten Schritten auf dem Boden von Rockford, und die Empfindungen, die ich nur hier habe, lassen mein Herz schneller schlagen. Der Wind wispert in meinem Haar, die Blüten leuchten auf, wenn ich an ihnen vorbeigehe, und mein ganzer Körper fühlt sich anders an, geweckt von Adrenalin, das mir zu Hause zu fehlen scheint. Heute ist es stärker als in den vergangenen Jahren. Ob es jemand bemerken wird? Oder ist meine besondere Verbindung zu dem Land sicher in meiner Fantasie verborgen?

Die Blätter an den Bäumen neigen sich in meine Richtung, und meine Hände vibrieren beinahe, als ich nach ihnen greife. Aber bevor ich die Bäume begrüßen kann, nimmt Dad meine linke Hand, und Mum umfasst die andere. So gehen wir auf die Fronttreppe mit den vielen Menschen zu.

Ich finde den Blick meiner Cousine Lucia sofort, aber ich bin klug genug, sie nicht als Erste zu begrüßen. Stattdessen treten Mum, Dad und ich vor den grauhaarigen Herrn, der in einem Rollstuhl in der Mitte der vorderen Reihe sitzt: meinen Großvater, den Herzog von Wickersham. Dad verneigt sich ernst und beugt sich dann vor, um seinem Vater die Wange zu küssen. Mum macht einen Knicks und ich tue das Gleiche – und erröte wie immer, wenn ich vor Publikum knicksen muss.

Bis zu dem Tag, an dem ich in die Schule kam, hatte ich keine Ahnung, dass meine Familie etwas Besonderes ist. Die anderen Kinder behandelten mich völlig normal, aber alles wurde anders, als die Schule dann zum ersten Mal aus war und die Eltern und Kindermädchen ihre Schützlinge abholen kamen. Aus irgendeinem Grund waren diese fremden Erwachsenen erpicht darauf, *mich* kennenzulernen, und in ihren Augen stand Bewunderung, wenn sie in gedämpftem Ton meinen Namen nannten. Und als Mum ins Klassenzimmer kam, richtete sich die Aufmerksamkeit schnell auf sie, begleitet von unbeholfenen Knicksen und aufgeregten Echos von »Lady Rockford!«. Die ganze Szene verwirrte mich sehr, und als Mum mich aus dem Gedränge befreit hatte, musste sie mir erst einmal erklären, dass mein Großvater der Herzog von Wickersham war – einen höheren Rang haben in England nur die Mitglieder der Königsfamilie. Jeder, der Krönungen und königliche Hochzeiten im Fernsehen ansah, der am Leben des englischen Adels Anteil nahm und Klatschzeitschriften las, wusste, wer wir waren.

Aber auch wenn wir in Amerika schrecklich wichtig erscheinen mochten, so erfuhr ich doch schon bald, dass es noch einen anderen, ranghöheren Zweig in unserem Familienstammbaum gab: Dads älteren Bruder, Charles, den Marquis von Wickersham, der Rockford erben würde, wenn Großvater starb. Also steht meine Cousine Lucia in der Rangfolge vor mir, so wie sich Onkel Charles und Tante Philippa vor Mum und Dad einreihen. Lucia wird *Lady* Lucia genannt, obwohl sie erst zwölf ist, während ich einfach Imogen bin. Aber das macht mir nichts aus. Schließlich leben sie das ganze Jahr über in Rockford und wir sind nur Sommergäste. Da scheint es nur natürlich, dass sie wichtiger sind.

Ich wende mich ihnen jetzt zu und neige zur Begrüßung den Kopf vor meiner Tante und meinem Onkel und nach einem gekicherten »Guten Tag, Mylady!« an Cousine Lucia kann ich endlich die Förmlichkeiten hinter mir lassen. Ich umarme sie und sie zieht mich fest an sich. An ihrem Lächeln sehe ich, wie glücklich sie ist, dass ich da bin.

Lucia sagt immer, ich sei die kleine Schwester, die sie niemals hatte, und es ist eine Rolle, die ich nur allzu gerne spiele. Ich war schon immer fasziniert von meiner Cousine. Durch die beiden Lebensjahre, die sie mir voraushat, wirkt sie so viel glamouröser und kultivierter als ich. Und etwas im Blick ihrer braunen Augen lässt darauf schließen, dass sie von Dingen weiß, die mir vorzustellen ich noch nicht einmal begonnen habe – und in jedem Sommer hoffe ich aufs Neue, dass sie beschließen könnte, ich sei alt genug, um ihre Geheimnisse zu teilen. Vielleicht ist es in diesem Sommer so weit.

»Eure erste Aufgabe besteht darin, alles Unkraut zu jäten, das ihr vielleicht noch in den Beeten entdeckt. Dann grabt ihr ein kleines Loch und gießt etwas Wasser hinein. Pflanzt dann die Blumenzwiebeln ein und klopft die Erde darüber wieder fest. Genau so.«

Wir vier befolgen Max' Anweisungen, und Lucia beginnt, leise zu singen, während sie arbeitet. Sie hat ein melancholisches Lied angestimmt, das ich noch nie zuvor gehört habe.

»I know dark clouds will gather round me,
I know the road is rough and steep.
But golden fields lie just beyond me,
Where weary eyes no more will weep …«

Ich streiche mit der Hand über die Erde und verspüre plötzlich ein unheimliches, elektrisches Kribbeln unter den Fingerspitzen. Ich zucke mit zitternden Händen zurück.

»Geht es dir gut?«, fragt Sebastian und sieht mit sorgenvollen Augen auf mich herab.

»Mmh-hmm.« Ich gucke verlegen weg, bevor ich mich wieder meiner Aufgabe widme und zaghaft mehr Erde über den Blumenzwiebeln ausbreite. Das Kribbeln erfasst meine Hände noch einmal, und ich presse die Augen zusammen, weil mich ein stechender Schmerz durchzuckt.

Und dann höre ich, wie Sebastian nach Luft schnappt. Ich öffne die Augen, als Lucia ruft: »Wo ist ihre Blume hergekommen? Ist das ein Trick?«

Verwirrt richte ich den Blick nach vorn – und unterdrücke einen Aufschrei.

Wo Augenblicke zuvor nur eine Blumenzwiebel war,

Mum versetzt mir einen sanften Stoß, und wir drei bewegen uns einige Schritte vorwärts, um die Hausangestellten zu begrüßen. Ich kann mir ein entzücktes Quieken nicht verkneifen, als ich Oscar sehe, den Butler, der mir von allen der Liebste ist.

»Oscar!«

»Miss Imogen.« Er lächelt breit und zieht mich fest in seine Arme. »Sie sind so groß geworden, dass ich Sie fast nicht wiedererkannt hätte.«

»Sie wissen immer genau, was Sie sagen müssen, nicht wahr, Oscar?« Mum grinst und beugt sich vor, um ihn auf die Wange zu küssen.

»Es ist schön, Sie zu sehen, alter Junge.« Dad umarmt ihn herzlich.

Oscar war schon in Rockford Manor, als Dad noch ein Kind war, deshalb stehen sich die beiden besonders nahe. Keiner der Angestellten könnte jemals Oscars Platz einnehmen – am wenigsten die Frau, die jetzt auf uns zukommt. Die Haushälterin, Mrs Mulgrave.

Ich schrumpfe im Schatten ihrer klassisch schönen Gestalt. Mit rabenschwarzen Augen blickt sie auf mich herab, und ich werde das ungute Gefühl nicht los, dass sie mich einer Musterung unterzieht, mich beurteilt und für mangelhaft befindet. Ihre dünnen, schwarzen Augenbrauen ziehen sich in die Höhe, während sie uns drei betrachtet, und als sie spricht, sehe ich ihr nicht in die Augen – stattdessen konzentriere ich mich auf das kleine schwarze Muttermal an ihrem Kinn.

»Willkommen zurück, Lord und Lady Rockford«, sagt sie mit ihrer glatten Stimme. »Imogen.«

»Ich danke Ihnen, Mrs Mulgrave.« Dad schüttelt ihr die

Hand und tauscht dann einen schnellen Blick mit Mum, der scheinbar nur mir auffällt.

»Sie erinnern sich noch an Maisie, meine Tochter.« Mrs Mulgrave deutet auf das Mädchen weiter hinten in der Reihe der Hausangestellten. Sie ist etliche Zentimeter größer als ich und trägt einen schwarzen, knielangen Rock und eine dazu passende Bluse. Das Haar hat sie zu einem Knoten aufgesteckt.

»Natürlich.« Mum geht die Reihe entlang, um sie zu begrüßen. »Schön, dich zu sehen, Maisie.«

Ich bleibe verlegen zurück. Wie immer beunruhigt mich Maisies Gegenwart. Sie ist ungefähr in unserem Alter und sieht uns so ähnlich, dass man sie glatt für eine dritte Cousine halten könnte – das war es dann aber auch schon mit den Gemeinsamkeiten. Während Lucia und ich Rockford-Erbinnen sind, arbeitet Maisie als Dienstmädchen im Herrenhaus. Meiner Meinung nach ist das der große Fehler an der Lebensart meiner Familie. Jemand wie ich kann mit so viel geboren werden, während ein anderer gezwungen ist, mit so wenig zurechtzukommen. Und es gibt keinen richtigen Grund dafür, es ist reiner Zufall.

Als ich Maisie jetzt anschaue, verstricke ich mich unversehens in eine imaginäre Auseinandersetzung mit ihr und denke darüber nach, wie unfair es ist, dass sie in den Dienstbotenquartieren leben muss, statt eine Kindheit wie meine zu genießen. Aber Dad sagt, das sei ganz normal für Kinder des Personals in englischen Häusern – vor allem für Kinder wie Maisie, die eine Halbwaise ist –, und er hat mir versichert, dass sie in Wickersham Village die Schule besucht und in Rockford gut behandelt wird. Trotzdem … es scheint mir nicht richtig zu sein.

Mrs Findlay, die Köchin, tritt als Nächste vor, um uns zu begrüßen, gefolgt von ihrer Küchenhilfe, zwei Dienern und zwei Hausmädchen. Zu guter Letzt kommt Max, der Gärtner. Nach der langen Folge von Begrüßungen tragen die Diener unser Gepäck hinein, während der Rest des Personals sich zerstreut. Lucia ergreift meine Hand.

»Gehen wir zu unserem Bootshaus.«

Ich lächele begeistert, weil sie die kleine Zuflucht neben dem See als »unsere« bezeichnet. Als wir uns zum Gehen wenden, spüre ich Blicke auf mir ruhen. Ich schaue auf und stelle fest, dass Maisie mich ansieht.

»Sollten wir ... sie einladen?« Ich deute mit dem Kopf auf das Mädchen.

Lucia wirft mir einen fassungslosen Blick zu.

»Bist du verrückt geworden? Natürlich nicht.«

»Du hast recht«, sage ich schnell. »Ich weiß nicht, warum ich gefragt habe.«

Aber als wir über den Rasen zum See laufen, verspüre ich trotz meiner Freude darüber, wieder bei Lucia in Rockford zu sein, ein beharrliches Unbehagen.

Am nächsten Nachmittag machen wir ein Picknick im Schattengarten, einem der Dutzend Gärten im weitläufigen Gelände hinter dem Haus. Der Schattengarten ist mir von allen der liebste. Er ist das einzige Fleckchen auf den Rockford'schen Ländereien, das für die Dorfbewohner und Touristen geschlossen bleibt. Ein schmiedeeiserner Zaun umgibt ihn und ohne Schlüssel kommt man nicht hinein.

Ich habe Mum einmal gefragt, warum der Schattengarten für die Öffentlichkeit nicht zugänglich ist. Damit die Familie sich in den Sommermonaten, wenn es in Rockford Manor von Tagesbesuchern nur so wimmelt, auch im Freien irgendwohin zurückziehen kann, hat sie mir erklärt. So sehr ich es genieße, dass wir den Garten ganz für uns haben, versetzt mir der Gedanke einen Stich, dass nur so wenige Menschen die Gelegenheit bekommen, seine Schönheit zu genießen.

Ein mit Blütenblättern übersäter Kiespfad teilt den Garten in zwei symmetrische Hälften mit üppigen Wiesen zu beiden Seiten, flankiert von Zierkirschen. Deren Äste recken sich einander entgegen und formen einen Baldachin aus grünen Blättern und rosafarbenen Blüten. Auf diese Weise entstehen jene tanzenden Schatten auf dem Gras, denen der Garten seinen Namen verdankt. In dieser zauberhaften Umgebung versammelt sich die Familie zum Nachmittagstee. Wir lassen uns auf Decken mit eingesticktem Monogramm auf dem Gras nieder, wo uns Mrs Mulgrave und Maisie ein turmhoch mit Scones, Sandwiches und Pasteten beladenes Tablett servieren.

Während sich Dad lebhaft mit Großvater, Onkel Charles und Tante Philippa unterhält, zieht Mum mich auf ihren Schoß und beginnt, mein ungebärdiges blondes Haar neu zu flechten. Ich halte Ausschau nach Lucia und frage mich, wohin sie verschwunden ist, als ich das Funkeln in Mums Augen bemerke und das wissende Lächeln auf ihren Lippen.

»Die Stanhopes sind da«, flüstert sie mir ins Ohr.

Ich schnappe scharf nach Luft und springe schnell von Mums Schoß auf, bevor Sebastian mich in einer so babyhaften Position vorfinden kann. Es ist schlimm genug, dass ich gerade mal zehn Jahre alt bin und er fast ein Teenager ist – da muss ich zumindest erwachsen *tun.*

Das Gras klebt an meinen nackten Füßen, als ich lächelnd aufstehe und beobachte, wie Sebastian Stanhope seinem jüngeren Bruder Theo und ihren Eltern, dem Graf und der Gräfin Stanhope, durch das Tor und in den Garten folgt. Sebastians Familie lebt in Stanhope Abbey in dem nahe gelegenen Städtchen Great Milton, und sie waren schon enge Freunde der Rockfords, bevor meine Eltern überhaupt geboren wurden. »Es ist eine ererbte Freundschaft«, hat Dad einmal gescherzt. »Zwei große Familien, in Freud und Leid vereint und das einfach nur aus Gründen der Nachbarschaft und des Einflusses.« Für mich sind die Stanhopes viel mehr als das. Vor allem Sebastian.

Während mir die Jungen in meiner Schule in New York null Aufmerksamkeit schenken, ist Sebastian schon mein Freund, seit ich denken kann. Er hat mich festgehalten, damit ich nicht stürze, als ich zum ersten Mal Fahrrad gefahren bin, und jeden Sommer hat er mich mitspielen und mitlachen lassen. Jedes Mal durchläuft mich ein Kribbeln, wenn er sich neben mich setzt und mich über mein Leben in Amerika ausfragt. Und immer nennt er mich bei dem Spitznamen, den er mir gegeben hat, dem Namen, den nur er benutzen darf: Ginny. Sebastian ist anders als alle anderen Jungen, die ich kenne; er ist wie ein Farbklecks auf einem grauen Bild. Vielleicht ist das der Grund, warum er der einzige Junge ist, mit dem ich jemals zu tun haben *wollte.*

Gerade als mir bewusst wird, dass ich ihn ein wenig zu unverhohlen anstarre, fängt Sebastian meinen Blick auf und grinst. Ich will zu ihm laufen, als ich eine geschmeidige blonde Gestalt durch die Bäume in seine Richtung huschen sehe. Lucia.

Lucia strahlt Sebastian an, während sie einander begrüßen, und sie sieht hübscher aus, als ich sie je gesehen habe. Sein Lächeln wird weicher und sein Gesichtsausdruck wird plötzlich scheu. Sie sehen einander ein wenig zu lange an, und keiner von ihnen macht Anstalten, sich abzuwenden – und ich verspüre einen leicht Stich im Magen, bei dem mir schlecht wird. Hat sich seit meinem letzten Besuch etwas geändert?

Ich kann mich noch genau an Lucias Worte vom letzten Sommer erinnern: »Er wird ein Earl sein, wenn er erwachsen ist, und seine Eltern sind gute Freunde von meinen – aber davon abgesehen ist er einfach nur ein dummer Junge wie alle anderen auch.«

In diesem Sommer scheint Lucia ein ganz anderes Lied zu singen. Sie greift kühn nach Sebastians Hand und führt ihn zu ihrem Platz am Rand unseres Picknick-Kreises. Bei diesem Anblick klappt mir der Unterkiefer herunter.

»Richtig schön, dich zu sehen, Imogen!«

Es gelingt mir, den Blick von Sebastian und Lucia loszureißen, nur um seinen kleinen Bruder Theo – den Jungen mit der ständig laufenden Nase – vor mir stehen zu sehen. Ich schenke ihm ein widerstrebendes Lächeln, bevor ich seine Eltern so begrüße, wie ich es gelernt habe.

»Guten Tag, Lord und Lady Stanhope. Wie geht es Ihnen?«

»Glänzend, vielen Dank, meine liebe Imogen«, gurrt Lady Stanhope. »Und wie geht es dir? Wahrhaftig, du bist ein ganzes Stück gewachsen, seit ich dich das letzte Mal gesehen habe.«

»Wirklich?« Das muntert mich ein klein wenig auf. »Das will ich doch hoffen.«

Als die Stanhopes weitergehen, um den Rest der Gruppe zu begrüßen, lasse ich mich wieder ins Gras sinken, und Theo plumpst neben mir auf den Boden. Mum reicht uns ein Tablett mit einer Auswahl an Pasteten, und ich knabbere geistesabwesend an einem Blaubeerscone, während ich beobachte, wie Lucia und Sebastian dicht nebeneinander sitzen und in einem seiner Comicbücher blättern. Ich weiß ganz genau, dass Lucia Comics eigentlich nicht mag, aber heute scheint sie ganz vertieft in Sebastians jüngste Ausgabe von *Iron Man* zu sein. Wo ist die Cousine geblieben, die ich einmal kannte?

Bevor ich wieder dabei ertappt werde, dass ich sie anstarre, unterbricht Oscar Lucias und Sebastians traute Zweisamkeit und zieht sie zu mir und Theo herüber.

»Wie würde es euch vieren gefallen, im Schattengarten ein paar Blumen zu pflanzen?«, schlägt er uns vor. »Max zeigt euch gern, wie es geht.«

»Lassen Sie mich raten«, sagt Lucia und verdreht die Augen. »Dad hat Sie gebeten, uns aus dem Weg zu schaffen, damit er wieder trinken und sich blamieren kann. Ich hab doch recht, oder, Oscar?« Sie lacht bitter.

»Was trinken?«, frage ich, verwirrt über ihren seltsamen Ausbruch. Aber bevor mir jemand antworten kann, wirft Oscar Lucia einen strengen Blick zu.

»Genug von Ihren vorlauten Sprüchen, Lady Lucia. Sie sollten sich hüten, so über Ihren Vater zu sprechen.« Er räuspert sich. »Also, Max war so freundlich, sich etwas zu eurer Unterhaltung einfallen zu lassen, und ich hoffe, ihr werdet ihm eure Anerkennung zeigen, indem ihr höflich seid.«

Mit einem nachdrücklichen Schniefen führt Oscar uns zu den Blumenbeeten am anderen Ende des Gartens. Abgesehen von Lucias Eltern und unserem Großvater scheint Oscar der einzige Mensch zu sein, der ihr ins Gewissen reden darf, und es überrascht mich immer wieder, dass meine dickköpfige Cousine tatsächlich auf ihn hört. Aber obwohl sie verstummt und genau wie wir anderen Oscar folgt, breitet sich ein finsterer Ausdruck auf ihrem Gesicht aus. Als eine unschuldige Fliege vorbeisirrt, fängt sie sie aus der Luft und zerquetscht sie, bevor sie das tote Tier achtlos ins Gras wirft. Ich schaudere und wende den Blick ab. Ich frage mich, ob Sebastian es bemerkt hat, ob es ihn überhaupt interessiert – oder ob ich der einzige Mensch auf der Welt bin, der etwas für eine tote Fliege empfindet.

Max, der Gärtner, ist ein etwas ungepflegter Mann mittleren Alters. Er erwartet uns neben einer Reihe unbepflanzter Beete und reicht jedem einen kleinen Wassereimer, eine Schaufel und eine Handvoll Blumenzwiebeln. Wir haben uns in einer Reihe aufgestellt. Ich finde mich neben Sebastian wieder und meine Wangen werden rot.

»Heute pflanzen wir Feuerlilien, das sind zauberhafte Blumen mit flammend orangeroten Blüten«, verkündet Max. »Es wird zwar mindestens ein Jahr dauern, bis sie blühen, aber das bedeutet, dass Sie, Imogen, dann etwas Spannendes haben, worauf Sie sich freuen können, wenn Sie im nächsten Sommer zurückkehren!«

Ich versuche, so begeistert zu wirken, wie Max es offensichtlich von mir erwartet.

steht jetzt eine prächtige Feuerlilie in voller Blüte. Ihre orangefarbenen Blütenblätter sind feucht von dem Wasser, das ich gerade über die Erde gegossen habe, und ich starre den surrealen Anblick ungläubig an.

»Das Beet war leer«, bemerkt Max zittrig und reibt sich die Schläfen, während er die Blume betrachtet. »Ich hätte schwören können, dass hier keine Blumen standen. Wie haben Sie – Sie können doch nicht …«

»Sie müssen die hier übersehen haben. Sie war schon da. Ich habe sie gesehen, als wir hergekommen sind«, lüge ich, und meine Stimme wird lauter, als mir lieb ist.

Sebastian wirft mir einen scharfen Blick zu und mein Magen sackt mir in die Kniekehle. *Er hat gesehen, wie ich es gemacht habe.*

»Ich kenne jeden Zentimeter in diesen Gärten. Ich würde niemals eine einzelne Blume wie diese übersehen.« Max bedenkt mich mit einem unangenehm bohrenden Blick, als hätte er meine Geheimnisse schon fast gelüftet. »Was haben Sie gemacht, Imogen?«

»Gar nichts!«, blaffe ich. »Was *hätte* ich auch machen können? Blumen erscheinen nicht aus dem Nichts. Sie war schon vorher da.«

Aber das war sie nicht. Ich weiß, dass sie es nicht war.

Max scheint meine Erklärung endlich zu akzeptieren, und ich stoße den Atem aus, den ich angehalten habe, als er aus dem Weg geht und uns anweist, noch mehr Blumenzwiebeln zu setzen. Ich drehe mich zu Sebastian um, stelle mich auf die Zehenspitzen und flüstere ihm ins Ohr: »Was immer du gesehen hast – bitte, verrate es nicht.«

»Ich weiß nicht, *was* ich gesehen habe«, raunt er zurück, sein Gesicht ist bleich. »In der einen Sekunde war das Blumenbeet noch leer, in der nächsten …«, er schluckt hörbar, »… ist dieses *Ding* aufgetaucht. Wie hast du das gemacht?«

»Ich – ich weiß es nicht. So was ist vorher noch nie passiert.« Tränen steigen in meinen Augen auf, und ich wende mich ab, bevor er sie sehen kann. »Bitte, versprich mir einfach, dass du es niemandem erzählst.«

»Ginny«, sagt Sebastian sanft. »Es ist in Ordnung. Ich werde es niemandem sagen, versprochen. Aber du musst mir dafür versprechen, dass du es mir erzählst, falls es jemals wieder passieren sollte.«

Ich nicke und hoffe mit aller Macht, dass das niemals nötig sein wird. Ich weiche vor der Blume zurück, die mir schmerzhaft ins Bewusstsein ruft, dass irgendetwas nicht stimmt, dass ich ein Freak bin, und dann schaue ich zu Sebastian hinüber und frage mich, ob ich jetzt Furcht in seiner Miene lesen werde. Aber zu meiner Überraschung wirkt er überhaupt nicht ängstlich, obwohl er mich anstarrt, als sehe er mich zum ersten Mal. Wie kann das sein? Trotzdem weiß ich, dass ich dieser Lektion in Gartenarbeit ein Ende setzen muss, bevor ich noch etwas … Unerwartetes tue. Max und Theo scheinen weitergegangen zu sein, aber Lucia beäugt mich nach wie vor neugierig.

»Ich – ich muss gehen und meiner Mum etwas erzählen«, sage ich zu niemand Bestimmtem.

Ohne auf eine Erlaubnis zu warten, kehre ich zu dem Picknick am anderen Ende des Schattengartens zurück. Dort hält Großvater in seinem Rollstuhl im Schatten der Bäume ein Nickerchen, während meine Eltern, Tante Philippa und Onkel Charles sowie Lord und Lady Stanhope mit gedämpften Stimmen durcheinanderreden. Als sie mich kommen sehen, bricht ihr Gespräch ab.

»Imogen.« Mums Stimme klingt gekünstelt und nervös. »Warum bist du nicht bei den anderen Kindern?«

Ich drücke mich an sie und hoffe, dass ihre Wärme mein rasendes Herz beruhigen und alles wieder normal machen wird.

»Ich habe beschlossen, dass Gartenarbeit nichts für mich ist«, erkläre ich ihr. »Ich bin dabei zu nichts zu gebrauchen.«

Den Rest des Picknicks nehme ich nur noch verschwommen wahr. Ich bleibe für mich, sitze leise neben Mum und lausche dem Geplauder der Erwachsenen nur mit halbem Ohr, während ich im Geiste die Feuerlilie vor mir sehe, die aus dem Nichts erblüht ist. Irgendwie drängt es mich, zu den Blumenbeeten zurückzugehen und nachzusehen, ob sie noch da ist, aber mein Entsetzen ist stärker als meine Neugier.

Als die Sonne sich dem Horizont nähert, tauchen Mrs Mulgrave und Maisie wieder auf, um die Reste unseres Picknicks wegzuräumen. Mum und Tante Philippa sammeln unsere Sachen ein, während Onkel Charles Großvater sanft weckt und Lord und Lady Stanhope Lucia, Sebastian und Theo holen. Es wird Zeit hineinzugehen, aber wo ist Dad? Jetzt fällt mir auf, dass ich ihn seit über einer Stunde nicht mehr gesehen habe.

»Er ist schon vorgegangen«, sagt Mum, als ich sie frage. »Der Wind war ihm zu kalt.«

Ich rümpfe die Nase. Seit wann lässt sich Dad von einer kleinen Brise abschrecken?

Die Stanhopes und Lucia sind die Ersten, die den Garten

verlassen, gefolgt von Onkel Charles und Tante Philippa, während Mum Großvaters Rollstuhl schiebt. Ich lasse mich zurückfallen und bin die Letzte, die durch das Tor geht. Ich beobachte, wie die anderen dem Pfad direkt zum Haus folgen, aber ich schließe mich ihnen nicht an – weil ich aus dem Augenwinkel gesehen habe, dass sich etwas in den Hecken des Rockford-Labyrinths bewegt.

Langsam drehe ich mich zu dem Irrgarten um, der hoch neben dem Schattengarten aufragt. Gut drei Meter hohe Kiefernhecken begrenzen das Labyrinth zu allen Seiten. Angeblich ist es ein wunderbares Rätsel, gefüllt mit trügerischen Pflanzen und Überraschungen, sodass es sich nur für »reife Kinder« und Erwachsene eignet. Ich war noch nie drin, aber Mum und Dad haben versprochen, dass ich endlich hinein darf, wenn ich dreizehn werde.

Der Atem stockt mir, als sich ein Arm durch die Hecke schlängelt. Ein vertrauter Schopf braunen Haares taucht auf und ich stoße vor Erleichterung den Atem aus.

»Dad! Was hast du da drin gemacht? Mum sagt, du wärst ins Haus gegangen.«

Er wirkt verblüfft, als er meine Stimme hört, aber dann lächelt er.

»Imogen, Liebling. Kannst du ein Geheimnis wahren?«

»Natürlich kann ich das!«

Dad wirkt irgendwie anders – sein Gesicht ist röter als gewöhnlich, seine Augen glasig – und mir kommt der flüchtige Gedanke, dass er vielleicht ein Sandwich zu viel gegessen hat.

»Da ist etwas versteckt im Labyrinth«, sagt er leise.

»Wirklich?« Meine Augen weiten sich. »So wie ein vergrabener Schatz?«

»Etwas in der Art. Aber du wirst mein braves kleines Mädchen sein und warten müssen«, mahnt er. »Wir können es nicht einfach holen gehen, noch ein ganzes Weilchen nicht.«

Ich runzele die Stirn, denn ich bin nicht daran gewöhnt, zu warten. Als Dad meinen Missmut spürt, greift er nach meiner Hand.

»Es wird da sein, wenn du es wirklich brauchst. Du wirst wissen, dass es so weit ist, wenn dieser Tag kommt.« Er sieht mich eindringlich an. »Wenn ich nicht hier bin, um es dir zu zeigen … denk einfach an die Hortensien. Wenn du sie siehst, bist du nahe dran.«

Ich blinzele meinen Vater an und frage mich, ob er den Verstand verloren hat.

»Was meinst du? Warum solltest du es mir nicht selbst zeigen können?«

Dads Gesichtsausdruck wirkt ausgelassen.

»Weil ich dein schrecklich wichtiger und schwer beschäftigter Vater bin, das ist der Grund! Los komm, wir rennen um die Wette. Wer zuerst beim Haus ist!«

Meine Furcht verblasst, und ich grinse, als er ruft: »Auf die Plätze … fertig … los!«

Vor zwei Sommern hat Lucia unsere Eltern überredet, uns eine Pyjamaparty im Bootshaus zu erlauben – näher kann man einer Nacht unter dem Sternenhimmel nicht kommen, wenn man nicht ganz auf ein Dach als Schutz gegen das unberechenbare englische Wetter verzichten möchte. Nachdem der Nachtwächter versprochen hatte, vor der Tür

Wache zu stehen, haben unsere Eltern nachgegeben, und Lucia und ich machten uns einen herrlichen Abend. Wir teilten uns ein Stück Siruptorte, die Mrs Findlay gebacken hatte, und guckten unseren Lieblingsfilm *Harry Potter und der Gefangene von Askaban.* Das Prasseln des Regens draußen machte das alles nur noch gemütlicher. Danach wurde diese sommerliche Pyjamaparty zu einer festen Tradition, aber heute Abend bin ich überrascht, als Lucia mich daran erinnert. Denn so wie sie Sebastian heute angesehen und seine Hand gehalten hat, habe ich schon geglaubt, ich würde ihr beim Erwachsenwerden zusehen. Deshalb habe ich irgendwie erwartet, dass sie mich und unsere kindlichen Rituale nun hinter sich lässt. Aber vielleicht habe ich mich geirrt – denn jetzt, am Abend, überqueren wir gemeinsam den großen Rasen im Süden in Richtung Bootshaus. Lucia trägt eine abgedeckte Schüssel mit Pasteten von Mrs Findlay und ich leuchte uns mit der Taschenlampe den Weg.

Lucia schließt die Glastür auf, und wir betreten den großen, luftigen Raum, der ganz in Weiß- und Blautönen gehalten ist. Weiße Blumen stehen in blauen Vasen; blaue Kissen schmücken weiße Sofas; selbst der gekachelte Boden ist elfenbeinfarben und marineblau gemustert. Dies ist der normalste Raum in Rockford. Hier können Lucia und ich uns frei bewegen und sogar etwas knabbern, ohne uns Sorgen machen zu müssen, irgendeinen unbezahlbaren Gegenstand zu zerbrechen oder Limo auf antikes Leinen zu verschütten. Aber anstatt unsere Pyjamaparty zu genießen, wie ich es normalerweise tun würde, verkrampfe ich mich jedes Mal, wenn Lucia etwas sagt. Ich habe Angst, dass sie mir Dinge erzählen könnte, die ich nicht hören will – über sie und Sebastian oder schlimmer noch, über den Vorfall mit der Feuerlilie. Glücklicherweise erwähnt sie beides nicht, und ich stoße einen Seufzer der Erleichterung aus, als sie den *Gefangenen von Askaban* einschaltet.

Jede von uns kuschelt sich auf ihrem Sofa in einen Schlafsack, und ich nicke gerade gegen Ende des Films ein, als Lucia leise sagt: »Dir macht das mit Sebastian und mir doch nichts aus ... oder?«

Ich reiße die Augen auf. *Mir und Sebastian.* Allein die Worte verknoten mir den Magen, aber ich zwinge mich zu einer Lüge.

»Nein.« Trotzdem, ich kann mir die Frage nicht verkneifen. »Ist er dein fester Freund?«

Ich sehe, wie sie nickt.

»Ich denke schon.«

Ich drehe mich um, lege mich auf die Seite und ziehe die Knie an die Brust. Ich will es nicht hören, aber ich brenne verzweifelt darauf, mehr zu erfahren. »Hast du ... ihn geküsst?«

»Ein ganz kleiner Kuss. Es war schöner, als ich erwartet hätte«, kichert sie. »Ich bin so froh, dass es dir nichts ausmacht, Imogen. Ich weiß, dass du Sebastian gern hast, aber er und ich sind im richtigen Alter für so was, weißt du? Vielleicht wirst du mit Theo zusammenkommen, wenn du älter bist, und wir vier können auf Doppeldates gehen! Wäre das nicht genial?«

Ich öffne den Mund, um zu sprechen, um ihr zu sagen, dass ich mich immer älter gefühlt habe, als ich bin, dass ich genauso gut zu Sebastian passe wie sie. Aber ich kann nicht. Also plappert Lucia munter weiter und bemerkt die Träne nicht, die über meine Wange kullert. Und ich bin dankbar für die Dunkelheit, die mein Gesicht verbirgt.

Mitten in der Nacht weckt mich das trommelfellzerreißende Geheul von Sirenen. Starker Brandgeruch weht ins Bootshaus und ich richte mich hektisch auf. Ich drehe mich zu Lucia um, aber ihr Schlafsack ist leer. *Wo ist sie?*

Das Herz schlägt mir bis zum Hals; ich krieche aus meinem Schlafsack und springe vom Sofa auf. Meine Hände zittern so sehr, dass ich keine Lampe anschalten kann; also taste ich mich durch den Raum und stolpere dabei über eine Ottomane.

Die Tür wird aufgerissen und offenbart in einem Lichtblitz meine Cousine. Ihre Pyjamahosen sind dreckverkrustet, ihr Gesicht feucht von Tränen oder Schweiß – ich kann nicht genau erkennen, was es ist.

»Imogen. Gott sei Dank, es geht dir gut«, keucht Lucia. »Es ist etwas passiert.«

»Was ist los?«, flüstere ich. »Wo warst du?«

Aber Lucia antwortet nicht. Sie ergreift meine Hand und zieht mich stumm zur Tür. Sobald wir draußen sind, sehe ich eine Menschenmenge – und alle beobachten die Flammen, die über dem Schattengarten lodern und sich dem Labyrinth nähern.

Da ist etwas versteckt im Labyrinth.

Die Erinnerung an die Worte meines Vaters trifft mich wie ein Schlag. Ich lasse Lucias Hand los und renne auf den Rauch zu, ignoriere ihre Rufe.

»Imogen, bleib stehen!«

Ich schreie auf, als Lord Stanhope mir den Weg versperrt, mich in die Arme nimmt und vom Boden abhebt. Er sieht lächerlich aus in seinem Samtbademantel und den Schlafzimmerpantoffeln. Ich schaue mich wild um und habe Mühe, diese surreale Umgebung wiederzuerkennen, die so gar nichts mehr mit dem idyllischen Picknickplatz von gestern zu tun hat.

Löschfahrzeuge rollen auf den Rasen; Oscar und Mrs Mulgrave kommen angelaufen und geben laut Anweisungen. Lady Stanhope heult hysterisch auf der Terrasse hinter dem Haus und umklammert Sebastian und Theo, umringt vom Rest des desorientierten Personals in Pyjamas. Maisie Mulgrave hält sich an Großvaters Rollstuhl fest, denn sie taumelt vor Schreck. Die Einzigen, von denen nichts zu sehen oder zu hören ist, sind meine Tante und mein Onkel – und meine Eltern.

Die Feuerwehrmänner springen aus dem Truck und kämpfen sich in den Garten vor. Lord Stanhope hält mir die Augen zu.

»Schau nicht hin, Imogen.«

Aber ich muss. Ich löse seine Finger von meinem Gesicht und beobachte in stummem Entsetzen, wie die Feuerwehrleute vier Tragen aus dem Schattengarten schleppen – darauf liegen mit Laken bedeckte Leichen. Unter einem davon baumelt eine schlaffe Hand hervor, und ich schüttele heftig den Kopf, als ich die Silberkette erkenne, die das zierliche Handgelenk schmückt. Es ist das Armband, das ich an ihrem letzten Geburtstag für meine Mutter ausgesucht habe.

Schreie hallen in meinen Ohren, ein gequältes Heulen, und es dauert eine Weile, bis ich verstehe, dass ich selbst es bin, die es ausstößt. Meine Hände und Füße wehren sich gegen Lord Stanhope, bis ich endlich aus seinem Griff ausbreche. Ich renne blind davon, Tränen trüben meine Sicht, bis Lucia mich irgendwie einfängt. Meine Cousine schlingt die Arme um mich und hält mich fest, während ich von krampfartigem Schluchzen geschüttelt werde. Ich höre, wie sie um ihre Mutter weint. Es durchbohrt mein bereits gebrochenes Herz.

»Wir haben jetzt nur noch einander«, flüstert sie mir ins Ohr und Tränen rinnen über ihre Wangen.

Ich umklammere ihre Hand und alles in mir krampft sich zusammen vor lauter unerträglich schmerzhafter Trauer. Und plötzlich spüre ich ein erschreckend vertrautes Kribbeln, Ziehen und Sengen in den Händen. Ich ziehe mich von Lucia zurück und stoße unwillkürlich einen Schrei aus, als mein Blick auf die Linien in meinen Handflächen fällt – sie funkeln und brennen in einem feurigen Orange. Panisch balle ich die Hände zu Fäusten, aber die Funken springen von meinen Händen in die Luft und formen eine einzige große Flamme, die zwischen uns beiden hängt. Die Flamme wirft einen schaurigen Schein auf Lucia, von dem wilden Ausdruck ihrer Augen bis zu dem pikförmigen Geburtsmal an ihrem Handgelenk.

»Was ist das?«, ruft Lucia und folgt meinem Blick. »Wie – wie machst du das?«

Zitternd weiche ich vor ihr zurück. Ohne Vorwarnung werden meine Hände wieder normal. Der Raum zwischen uns ist dunkel und leer.

Ich wirbele herum und spüre, dass mich alle ansehen. Sie alle haben es gesehen – und ich weiß mir nicht zu helfen: Ich laufe los. Ich weiß, sie werden mich einfangen, ich weiß, ich werde mich alldem bald genug stellen müssen, aber jetzt, in diesem Moment, renne ich einfach nur ziellos davon. Während ich laufe, stelle ich mir vor, dass ich meine alte Haut abstreife. Das sorglose kleine Mädchen, das ich gewesen bin, zerfällt unter meinen Füßen zu Staub. Alles, was übrig bleibt, ist diese Waise, die nicht wiederzuerkennen ist – ganz allein mit ihren furchteinflößenden neuen Fähigkeiten.

II

Tribeca, New York City
Mai 2014

Ich knie vor dem Kamin und halte die Hand gefährlich nah an die Flamme. Dann fahre ich mit einem Finger durch das glühende Orange – nichts geschieht. Die Hitze durchzuckt mich wie ein Blitz und ich ziehe die Hand schnell zurück, aber es ist trotzdem ein Sieg: Die Flamme hat bei meiner Berührung kein Eigenleben entwickelt. Aber andererseits sollte mich das nicht überraschen. Ich habe nie wieder etwas aus dem Nichts erschaffen, seit ich Rockford Manor vor sieben Jahren verlassen habe. Ich schätze, dafür sollte ich dankbar sein. Meine beängstigenden Fähigkeiten an diesem Tag müssen ein Ausreißer gewesen sein.

»Imogen? Warum um alles in der Welt zündest du mitten im Mai ein Feuer an?«

Die Stimme von Zoey Marino, meiner zur Schwester gewordenen Freundin, erklingt hinter mir. Mit gerötetem Gesicht drehe ich mich um.

»Tut mir leid, ich habe einfach …« Ich zwinge mich zu einem Lächeln. »Mir war kalt.«

»O-kay, du Spinnerin. Du weißt aber, dass du einfach die Heizung aufdrehen kannst, oder? Egal. Hast du langsam mal vor, dich anzuziehen, oder sollen wir heute schon wieder zu spät kommen?«

Ich sehe sie an und verdrehe die Augen.

»Nur die Ruhe, Zoey. Ich bin in zehn Minuten fertig.«

Sie stolziert aus dem Wohnzimmer, aber ich folge ihr nicht. Das Prasseln des Regens draußen verzaubert mich, und statt in mein Zimmer zu gehen, um mich umzuziehen, trete ich vors Fenster. Die Tröpfchen formen kleine Muster auf der Scheibe und ich fahre sie mit den Fingern nach.

Bei jedem Regen muss ich an sie denken und stelle mir die Frage, was geschehen wäre, wenn es in jener Nacht geregnet hätte. Wären meine Eltern noch hier, in unserer alten Wohnung in diesem Haus, wenn ein starker Regen das Feuer gelöscht hätte?

»Süße, würdest du bitte einen Zahn zulegen?«

Carole Marino – meine zweite Mom – steht in der Tür. Gut, dass sie mich nicht vor dem Kamin am Feuer erwischt hat. Sie ist immer auf der Hut vor Zeichen für beginnenden Waisenwahnsinn.

»Ich weiß, ich wollte mich gerade fertig machen.«

Bevor sie eine Chance hat, weitere Fragen zu stellen, husche ich an ihr vorbei in mein Zimmer. Ich schlüpfe schnell in die Uniform der Carnegie High, einen schlichten karierten Rock und ein weißes Poloshirt, dann drehe ich mein blondes Haar zu einem unordentlichen Knoten und trage schwarze Wimperntusche und meinen Lieblings-Kirschlipgloss auf. Als ich ins Wohnzimmer zurückkehre, reicht mir Carole einen verpackten Bagel und einen Fruchtsmoothie.

»Hier, dein Frühstück für unterwegs«, sagt sie mit einem Lächeln. »Zoey wartet unten auf dich. Oh, und vergiss nicht, dass du um drei Uhr bei Miss Forman bist.«

»Ich kann's nicht erwarten«, erwidere ich trocken, bevor ich sie schnell umarme. »Wir sehen uns nach der Schule.«

In der Lobby unseres Apartmenthauses wartet Zoey mit vor der Brust verschränkten Armen auf mich und klopft dramatisch mit dem Fuß auf den Steinboden. Ja, Zoey kann definitiv nervig sein, aber ich habe sie ins Herz geschlossen. Unsere Freundschaft ist eine der wenigen unkomplizierten Beziehungen in meinem Leben. Ich kenne sie, seit ich fünf und sie drei war, als mein Vater Partner in der Kanzlei ihres Dads wurde. Zwischen uns herrscht diese gewisse Leichtigkeit, das Gefühl, dass ich niemals etwas erklären oder mich in ihrer Nähe verstellen muss.

»Keine Sorge, du wirst deine Tratschorgie vor dem Unterricht nicht versäumen«, sage ich, als ich sie einhole.

»Haha.« Sie streckt mir die Zunge raus, bevor sie vor mir durch die Tür geht. Während wir uns auf dem Weg zur Schule durch die Pendler schlängeln, wird mir zum millionsten Mal bewusst, wie unterschiedlich Zoey und ich aussehen. Ein Fremder würde niemals auf die Idee kommen, dass wir Schwestern sind oder dass ich Keiths und Caroles Tochter bin. Zoey hat Caroles dunkles Haar und ihren immer leicht gebräunten, olivfarbenen Teint geerbt, dazu die haselnussbraunen Augen ihres Vaters. Ich bin die hellhäutige, blauäugige Kuriosität in der Familie. Aber natürlich sind Zoey und ich keine echten Schwestern.

Als herauskam, dass Mum und Dad ihren amerikanischen

Nachbarn und besten Freunden in ihrem Testament im Fall eines frühzeitigen Todes die Vormundschaft für mich übertragen haben, hat das in Wickersham echte Schockwellen ausgelöst. In den Zeitungen hieß es, die Enkeltochter des Herzogs sei »gezwungen, wie eine gewöhnliche Amerikanerin zu leben«. Aber irgendwie haben Mum und Dad gewusst, dass es angesichts einer überwältigenden Tragödie das Einfachste für mich wäre, nach Hause zurückzukehren – in meine Straße, meine Stadt, meine Schule. Sie glaubten an meine Liebe zu »Tante Carole und Onkel Keith« und an meine Freundschaft zu Zoey. Abgesehen davon, dass es den Marinos meine juristische Vormundschaft bis zu meinem achtzehnten Geburtstag überträgt, legte das Testament meiner Eltern auch fest, dass ich meinen Nachnamen, Rockford, behalte. Die Marinos können mich nicht adoptieren.

Ich schäme mich, es zuzugeben, aber ich wünschte, meine Eltern hätten diese Zeile aus ihrem Testament gestrichen. Wegen meines Nachnamens bin ich viel öfter, als mir lieb ist, gezwungen, die furchtbaren Einzelheiten meiner Vergangenheit zu erklären.

»Du bist ziemlich still heute Morgen.« Zoeys Stimme durchbricht meine Gedanken. »Was ist los? Haben Mom und Dad dich wieder wegen der New York University in die Zange genommen?«

Danke, dass du mich daran erinnerst, Zoey.

»Seit diesem Abend neulich nicht mehr, aber jede Wette, dass sie sich für dieses Wochenende wieder ein großes Gespräch mit mir darüber vorgenommen haben. Ist es wirklich so seltsam, ein Jahr freizunehmen? Das tun doch viele. Ich weiß nicht, warum es für Keith und Carole so unverständlich ist«, beklage ich mich.

»Na ja, keins der Kinder ihrer Freunde hat sich ein Jahr freigenommen. Das ist wahrscheinlich der Grund, warum es ihnen merkwürdig vorkommt. Außerdem – was willst du den ganzen Tag machen, wenn du keinen Unterricht hast?«, fragt Zoey.

»Keine Ahnung. Ich verstehe nur nicht, dass alle anderen wie von Zauberhand genau zu wissen scheinen, auf welche Uni sie gehen, was sie studieren und was sie mit ihrem Leben anfangen wollen. Seit wann ist siebzehn das Alter, in dem man das alles geregelt haben muss?«

»Wir gehen hier mit einer Menge ehrgeiziger Kids aus der City zur Schule«, erklärt Zoey und verdreht die Augen. »Vielleicht würde man von uns, wenn wir woanders lebten, nicht so viel ... Ich weiß nicht ...«

»... erwarten«, beende ich ihren Satz, während wir darauf warten, die Straße überqueren zu können. »Gott sei Dank haben Carole und Keith dich, um ihre Erwartungen zu erfüllen.«

»Hör auf damit.« Zoey versetzt mir einen liebevollen Stoß. »Sie würden dich gar nicht anders haben wollen.«

Ich glaube das nicht ganz, aber ich lächele sie trotzdem an.

»Danke, Schwesterherz.«

Wir biegen auf die Chambers Street ein, und das Gebäude aus rotem Backstein, die Carnegie High, kommt in Sicht und ragt hoch über der Tribeca-Brücke auf.

»Home, sweet home«, bemerke ich trocken.

Als wir die Treppe zum vorderen Innenhof der Schule hinaufgehen, stößt Zoey mir in die Rippen.

»Schau mal. Marc Wyatt starrt dich an.«

Eine unwillkürliche Röte kriecht meine Wangen hinauf.

Zoey und meine beste Freundin, Lauren Fox, sind davon überzeugt, dass Marc auf mich steht, obwohl ich ihnen immer wieder sage, dass wir einfach nur Laborpartner und Freunde sind. Aber in letzter Zeit habe ich bemerkt, dass er mich auf eine gewisse Art ansieht, und ... ich frage mich, ob sie vielleicht recht haben. Mein Blick schweift quer über den Innenhof und sucht seine schlaksige Fußballerfigur mit dem kurzen braunen Haar und den funkelnden blauen Augen. Er ist süß, nett und witzig – und ich würde nur allzu gern mit ihm ausgehen. Warum also versetzt mich der Gedanke eher in Panik als in Vorfreude?

»Ich werde euch zwei dann mal allein lassen«, murmelt Zoey verschwörerisch. Und tatsächlich, kaum dass sie außer Sicht ist, kommt Marc auf mich zu.

»Hey, Imogen«, begrüßt er mich und formt ein charmantes Lächeln mit den Lippen. »Was geht?«

»Nichts Besonderes. Ich muss mich beeilen, damit ich zu Geschichte komme, bevor es läutet.«

»Ich muss in die gleiche Richtung.« Marc folgt mir und ich lächele ihn von der Seite an. Er lügt. Und wie. Ich weiß, dass er Mathe hat – am anderen Ende der Schule.

Ich rücke ein paar Zentimeter näher, als wir zusammen durch die Schultüren gehen. Es fühlt sich gut an, einfach ein normaler Teenager zu sein. Nicht »Imogen, deren Eltern tot sind« oder »Imogen mit der unsicheren Zukunft« – nur eine Siebzehnjährige, auf die ein Junge steht.

Nach unserem letzten Kurs begleitet Lauren mich zu Miss Formans Büro. Sie hakt mich unter und erzählt mir, wobei sie ihren großen Bruder am Wochenende erwischt hat.

»Ich bin bloß in sein Zimmer gegangen, um ihm zu sagen, dass er die Musik leiser machen soll, weil sie buchstäblich durch die Wände geplärrt hat. *Gut.* Ich bin also reingegangen und da lagen zwei leere Weinflaschen auf dem Boden. Außerdem war ein Mädchen da ... die Gute hatte ihre Bluse ausgezogen und – das ist am peinlichsten – mein Bruder hat doch tatsächlich für sie gerappt. Er war total knülle und hat ihr ein Ständchen gebracht. Und zwar ausgerechnet diesen neuen Drake-Song.«

Ich muss lachen. »Wenn ich Anthony nicht so gut kennen würde, fände ich das beinahe süß. Irgendwie tut es mir sogar leid, dass du ihn erwischt hast.«

»Da siehst du, was passiert, wenn man nach der Highschool zu Hause wohnen bleibt!« Lauren droht mir spielerisch mit dem Zeigefinger. »Man wird ständig bei irgendetwas erwischt. Ich sage Anthony in einer Tour, dass er einfach auf den Campus ziehen soll, aber natürlich ist es viel bequemer, sich in unserer gemütlichen Wohnung von Mom bekochen zu lassen, während die Waschmaschine läuft, als sich im Wohnheim der NYU selbst durchzuschlagen.«

»Ich habe nie gesagt, dass ich zu Hause bleiben würde«, korrigiere ich sie. »Ich weiß einfach noch nicht, was ich tun werde.«

»Na gut, aber es wird Zeit, es herauszufinden«, entgegnet Lauren trocken, als wir vor dem Büro der Schultherapeutin stehen bleiben. »Viel Glück.«

»Danke. Ich melde mich später per SMS.«

Lauren umarmt mich und marschiert weiter, ihre

schwarzen Locken schwingen hin und her. Mit einem Seufzer klopfe ich an Miss Formans Tür.

»Herein!«

Miss Forman steht auf und schenkt mir ein warmes Lächeln, als ich ihr Büro betrete. »Imogen, wie geht es dir heute?«

Wahrscheinlich würde ich Miss Forman deutlich lieber mögen, wenn sie nicht so verdammt ernst wäre. Sie ist eine Schultherapeutin, also keine richtige, und im Vergleich zu der langen Reihe von Psycho-Fritzen, zu denen Carole und Keith mich nach dem Feuer geschickt haben, ist das zum Glück die eindeutig entspanntere Variante. Aber es wäre trotzdem nett, wenn sie aufhören würde, mich wie ein zartes Blümchen zu behandeln.

»Es geht mir gut.« Ich sinke auf das braune Wildledersofa, während Miss Forman sich einen Sessel heranzieht und sich vor mich setzt. »Ich habe dieses Berufsfindungsdingsda ausgefüllt, das Sie mir gegeben haben.«

Miss Forman klatscht eifrig in die Hände. »Und?«

»Und anscheinend ist es mir bestimmt, Architektin zu werden. Was Sinn machen würde, wenn ich nicht letztes Jahr beinahe in Geometrie durchgefallen wäre.«

»Nun …« Miss Forman schürzt die Lippen. »Geometrie ist ja nur *ein* Aspekt der Architektur. Die NYU hat jede Menge Kurse, die auf deine Interessen zugeschnitten sind …«

Bevor sie eine Chance hat, das Thema zu vertiefen, unterbreche ich sie.

»Ich bin mir nicht so sicher, ob man da wirklich von einem Interesse sprechen kann. Ich wäre von selbst nie auf Architektur gekommen. Außerdem – wollten Sie mir nicht helfen, die Marinos zu überzeugen, mich nach der Schule ein Jahr aussetzen zu lassen?«

»Imogen, wirklich. Ich habe nichts Derartiges versprochen. Ich habe nur gesagt, dass ich dir helfen werde, *falls* ich davon überzeugt bin, dass es das Richtige ist. Aber bisher bin ich es nicht.« Sie beugt sich vor. »Ich bin auch gar nicht so sehr aufs College fixiert. Es gibt eine Menge Leute, die auch ohne Studium sehr viel erreicht haben, aber sie hatten auf jeden Fall Talent und ein Ziel. Es ist mein Job, dir zu helfen, deins zu finden.«

»Vielleicht hätte ich eine genauere Vorstellung von meinem Ziel, wenn ich nicht am falschen Ort wäre.«

Die Worte purzeln aus meinem Mund, bevor ich eine Chance habe, sie zu durchdenken, bevor ich auch nur weiß, was sie bedeuten.

Miss Forman zieht eine Augenbraue hoch. »Warum sagst du das?«

Ich senke den Blick auf den verblichenen Teppich. Aus dieser Sache werde ich nicht mehr so leicht rauskommen.

»Ich weiß es nicht. Ich habe es Ihnen ja schon einmal gesagt. Manchmal habe ich das Gefühl, als sei ich nicht da, wo ich sein sollte, als hätte ich … etwas zurückgelassen.«

Miss Forman bedenkt mich mit einem bohrenden Blick.

»Du hast in letzter Zeit mehr als sonst an sie gedacht … habe ich recht?«

Nach einem Moment des Zögerns nicke ich.

»Vielleicht weil ihr Jahrestag bevorsteht?«, schlägt sie sanft vor.

Ich zucke bei dem Wort zusammen. *Jahrestag* beschwört Bilder von Festen herauf, nicht vom Tod. Als Miss Forman meinen Gesichtsausdruck sieht, fügt sie hastig hinzu: »Es tut mir leid, ich meinte nur –«

»Ja, ich weiß«, falle ich ihr ins Wort. Nichts geht mir so unter die Haut, wie Menschen zu beobachten, denen ich leid tue. Ich will jetzt wirklich das Thema wechseln, aber Miss Forman lässt mich nicht so leicht vom Haken.

»Hast du mit Carole und Keith darüber gesprochen?«, drängt sie.

»Nein. Warum sollte ich?«

»Weil sie dich lieben. Sie wollen für dich da sein, dir helfen, wenn du diese schwierigen Zeiten und Gefühle durchmachst.«

Gefühle. Noch so ein Lieblingswort von Miss Forman, das sie viel zu oft gebraucht.

»Ich weiß es, weil sie es mir selbst gesagt haben«, fügt sie leise hinzu. »Sie wünschen sich so sehr, dass du sie an dich heranlässt.«

»Habe ich sie nicht schon nah genug an mich herangelassen? Was erwartet ihr denn alle? Muss ich anfangen, sie Mom und Dad zu nennen?«, blaffe ich und bereue die Worte, sobald ich sie ausgesprochen habe. Ich springe auf, plötzlich verzweifelt darauf bedacht, von Miss Forman wegzukommen. »Können wir einfach … Schluss machen für heute? Ich fühle mich nicht so besonders, und ich denke nicht, dass das heute eine allzu produktive Sitzung werden wird.«

Miss Forman runzelt die Stirn.

»Imogen, wir haben noch dreißig Minuten.«

»Ich weiß, aber mir ist im Moment nicht nach Reden zumute.« Ich werfe ihr einen flehenden Blick zu. »Können wir nicht einfach weiter darüber sprechen, wenn wir uns das nächste Mal treffen?«

Miss Forman zögert. »In Ordnung. Ich werde dich nicht zwingen zu bleiben.« Sie beäugt mich eindringlich, bevor sie etwas in ihr Notizbuch kritzelt. »Pass auf dich auf, Imogen.«

Und mit diesen Worten fliege ich praktisch aus ihrem Büro. Plötzlich bin ich wieder in der Lage, normal zu atmen, da ich nicht mehr gedrängt werde, die Vergangenheit wiederaufleben zu lassen.

Als ich an diesem Abend den Tisch decke, höre ich das schrille Läuten unseres Festnetzanschlusses.

»Ich gehe ran«, rufe ich, flitze in die leere Küche und schnappe mir das Telefon. »Hallo?«

»Guten Abend. Kann ich bitte mit Lady Imogen Rockford sprechen?«

Mein Magen schlingert. Der englische Akzent des Mannes erinnert mich an meinen Vater. Und … warum nennt dieser Fremde mich *Lady* Imogen?

»Äh – am Apparat«, antworte ich schließlich leicht benommen.

Ich höre ein scharfes Einatmen, aber bevor der Mann am anderen Ende der Leitung antworten kann, reißt mir jemand das Telefon aus der Hand.

»Hey! Das war für mich …« Bei dem Ausdruck auf Keiths Gesicht zucke ich zusammen.

»Zum letzten Mal, hören Sie auf, meine Familie zu belästigen«, presst er zwischen zusammengebissenen Zähnen hervor. »Meine Tochter hat nichts mit Ihnen zu besprechen.«

Ich starre ihn mit offenem Mund an, als er das Telefon auf die Küchentheke knallt.

»Ähm ... was war *das?*«

Keith reibt sich erschöpft die Stirn.

»Tut mir leid, Schätzchen. Ich wollte dich nicht erschrecken. Das war wieder so ein Anwalt aus Europa. Meine Kanzlei hat seine bei einer Schlichtung geschlagen und das kostet ihn eine Menge Geld. Also versucht er, mir Angst zu machen, indem er unsere Familie belästigt, damit ich ihn auszahle.« Er seufzt tief. »Es ist eine lange Geschichte.«

»Donnerwetter, das ist ja fürchterlich. Tut mir leid.« Plötzlich kommt mir ein Gedanke. »Aber woher wusste er meinen Nachnamen? Wenn er mich für deine Tochter hält, würde er doch annehmen, dass ich eine Marino bin? Und warum nennt er mich *Lady* Imogen?«

Keith zögert.

»Er lebt davon, solche Sachen zu wissen, das ist in gewisser Weise sein Job. Außerdem hat er wahrscheinlich gelesen, was die Zeitungen über dich geschrieben haben. Er ist immerhin in England. Aber mach dir keine Sorgen, Kind, er redet nur groß daher. Außerdem weißt du, dass ich niemals zulassen werde, dass dir etwas zustößt.« *Ich werde nicht zulassen, dass dir etwas zustößt.*

Ich schaudere, als ich mich an eine andere, ferne Stimme erinnere, die genau das Gleiche zu mir gesagt hat – die Stimme meiner Cousine Lucia, die mich anflehte zu bleiben.

»Vergessen wir ihn. Was meinst du?« Keith schenkt mir ein beruhigendes Lächeln.

»Klar. Sicher.« Meine Gedanken sind bereits meilenweit entfernt.

Auf Autopilot decke ich den Tisch zu Ende, und Momente

später setze ich mich mit meiner zweiten Familie zum Abendessen, auf den Stuhl, auf dem ich in den letzten sieben Jahre immer gesessen habe. Nachdem wir uns alle Caroles Spezialsalat und Rostbraten auf die Teller gehäuft haben, räuspert sich Zoey laut – für gewöhnlich ein Zeichen, dass sie um eine Erlaubnis fragen will.

»Also. Ähm. Ich bin zur Abschlussparty eingeladen worden.« Sie sagt es beiläufig, aber ihre leuchtenden Augen verraten ihre Aufregung.

»Ach ja? Ist das nicht nur für die Abschlussklasse?«, fragt Carole skeptisch.

»Ja, aber wer in die Abschlussklasse geht, kann einladen, wen er will. Und heute nach der Schule hat Jason Mendes *mich* eingeladen.« Ihr vorletztes Wort ist praktisch ein Quieken. »Du weißt, dass es für eine Zehntklässlerin eine Ehre ist, eingeladen zu werden. Also … ich darf doch gehen, oder?«

»Es ist Imogens Abend, also liegt die Entscheidung bei ihr«, erwidert Keith und wendet sich an mich. »Wie stehst du dazu, dass deine Schwester mitkommt, Schätzchen?«

Ich antworte nicht sofort. Die Abschlussparty ist eigentlich nur für die Abschlussklasse gedacht. Ein letzter Abend für uns alle, um zusammen zu sein und Abschied zu nehmen, und ich hatte eigentlich nicht vor, dort als Zoeys Anstandswauwau aufzuschlagen. Aber als ich in ihr hoffnungsvolles Gesicht schaue, weiß ich, dass ich sie nicht im Stich lassen kann.

»Cool«, sage ich zu ihr.

»Oh mein Gott, danke!« Zoey springt von ihrem Stuhl, um mich zu umarmen. »Du bist die beste Schwester auf der Welt.«

Ich verspüre ein warmes Glühen, als sie mich glücklich an sich drückt und Keith und Carole mich von der anderen Seite des Tisches anlächeln. Ich mag keine geborene Marino sein, aber ich weiß, dass ich trotzdem geliebt werde. Und das macht es ein wenig leichter, mit der Entscheidung klarzukommen, die ich vor langer Zeit getroffen habe: Großvater und Lucia Lebewohl zu sagen und Rockford Manor den Rücken zu kehren.

III

Ich schlafe mit Erinnerungen im Kopf ein, die mir wie 3-D-Bilder vor Augen stehen. So nah und deutlich, dass ich sie beinahe berühren kann. Ich bin wieder zehn Jahre alt und schwitze in meinem dicken, schwarzen Trauerkleid. Ich starre in den Himmel. Wie kann die Sonne, diese Verräterin, nur ausgerechnet heute so strahlend scheinen, obwohl doch meine ganze Welt dunkel geworden ist?

Es ist mein letzter Tag auf Rockford Manor, und auch wenn ich mir verzweifelt wünsche, alleine zu sein, zockeln Carole und Keith hinter mir her, die eingetroffen sind, um mich nach Hause – nach New York – zurückzuholen. Sie folgen mir jetzt, während ich den grasbewachsenen Hügel zur Kapelle mit dem Friedhof der Rockfords hinaufgehe, im entlegensten Winkel der Rockford'schen Ländereien.

Als ich mich den jüngsten Grabsteinen nähere, fühle ich mich, als hätte ich meinen Körper verlassen und würde die

Szene von außen betrachten – wie eine anteilnehmende Zuschauerin, die eine Fremde beobachtet, die der schrecklichen Pflicht nachgeht, das Grab ihrer Eltern zu besuchen. Dieses kleine Mädchen mit dem ernsten Gesicht kann nicht wirklich ich sein; es *können* nicht meine Mum und mein Dad sein, die tot sind. Ich klammere mich noch immer an die Hoffnung, dass meine Eltern jeden Moment wieder auftauchen werden, um mir strahlend zu erklären, dass alles ein schreckliches Versehen war, dass es keinen Grund gibt, sich Sorgen zu machen, dass sie da sind und dass wir immer zusammen sein werden …

Caroles ersticktes Schluchzen zerreißt meinen Tagtraum. Ich beobachte, wie sie vor Mums Grabstein niederkniet und die Stirn auf den Marmor drückt. Ich sehne mich danach, das Gleiche zu tun, die Arme um die Grabsteine meiner Eltern zu schlingen und so zu tun, als würden sie meine Umarmung erwidern. Ich möchte die Steine küssen und mir vorstellen, dass sie mich irgendwie spüren können, aber ich traue mich nicht. Ich habe Angst vor dem, was meine Berührung anrichten könnte. Also kann ich das Grab nur anstarren und wieder und wieder die Worte auf den Grabsteinen lesen.

LORD EDMUND ALBERT ROCKFORD
12. NOVEMBER 1967 –
26. JULI 2007

LADY LAURA ROCKFORD
8. FEBRUAR 1970 –
26. JULI 2007

VATER UND MUTTER IHRER GELIEBTEN IMOGEN
»MIT DEM SCHLÜSSEL ZUM GELOBTEN LAND
WERDEN WIR UNS WIEDERSEHEN.«

»Was bedeutet das?«, frage ich Carole, als sie wieder neben mir steht. »›Schlüssel zum Gelobten Land‹?«

»Ich weiß es nicht.« Sie blickt zu Keith. »Sie müssen diesen Grabspruch in ihrem Testament festgelegt haben.«

Als Schritte auf den gefallenen Blättern rascheln, drehen wir drei uns um. Meine Brust schnürt sich zusammen, als ich sehe, wer gekommen ist: Lucia und Sebastian, Hand in Hand.

»Imogen. Ich wusste, dass ich dich hier finde«, sagt sie. »Ich – wir – sind gekommen, um dir etwas zu sagen. Du darfst nicht gehen.« Sie richtet sich zu ihrer vollen Größe auf. »Ich bin jetzt die Marquise von Wickersham und ich – ich befehle dir zu bleiben.«

Ich öffne den Mund, um zu antworten, bringe aber keinen Ton hervor.

»Ich weiß, dass du Angst hast«, sagt sie mit leiserer Stimme. »Aber ich verspreche, dass ich nicht zulassen werde, dass dir etwas zustößt.«

Keith tritt vor, bevor ich antworten kann, und legt schützend einen Arm um meine Schulter.

»Lady Lucia, ich kann Ihnen gar nicht sagen, wie leid mir Ihr Verlust tut. Dafür gibt es keine Worte. Aber ich fürchte, Imogen muss noch heute Abend mit uns aufbrechen. Ich weiß, ihr beide werdet einander vermissen, aber Sie können jederzeit zu Besuch kommen …«

»Es ist nicht fair!«, ruft Lucia und ballt die Hände zu Fäusten. »Unser Großvater lebt hier, *ich* lebe hier. Wie können Sie sie einfach fortnehmen und mich allein lassen, ohne Eltern und jetzt ohne Cousine? Es ist nicht *richtig*, oder, Imogen?«

»Wohin bist du in der Nacht des Feuers gegangen?«, platze ich stattdessen heraus. »Wo bist du gewesen?«

Lucia prallt zurück, als hätte ich ihr wehgetan. Sebastian wirft mir einen flehenden Blick zu.

»Ginny ...«

Aber ich will seine Stimme nicht hören; ich will nicht, dass er mir das einzige Gefühl ausredet, das mir ein wenig Linderung verschafft. Zorn.

»Ich – ich bin nur ein wenig Luft schnappen gegangen, mir war zu heiß!«, stottert Lucia. »Ist das ein Verbrechen?«

»Hast du gesehen, wie das Feuer ausgebrochen ist? Niemand sonst scheint es zu wissen.« Ich verschränke die Arme vor der Brust. »Du bist mitten in der Nacht draußen herumgelaufen, da musst du doch irgendetwas wissen.«

»Willst du mich etwa ins Kreuzverhör nehmen?«, begehrt Lucia auf. »Denn das ist wohl ein schlechter Witz – gerade aus deinem Mund.«

»Was soll das heißen?«

»Ich habe gesehen, wozu du imstande bist«, zischt sie. »Woher wissen wir, dass das Feuer nicht deine Schuld war?«

Ihre Worte sind wie eine Ohrfeige. Ich stolpere rückwärts und schüttele den Kopf, nein, *nein.* Es kann nicht meine Schuld sein ... oder doch? Carole fährt zwischen uns.

»Das reicht, Mädchen. Ihr meint doch gar nicht, was ihr sagt. Ihr leidet beide, und da ist es natürlich, um sich zu schlagen, aber ihr dürft nicht vergessen, dass dieser schreckliche Unfall genau das und nichts anderes war – ein Unfall. Niemand trägt die Schuld daran.«

Nach einer langen Pause höre ich Sebastians Stimme, gefärbt von Kummer.

»Also ... dann gehst du wirklich fort, Ginny?«

Ich nicke.

»Ich weiß, es ist nach allem, was passiert ist, schwer zu verstehen, aber Imogens Lebensmittelpunkt ist und bleibt New York«, versucht Carole zu erklären. »Das ist der Grund, warum ihre Eltern uns in ihrem Testament die Vormundschaft übertragen haben. Sie würden nicht wollen, dass sie noch mehr entwurzelt wird, als es sein muss. England ist euer Zuhause, aber das war es niemals für Imogen.«

»Ihr beide werdet mich sowieso nicht vermissen«, sage ich an Sebastian gewandt und meine Stimme bricht bei dem letzten Wort. »Ihr habt einander.«

Ich drehe mich auf dem Absatz um und überlasse es Carole und Keith, mit Lucia fertigzuwerden, für die das Thema noch nicht ausgeredet ist. Mit gesenktem Kopf laufe ich den Hügel in Richtung Rockford Manor hinunter, und ich bemerke erst, dass ich verfolgt werde, als ich eine Hand auf meiner Schulter spüre.

»Es ist nicht wahr, was du gesagt hast.«

Beim Klang von Sebastians Stimme drehe ich mich um und verspüre ein seltsames Ziehen im Magen, als ich mich ihm stelle.

»Was ist nicht wahr?«

»Dass ich dich nicht vermissen werde. Denn das werde ich auf jeden Fall. Ich werde dich jeden Sommer und in allen Ferien vermissen, wenn du nicht zurückkehrst«, sagt er und sieht mich ernst an. »Ich werde dich jedes Mal vermissen, wenn ich eine Feuerlilie sehe oder irgendetwas anderes, das mich an meine Freundin Ginny Rockford erinnert.«

Tränen brennen in meinen Augen, während er spricht. Er ahnt nicht, wie viel mir seine Worte bedeuten; dass sie alles gleichzeitig besser und schlimmer machen. Aber bevor ich antworten kann, beugt Sebastian sich vor und seine Lippen streifen meine Wange. Ich schnappe nach Luft und hebe die Hand, um mein Gesicht voller Ehrfurcht zu berühren. Nichts sollte mich nach meinem Verlust wieder glücklich machen können, aber dieser Kuss, egal wie platonisch er gemeint war, schenkt mir einen Moment purer Freude.

»Leb wohl, Ginny«, sagt Sebastian leise. »Bis wir uns wiedersehen.«

»Leb wohl«, wiederhole ich und berühre immer noch meine Wange, während er zurückkehrt, um sich wieder Lucia anzuschließen. Als er nicht mehr in Hörweite ist, flüstere ich: »Ich werde dich niemals vergessen.«

Ich erwache mit der gewohnten Übelkeit aus meinem Traum, die diese Erinnerung an mein letztes Gespräch mit Lucia und Sebastian stets begleitet. Lange Zeit hat mich jede Erinnerung an Lucia gequält. Ihr Name und ihr Gesicht waren für mich unauslöschlich mit dem Grauen des Feuers verbunden, und aus Gründen, die ich immer noch nicht verstehe, habe ich ihr die Schuld gegeben – ich habe *uns* die Schuld gegeben. Und die einzige Möglichkeit, das alles durchzustehen, bestand darin, so zu tun, als gehöre diese Vergangenheit zu einer anderen Person, als habe mein echtes Leben erst im Alter von zehn Jahren bei den Marinos begonnen.

Es ist nicht die tapferste Art, mit den Dingen fertigzuwerden, das weiß ich. Und meine Eltern wären – das vermute ich zumindest – wahrscheinlich verletzt und enttäuscht, dass ich ihr Andenken nicht so ehre, wie ich sollte. Wenn ich stärker wäre, könnte ich offen über sie sprechen und ihr Leben feiern, statt sie in meinem Herzen zu verstecken. Aber wenn ich es versuche – wenn ich mich an Mums tröstende Arme erinnere und an das bewundernde Lächeln, das Dad nur mir geschenkt hat –, dann bin ich gleichzeitig auch gezwungen, mich wieder den grauenhaften Bildern von dem Feuer zu stellen. Lucia, die mich holt, damit ich Zeuge der Tragödie werde; die schlaffe Hand meiner Mutter ... Ich *kann* nicht – ich kann nicht an sie denken und ich kann sie nicht vermissen, denn dann winkt die Dunkelheit. Also habe ich es generell vermieden, bei den Marinos an meine Familie zu denken, und mich nicht einmal ansatzweise darüber auf dem Laufenden gehalten, was in Wickersham passiert. Meine Eltern sind auf Namen und Fotografien reduziert, ihr Tod auf einige ernste Sätze, die ich benommen vortrage, wenn ein neugieriger neuer Freund nach meinem Nachnamen fragt. Auf diese Weise fällt es mir viel leichter, so zu tun, als hätte ich nie ein anderes Leben gehabt ... und doch sind die Gewissensbisse meine ständigen Begleiter.

Es gehört zum Erwachsenwerden dazu, viele Dinge in einem anderen Licht zu sehen. Und deshalb quält mich jetzt, wenn ich allein und ganz brutal ehrlich zu mir bin, noch etwas anderes. Ich bedauere, dass ich meiner Cousine den Rücken gekehrt und jede einzelne Einladung meines Großvaters ausgeschlagen habe. Allerdings hat Lucia mich, wie sich herausstellte, gar nicht wirklich gebraucht. Es dauerte nicht lange, bis sie ganz aufhörte zu schreiben und mich anzurufen.

Als ich vierzehn wurde und mir einen Facebook-Account einrichten durfte, hat mich meine Neugier schließlich überwältigt. Ich suchte sofort nach Lucia, aber im Gegensatz zu praktisch allen Leuten in unserem Alter hatte sie dort kein Profil. Tatsächlich war sie in keinem *einzigen* der sozialen Netzwerke aktiv, die meine Freunde und ich täglich besuchten. Dafür fand ich Sebastian. Der Anblick seines Profilbildes ließ mich erbeben. Er sah unwahrscheinlich gut aus mit seinen siebzehn Jahren, seine Augen waren mir so schmerzhaft vertraut, wie er da neben einem mysteriösen Mädchen in die Kamera lächelte, dass ich meinen Laptop zuklappte. Ich schwor mir, sein Profil nie wieder aufzurufen. Was sollte es auch nutzen? Zwischen uns lag ein ganzer Ozean. Aber ich hegte immer einen Funken Hoffnung, dass er vielleicht nach mir suchen würde – dass er mich eines Tages auf Facebook finden und dass unsere Freundschaft wieder aufleben würde. Gerade so, als wäre die Zeit stehen geblieben. Natürlich geschah das nie. Ich hatte mich wohl nicht getäuscht, als ich Sebastian sagte, dass er mich nicht vermissen würde.

Das Schrillen der Türglocke reißt mich aus meinen Gedanken. Mit einem Seufzer recke ich mich und rolle mich aus dem Bett. Ich erreiche die Haustür, gerade als Carole schläfrig aus der Küche getappt kommt, einen Becher Kaffee in der Hand. Sie stutzt, als sie mich sieht.

»Guten Morgen, Schätzchen. Geht es dir gut? Du musst doch erst in einer Stunde aufstehen.«

»Mir geht es bestens, ich bin einfach nur früh aufgewacht. Hast du das Läuten gehört? Wer könnte das um die Zeit sein?«

»Der Pförtner hat gesagt, dass er jemanden von einem

Zustelldienst raufgeschickt hat«, erwidert Carole. »Ich hätte nicht gedacht, dass die schon um sechs Uhr morgens ausliefern.«

Sie öffnet die Tür. Ein magerer Bursche in den Zwanzigern steht im Flur, einen dicken Umschlag in Händen. Er nickt Carole höflich zu und hält ihr das Päckchen hin.

»Guten Morgen, Ma'am. Ich habe eine Lieferung für Lady Imogen Rockford.«

»Das – das bin ich!«, rufe ich. »Obwohl ich keine *Lady* bin.«

»Sie ist minderjährig«, sagt Carole hastig und greift nach dem Umschlag. »Ich werde für sie unterschreiben.« Nachdem sie den Empfang quittiert und ein kaum hörbares »Auf Wiedersehen« gemurmelt hat, schließt Carole die Tür vor seiner Nase.

»Lass mal sehen.« Ich greife nach dem Päckchen, aber zu meinem Erstaunen hält sie es so, dass ich nicht herankomme.

»Zuerst muss dein Vater das sehen. Es könnte etwas zu tun haben mit seiner …«

»Es schert mich nicht, ob es von dem angekotzten Anwalt kommt! Dieses Päckchen gehört mir, und ich sollte diejenige sein, die es aufmacht«, blaffe ich.

Ich mustere den Umschlag genauer, den Carole mit der Faust umklammert hält. Sie merkt nicht, dass der Absender zwischen ihren Fingern hindurchlugt, und mir schlägt das Herz bis zum Hals, als ich ihn lese.

MR HARRY MORGAN, ESQ.
ROCKFORD MANOR
WICKERSHAM, OXFORDSHIRE, UK

»Es kommt aus dem Haus meines Großvaters.« Meine Stimme ist kaum mehr als ein Wispern. »Ich habe seit… einer Ewigkeit nichts von ihm gehört.«

Carole schaut erst mich und dann den Umschlag an und erbleicht.

»Es tut mir leid, aber zuerst muss dein Vater das hier sehen. Wir können heute Abend beim Essen darüber sprechen.«

»Aber –«

»Kein Aber, Imogen. Wir werden heute Abend darüber reden«, sagt sie entschieden.

Meine Schultern sacken mutlos herunter, aber dann kommt mir eine Idee. Ohne ihr zu antworten, drehe ich mich auf dem Absatz um und renne zurück in mein Zimmer.

Ich lasse mich auf meinen Schreibtischstuhl gleiten, klappe meinen Laptop auf und googele »Harry Morgan Rockford Manor«. Der erste Link, der angezeigt wird, ist die offizielle Besucher-Website von Rockford Manor. Meine Hände zögern über der Maus, aber dann halte ich den Atem an und klicke.

Bilder und Worte überwältigen mich bereits, während die Seite noch hochlädt. Mein Magen krampft sich beim Anblick des herrlichen, monumentalen elisabethanischen Schlosses zusammen, das auf dem Hauptfoto aufragt, umgeben von einer Parklandschaft wie aus dem Bilderbuch. Rockford Manor ist so quälend vertraut, doch die verstrichenen sieben Jahre lassen es so fern und fremd erscheinen wie die Kulisse einer Fernsehserie, wie einen Ort, der sich zwar real anfühlt, es aber nicht ist.

Ich blinzele hektisch, während ich das Foto vor meinem

geistigen Auge mit vertrauten Gestalten bevölkere, die über das Gelände schlendern und von hohen Balkons und gewölbten Fenstern blicken. Ich kann nicht länger hinsehen und konzentriere mich stattdessen auf den Text.

> »Willkommen auf Rockford Manor, dem Zuhause des elften Herzogs von Wickersham. Rockford Manor gilt als der schönste nicht königliche Palast in Großbritannien und wird vom National Trust betreut. Das Anwesen ist seit mehr als drei Jahrhunderten im Besitz der Familie Rockford. Das Gebäude und die Gärten sind derzeit für die Öffentlichkeit geschlossen, werden aber im Juni für die Sommersaison wieder geöffnet.«

Ich schlucke hörbar, bemühe mich, mein rasendes Herz zu beruhigen, und blicke auf die Schaltfläche »Kontakt«. Ich überfliege die verschiedenen Titel und Telefonnummern, bis ich den Namen finde, nach dem ich suche: *Mr Harry Morgan, Gutsverwalter.*

Warum um alles in der Welt sollte der Gutsverwalter von Rockford *mich* erreichen wollen? Im Geiste führe ich eine stumme Debatte darüber, ob ich ihn kontaktieren soll oder nicht. Und sobald die kleine Stimme in meinem Kopf gewonnen hat, die mich drängt, es zu tun, frage ich mich, ob es besser ist, ihn anzurufen oder ihm eine E-Mail zu schreiben. Schließlich greife ich nach meinem Handy. Ein Anruf in Europa wird mich wahrscheinlich ein Vermögen kosten, aber deshalb kann ich mir auch noch später den Kopf zerbrechen.

Mir kommt der Gedanke, dass ich keinen Schimmer habe, welche Ländervorwahl England hat. Als ich das letzte Mal dort angerufen habe, waren Mum und Dad noch am Leben. Ich googele schnell »Ländervorwahl England«, und nachdem ich eine Million Zahlen eingetippt habe, höre ich den internationalen Klingelton. Endlich antwortet eine formell klingende Frauenstimme.

»Harry Morgans Büro, guten Tag.«

»Hey.« Meine Stimme ist nur ein mageres Krächzen und ich räuspere mich nervös. »Hey, ähm, kann ich ihn bitte sprechen?«

»Mr Morgan ist zurzeit in Amerika«, erwidert sie energisch. »Darf ich ihm etwas ausrichten?«

»Wo in Amerika?«, hake ich nach und fühle mich plötzlich benommen.

Die Frau hält inne. »Darf ich fragen, mit wem ich spreche?«

Ich hole tief Luft.

»Hier ist Imogen. Imogen Rockford.«

Ich höre ein scharfes Ausatmen am anderen Ende der Leitung. Als die Frau wieder spricht, hat sich ihre Stimme verändert. Sie klingt nicht mehr gestresst, sondern hat einen mädchenhaften Ton angenommen, der verrät, wie aufgeregt sie ist.

»Lady Imogen! Ich bin Liza, Harry Morgans Assistentin. Sie können sich nicht vorstellen, wie lange wir schon versuchen, Sie zu erreichen. Es war eine ziemliche Belastungsprobe, so sehr, dass Ihre Stimme zu hören jetzt einfach … nun, ich kann es nicht glauben!«

Ich halte das Telefon ein Stück von mir weg und starre es an, als könnte ein Blick in die Tiefen meines iPhones ihren bizarren Worten so etwas wie einen Sinn verleihen.

»Ich bin einfach Imogen. Niemand nennt mich Lady«, erkläre ich verdutzt. »Und ich verstehe nicht, was Sie meinen. Sie haben versucht, mich zu erreichen? Ich habe aber keine Anrufe oder Post oder sonst irgendetwas bekommen, abgesehen von einem Päckchen von Mr Morgan gerade eben.«

»Sie haben nichts erhalten?«, wiederholt Liza mit verwirrter Stimme. »Aber wir haben seit Wochen geschrieben und angerufen.«

Mit einem Ruck begreife ich, dass es dafür nur zwei Erklärungen gibt: Entweder spinnt diese Dame – oder die Marinos haben mir diese Korrespondenz vorenthalten.

»Wo ist Mr Morgan?«, frage ich noch einmal. »Ich habe sein Päckchen noch nicht geöffnet.«

»Er ist in New York«, sagt sie leise. »Er ist dort, um Sie zu treffen.«

Ich falle fast von meinem Schreibtischstuhl.

»Was? Er ist hier?«

»Ja. Er muss mit Ihnen sprechen. Es ist sehr wichtig.«

»Ist es etwas Schlimmes?«, frage ich zaghaft. Was, wenn die Marinos einen guten Grund haben, das alles vor mir geheim zu halten?

»Nicht direkt.« Als hätte sie mein Zögern durchs Telefon gespürt, fährt Liza fort: »Sie werden froh darüber sein, mit ihm zu sprechen. Sie werden es nicht bereuen, das garantiere ich Ihnen.«

»Okay…« Ich denke kurz nach. »Es ist wahrscheinlich das Beste, wenn ich ihn irgendwo anders treffe, nicht zu Hause.«

Ich rassele nervös den ersten Ort herunter, der mir einfällt, Laurens Adresse, und frage, ob Mr Morgan mich dort nach der Schule treffen könnte.

»Ich werde dafür sorgen, dass er um Viertel nach drei dort ist«, verspricht mir Liza. »Ich bin so froh, dass Sie sich gemeldet haben, Imogen. Ich wünsche Ihnen einen wunderschönen Tag, und ich – ich hoffe, dass wir Sie bald auf Rockford Manor begrüßen dürfen.«

»Oh, ähm, wahrscheinlich nicht, aber danke. Einen schönen Tag noch.«

Ich beende das Gespräch und werfe mich auf mein Bett. Plötzlich überwältigt mich die Ungeheuerlichkeit dessen, was ich gerade getan habe. Ich kann mir nicht vorstellen, was so wichtig sein könnte, dass ein Gutsverwalter um die halbe Welt reist, um mit mir sprechen – und obwohl das alles mich auch irgendwie erschreckt, will ich dennoch unbedingt wissen, was es ist.

»Du hast *was* gesagt?«, ruft Lauren, obwohl sie einen großen Bissen Truthahnsandwich im Mund hat. Wir sitzen an unserem gewohnten Tisch in der Cafeteria und ich habe ihr gerade im Flüsterton eine kurze Zusammenfassung meines Telefonats gegeben. »Wie soll ich meiner Mom erklären, dass plötzlich ein fremder alter Brite bei uns auftaucht?«

»Ich wusste nicht, was ich sonst sagen sollte. Ich musste mir auf der Stelle etwas ausdenken, und ich wollte ihn irgendwo treffen, wo uns niemand belauscht. Und ich kann ihn ja wohl kaum zu Hause treffen, wenn Carole und Keith offenbar diejenigen sind, die versuchen, das alles vor mir geheim zu halten.« Ich blicke quer durch den Raum zu Zoey hinüber, die an einem Ecktisch fröhlich mit ihren Freundinnen plaudert. In seliger Ahnungslosigkeit, was die Geheimnisse ihrer Eltern betrifft – oder meine. »Außerdem ... ich würde mich einfach ein wenig besser fühlen, wenn du dabei wärest.«

Lauren drückt meinen Arm. »Du hast recht, entschuldige. Natürlich werde ich für dich da sein. Wir müssen uns nur überlegen, wie wir diesen Harry meiner Mom verkaufen, damit sie keinen Verdacht schöpft.«

»Könnten wir nicht sagen, dass er mein Onkel ist?«, schlage ich vor. »Wir könnten so tun, als ob er bei mir zu Besuch sei. Und ich hätte ihn zu euch mitgebracht, um ihn euch vorzustellen.«

Lauren rümpft die Nase.

»Ich weiß nicht. Ich sehe schon kommen, dass meine Mom das den Marinos gegenüber erwähnt.«

»Okay, dann ... ist er mein Tutor und bereitet mich auf eine Prüfung vor?«

»Du weißt, wie oft meine Mom mit Carole redet.« Lauren schüttelt den Kopf. »Eine beiläufige Bemerkung meiner Mom und alles, was wir uns hier ausdenken, landet bei Carol. Und wenn sie nur sagt, wie nett dein vornehmer britischer Tutor ist.«

Ich hole tief Luft.

»Dann schätze ich, muss ich mich innerlich wappnen, ihr die Wahrheit zu sagen ... später. Zuerst muss ich herausfinden, was Harry Morgan will, ohne dass mir Carole und Keith in die Quere kommen. Also, selbst wenn uns die Sache mit dem Tutor nur ein paar Stunden Vorsprung gibt, bevor sie auffliegt, werde ich bis dahin zumindest ein paar

Antworten haben. Und wenn es dazu kommt, werde ich deinen Eltern sagen, dass ich dich auch angelogen habe, damit du keinen Ärger bekommst.«

Lauren starrt mich an. »So habe ich dich noch nie erlebt.«

»Wie erlebt?«

»Du sprichst nie über deine Familie – die Rockfords«, sagt sie bedächtig. »Ich weiß kaum etwas über sie oder ... oder wie dein Leben war, bevor wir uns in der Mittelstufe kennengelernt haben. Und dann taucht irgendein Typ auf, der für sie arbeitet, und du bist plötzlich bereit, Hausarrest bis zu deinem achtzehnten Geburtstag zu riskieren, nur um herauszufinden, was er will? Das ist nicht die Imogen, die ich kenne.«

Ich schaue auf den Cafeteriatisch hinab, wo jemand seine Initialen eingeritzt hat.

»Ich rede vielleicht nicht darüber, aber ich denke an sie ... oft. Damals, vor all den Jahren, habe ich meine Cousine und meinen Großvater aus meinem Leben ausgesperrt, und ich habe so lange nichts von ihnen gehört, dass ich dachte, sie hätten es einfach zugelassen. Aber jetzt stellt sich heraus, dass das vielleicht gar nicht stimmt. Und ich muss wissen, warum.«

Lauren nimmt meine Hand.

»Ich kapier schon. Und ich werde da sein, um dir zu helfen.«

Literatur, mein letzter Kurs des Tages, zieht sich unglaublich zäh in die Länge. Immer wenn ich auf die Uhr sehe und erwarte, dass mindestens eine halbe Stunde verstrichen sein muss, hat sich der Zeiger kaum um eine Minute weiterbewegt. Normalerweise ist Literatur mein Lieblingsfach, aber heute kann ich mich einfach nicht konzentrieren. Die Stimme meines Lehrers dröhnt im Hintergrund. Sie ist der Soundtrack zu meinen Gedanken, in denen Bilder von der Website von Rockford Manor mit Fantasien darüber verschwimmen, was mir Harry Morgen sagen könnte, wenn wir uns treffen.

Endlich läutet es. Ich werfe hastig das Lehrbuch und meine Mappe in die Tasche und bemerke nicht, dass Marc Wyatt an meinen Tisch geschlendert kommt.

»Hey. Gott sei Dank ist das für heute vorbei, oder? Gibt es wirklich irgendjemanden, der so viel über Tolstoi wissen muss?«, bemerkt er mit einem Grinsen.

Oh, genau. Darum ging es also in der Stunde.

»Stimmt.« Ich erwidere sein Lächeln und wir gehen nebeneinander aus dem Klassenzimmer.

»Und, hast du gerade was vor?«, fragt er beiläufig. »Lust auf einen Snack in der Bäckerei Magnolia?«

»Oh …«

Ich bleibe überrumpelt stehen. Bittet er mich um ein Date? Ich meine, wir haben noch nie nur zu zweit abgehangen. Und wenn ich mich nicht irre, werde ich dann tatsächlich gleich wegen einer peinlichen Begegnung mit einem Fremden ein Date sausen lassen? Aber … mag ich Marc wirklich oder fühle ich mich nur von seiner Aufmerksamkeit geschmeichelt? Eigentlich war ich erst einmal bis über beide Ohren verknallt – mit zehn. Nicht umsonst habe ich Sebastian zum Abschied gesagt: *»Ich werde dich niemals vergessen.«*

»Und?« Er kichert verlegen. »Schwere Entscheidung?«

»Nein, natürlich nicht«, antworte ich ihm und werde rot. »Ich habe bloß versprochen, Lauren zu helfen, für einen Test morgen zu büffeln, und gerade überlegt, ob ich da rauskomme, aber … das geht nicht. Ein Gutschein für ein andermal?«

»Klar, kein Problem«, sagt er, als wir die Schule verlassen. »Wir sehen uns morgen?«

Ich schenke ihm noch ein Lächeln und hoffe, dass man mir meine Verwirrung nicht ansieht.

»Bis dann.«

Mein Magen spielt während der ganzen U-Bahn-Fahrt zu Lauren verrückt. Aber wegen des bevorstehenden Treffens, nicht wegen Marcs Einladung in die Bäckerei. Als ich zum Loft ihrer Familie in SoHo hinaufgehe, ist meine Kehle trocken und meine Knöchel sind weiß.

Ich flitze die Treppe in den ersten Stock hinauf und lasse mich dann selbst in ihre Wohnung, was nicht so unhöflich ist, wie es klingt. Lauren und ich hängen beieinander ab, seit wir dreizehn sind und ihre Mom hat einmal gesagt: »Ich glaube, über die Phase des Anklopfens sind wir weit hinaus. Du bist eine von uns.« Wenn ich daran denke, fühle ich mich noch schuldiger, weil ich sie jetzt anlüge, aber ich schiebe mein schlechtes Gewissen beiseite. Jetzt gibt es kein Zurück mehr.

Ich finde Lauren in der Küche, wo sie nach einem Snack sucht. Sie muss auch gerade erst aus der Schule gekommen sein.

»Hey. Was sollen wir unserem illustren Gast servieren? Glaubst du, Käsekräcker sind okay?«

»Klar. Danke.« Ich klopfe besorgt mit dem Fuß auf den Boden. »Hast du es deiner Mom erzählt?«

»Jepp, und ich habe sie gebeten, uns ihm Wohnzimmer allein zu lassen, damit wir lernen können. Aber sie ist trotzdem nahe genug, um uns zu retten, falls er sich als Widerling entpuppen sollte.« Lauren grinst. »Sie war mächtig beeindruckt, weil du dir einen Tutor an Land gezogen hast.«

»Oh.« Ich senke den Blick zu Boden. »Na, hoffentlich kann ich verkraften, was auch immer er zu sagen hat.«

»Natürlich kannst du das«, sagt Lauren ermutigend. »Vielleicht ist es etwas Gutes – vielleicht hast du eine Milliarde Dollar geerbt!«

Ich breche in Gelächter aus.

»Also, wenn das so wäre, wüsste ich nicht, warum die Marinos nicht wollen, dass ich davon erfahre. Wir wären alle stinkreich!«

In diesem Moment läutet es an der Tür. Mein Lächeln friert praktisch ein.

»Er ist da. Was machen wir?«

Lauren drängt mich sanft zur Tür.

»Mach auf. Ich werde im Wohnzimmer auf euch warten.«

Ich nehme meinen Mut zusammen und trete vor. *Nicht kneifen, Imogen,* befehle ich mir. *Du weißt, dass du mit ihm reden musst.* Ich hole tief Luft und öffne die Tür.

Ein Mann mittleren Alters mit Brille steht vor mir, das ergrauende Haar zurückgekämmt, seine Haltung ist stolz und aufrecht.

Seine Augen weiten sich hinter seinen Brillengläsern, als er mich sieht.

»Habe ich die Ehre, Lady Imogen Rockford kennenzulernen?«

Ich starre ihn an, und es überläuft mich kalt, als mir klar wird, dass ich seine Stimme kenne. Es ist der Mann, der gestern Abend angerufen hat; derselbe Mann, von dem Keith behauptet hat, er sei sein juristischer Rivale. *Keith hat mich belogen.* Obwohl ich weiß, dass er und Carole Dinge verbergen, macht mich die krasse Lüge für einen Moment sprachlos.

»Es – es tut mir leid«, sage ich, als ich mich erholt habe. »Ich bin nur ein wenig verwirrt von alledem. Niemand nennt mich Lady Imogen. Na ja, niemand außer Ihnen und Ihrer Assistentin.« Ich strecke die Hand aus. »Aber wie dem auch sei, schön, Sie kennenzulernen, Mr Morgan.«

»Bitte, nennen Sie mich Harry.«

»Oh. Okay.« Ich öffne die Tür weiter, um ihn hereinzulassen, und senke die Stimme, als ich hinzufüge: »Das hier ist die Wohnung meiner besten Freundin. Falls ihre Eltern auftauchen, sagen Sie ihnen bitte, dass Sie mein Biologie-Tutor sind. Okay?«

Ich erwarte, dass ihn das aus dem Konzept bringt, aber er nickt gelassen.

»Das kann ich machen.«

Ich führe ihn ins Wohnzimmer, wo Lauren bereits auf dem kleinen Sofa hockt und die große Couch für uns frei lässt. Drei Dosen Cola light und eine Schachtel Käsekräcker stehen auf dem Couchtisch. Es ist so bizarr, dass ich fast kichern muss bei dem Gedanken, wie der steife, aufgeräumte Harry Morgan in der Kräckerbox wühlt.

»Harry, das ist Lauren Fox«, mache ich die beiden miteinander bekannt. »Lauren, darf ich dir Harry Morgan vorstellen?«

»Freut mich, Sie kennenzulernen«, sagt Harry höflich.

»Und danke, dass Sie uns für dieses Gespräch Ihr Zuhause zur Verfügung stellen.«

»Kein Problem«, antwortet Lauren, obwohl ihr Gesichtsausdruck plötzlich ängstlich wirkt – beinahe so ängstlich, wie ich mich fühle. »Freut mich auch, Sie kennenzulernen.«

Ich setze mich auf die Couch und Harry folgt meinem Beispiel.

»Also, worum geht es?«, frage ich mit abgehackter Stimme. »Was müssen Sie mir mitteilen?«

»Nun ... dies wären ungewöhnliche Neuigkeiten für jeden, aber ich nehme an, Sie haben es immer für möglich gehalten, wenn man bedenkt, dass Sie die Dritte in der Reihe waren«, beginnt er und zieht einen Ordner mit Papieren aus seiner Aktentasche.

Ich starre ihn verständnislos an.

»Die Dritte in der Reihe für was?«

»Oh mein Gott, hatte ich tatsächlich recht? Hat sie eine Milliarde Dollar geerbt?«, platzt Lauren hervor.

Harry kichert.

»Nicht annähernd so viel, fürchte ich. Aber Sie haben tatsächlich etwas geerbt.«

Er reicht mir den Ordner auf seinem Schoß, der auf einer Seite mit der Überschrift *Letzter Wille und Testament des elften Herzogs von Wickersham* aufgeschlagen ist. Ich komme nicht über diese Zeile hinweg.

»Mein Großvater ist tot?«, rufe ich.

Harry sieht mich entsetzt an.

»Ich – ich habe Ihnen unmittelbar nach seinem Tod geschrieben. Ich habe Mrs Marino deswegen angerufen. Haben Sie es nicht gewusst?«

»Nein«, antworte ich schwach. Mir ist leicht schwindlig.

»Es tut mir schrecklich leid, Sie so damit zu überfallen«, murmelt Harry und senkt den Blick. »Mit der Gesundheit des Herzogs war es nach seinem Schlaganfall vor sechs Jahren stetig bergab gegangen. Aber er ist jetzt an einem besseren Ort. Damit können wir uns trösten.«

Meine Wangen brennen vor Scham, als mir klar wird, dass es nicht nur sein Tod war, von dem ich nichts gewusst habe. Ich habe auch nicht geahnt, dass er krank war – ich habe ja nie angerufen oder ihn besucht. Wie konnte ich nur so ein Feigling sein? Und *warum* haben die Marinos mir nicht gesagt, was sie wussten?

»Es tut mir so leid«, flüstere ich.

»Das führt mich zu der Angelegenheit, um die es sich eigentlich dreht«, sagt Harry und räuspert sich. »Der Tod Ihres Großvaters bedeutet, dass Sie ... alles erben.«

Für einen Sekundenbruchteil friert die Welt um mich herum ein. Da ist kein Geräusch, keine Bewegung außer meines hektischen Herzschlags.

»Was? Ich bin – ich bin nicht ... ich sollte nicht die Nächste in der Erbfolge sein«, gelingt es mir noch zu stammeln. »Das ergibt keinen Sinn.«

Ich beobachte, wie die Farbe aus Harrys Gesicht weicht.

»Haben Sie auch meine Nachrichten bezüglich Ihrer Cousine Lucia nicht erhalten?«, fragt er stockend.

Beim Klang ihres Namens von seinen Lippen schnappe ich nach Luft. Jahrelang hat sie nur in meiner Erinnerung existiert, und es erschüttert mich, jemand anderen von ihr sprechen zu hören. Und dann dämmert mir, was er vielleicht sagen könnte, und ich schüttele den Kopf, weil es unmöglich ist – ausgeschlossen.

»Welche Nachrichten?«, flüstere ich.

Harry zuckt zusammen. Ihm graut offensichtlich vor dem, was er nun aussprechen muss.

»Es tut mir so – unsäglich leid, Ihnen das sagen zu müssen.« Seine Stimme zittert. »Lucia ist … sie ist … also, ich fürchte, sie ist … tot.«

IV

Nein!«

Ich springe auf und wende mich voller Entsetzen von Harry ab. Lauren versucht, mich zu trösten, doch ich stoße sie weg und schlucke die Galle herunter, die mir hochkommt.

»Das ist unmöglich. Sie – sie ist nur zwei Jahre älter als ich! Sie war stärker als ich, besser als ich. Sie kann unmöglich tot sein.«

»Bitte, Euer Hoheit, ich verstehe, dass es ein Schock ist, aber ich …«

»Nennen Sie mich nicht Euer Hoheit!«, explodiere ich. »Ich bin niemandes Hoheit.«

»Doch, das sind Sie. Um Ihnen genau das mitzuteilen, bin ich hierhergekommen. Und genau das versuche ich schon seit Wochen zu übermitteln.« Harry beugt sich vor und sieht mich mit einer beinahe ehrfürchtigen Miene an.

»Der Tod Ihres Großvaters bedeutet, dass Sie nicht nur Rockford Manor, sondern auch seinen Titel und sein Herzogtum erben. Daher werden Sie von jetzt an mit ›Ihre Hoheit, die Herzogin von Wickersham‹ angesprochen.«

»Das – das ist Wahnsinn!« Ich sehe mich wild um. »Lauren, wo ist dein Telefon? Ich muss in England anrufen. Das muss ein Scherz sein. Mein Großvater und Lucia werden dort sein und wir werden alle herzlich lachen ...«

»Imogen«, unterbricht mich Lauren. »Ich glaube nicht, dass er Witze macht.«

Ich blicke zwischen ihr und Harry Morgan hin und her und fühle mich, als sei mir alle Luft aus den Lungen gewichen. Meine einst engste Freundin, die Cousine, die mich so oft mit ihrer überlebensgroßen Präsenz eingeschüchtert hat, *kann* nicht tot sein. Aber der gequälte Ausdruck auf Harrys Gesicht ist genug, um mir klarzumachen, dass es wahr ist. Und ich nie wieder die Chance haben werde, die Dinge zwischen uns in Ordnung zu bringen.

Ich sinke benommen in einen Armsessel.

»Wie ist sie gestorben?« Meine Stimme ist kaum hörbar.

Harry schließt für einen Moment die Augen.

»Es gab letzten Herbst einen heftigen Sturm, den schlimmsten, den ich je in Großbritannien erlebt habe. An diesem Abend ließ Lucia das Personal wissen, dass sie früh zu Bett gehen werde. Aber als die Haushälterin am nächsten Morgen in ihr Zimmer kam, war sie nicht da. Ihr Bett war unbenutzt, und neben der Ankleidekommode stand eine leere Wodkaflasche, sodass wir vermuten, sie habe getrunken – wieder einmal. Das Personal von Rockford Manor hat das Gelände abgesucht und noch am gleichen Tag ihren Leichnam gefunden.« Harry holt zittrig Luft. »Sie war mit dem Kopf gegen eine der Steinsäulen am Eingang zum Labyrinth geschlagen.«

Ich habe Mühe, seinen Worten zu folgen.

»Also – das ist alles? Woher wissen Sie mit Bestimmtheit, was sie getötet hat?«

»Angesichts des Unwetters und ihrer Volltrunkenheit hielt die Polizei es für wahrscheinlich, dass sie im Regen gestürzt und mit dem Kopf gegen die Säule geschlagen ist. Die Autopsie hat die Todesursache bestätigt, einen Schlag auf den Kopf mit einem stumpfen Gegenstand. Die Polizei hat angeboten, weitere Untersuchungen anzustellen, aber Ihr armer Großvater war zu mitgenommen und krank, um mehr zu ertragen. Um seinetwillen haben wir darum gebeten, den Fall zu schließen, und die liebe Lady Lucia zur letzten Ruhe gebettet.«

»Ich muss – ich muss mich übergeben«, platze ich heraus. Ich halte mir eine Hand vor den Mund und stolpere ins Gästebad.

Anschließend lehne ich den Kopf gegen die kalten Kacheln der Wand, der Raum dreht sich um mich, während mir Lucias schönes Gesicht vor Augen steht – blutüberströmt. Ich nehme halb wahr, dass Lauren hereinkommt und mir besänftigend die Schultern massiert, aber nichts spendet mir Trost. Die Geschichte hat einen grauenhaft vertrauten Klang. Ein unschuldiger Unfall, ein plötzlicher Tod, das Labyrinth – es ist so, als würde ich Mum und Dad ein zweites Mal verlieren.

Es liegt mir wie ein Stein im Magen, dass sie tot ist und ich mich nie entschuldigt habe, dass ich die Jahre, die ich ferngeblieben bin, nicht mehr wiedergutmachen kann. Meine Schuldgefühle überwältigen mich angesichts der Frage, wie es hätte sein können, wenn wir in Verbindung geblieben wären, wenn ich für Lucia da gewesen wäre. Vielleicht hätte sie dann in dieser Nacht nicht getrunken – vielleicht hätte ich ihren Unfall irgendwie, auf irgendeine Art und Weise verhindern können.

Nach einer gefühlten Ewigkeit schaffe ich es aufzustehen. Ich stütze mich auf Lauren und kehre langsam zu Harry zurück.

»Geht es Ihnen gut, Hoheit?«, fragt er besorgt und springt auf die Füße, sobald ich den Raum betrete. Ich sinke ihm gegenüber in einen Sessel.

»Ich hätte für die beiden da sein müssen«, flüstere ich. »Nicht nur bei den Beerdigungen, sondern lange davor. Es tut mir so leid, dass ich Ihre Nachrichten nicht bekommen und mich die ganze Zeit über nicht eingebracht habe. Ich habe das alles vollkommen falsch angegangen, und ich – ich weiß nicht, ob ich mir das jemals verzeihen werde.«

Ich kann die Tränen nicht mehr zurückhalten; es ist, als sei ein Damm gebrochen. Ich vergrabe das Gesicht in den Händen und lasse die Tränen fließen und meine Finger benetzen. Im Allgemeinen verspüre ich Erleichterung, wenn ich heftig geweint habe, aber diesmal nicht. Es folgt ein schmerzhaftes Schweigen, während Harry und Lauren mich hilflos beobachten. Dann holt Harry tief Luft und beginnt zu sprechen.

»Sie dürfen sich daran nicht die Schuld geben. Sie waren zur Zeit des Feuers noch ein Kind, und man hat mir berichtet, dass Sie anschließend wegen posttraumatischen Stresssyndroms in Behandlung waren. Es ist kein Wunder, dass Sie Probleme hatten, nach Rockford zurückzukehren oder irgendjemanden zu sehen, der Sie an jene Nacht erinnert hat.« Er räuspert sich. »Aber so viele Menschen verlassen sich jetzt darauf, dass Sie zurückkommen, dass Sie Ihren Platz als Haupt von Rockford Manor einnehmen.«

Ich spüre, wie mich bei seinen Worten ein Angstschauer überläuft.

»Ich verstehe das nicht. Warum *ich?* Gibt es niemand anderen?«

»Ich fürchte, nach dem Feuer und Lucias Tod sind Sie die nächste lebende Nachfahrin des verstorbenen Herzogs und die einzige mögliche Erbin, die noch übrig bleibt. Rockford Manor fällt mit allem Land, das dazugehört, an den Staat zurück, wenn es keinen direkten Nachkommen gibt, der das Erbe antritt«, erklärt er. »In diesem Fall würden die Angestellten, die seit Jahrzehnten auf Rockford waren, ihre Stellung und ihr Zuhause verlieren. Sie brauchen Sie.«

»Kann ich nicht die Besitzerin oder Erbin sein, ohne tatsächlich dort zu leben? Sie müssen verstehen, ich war nicht mehr da seit ...« Meine Stimme verliert sich. »Es ist einfach – ich werde Rockford nie mehr mit denselben Augen sehen, nach allem, was passiert ist. Ich kann mir nicht vorstellen, ohne meine Familie dort zu sein.«

Harry wirft mir einen mitfühlenden Blick zu.

»Das ist schrecklich viel auf einmal, ich weiß. Aber bedauerlicherweise verlangen die Hausregeln, dass der Besitzer oder Erbe von Rockford auf dem Gelände leben und den Besitz verwalten muss. Hinzu kommt, dass die Bewohner von Wickersham immer einen Herzog oder eine Herzogin hatten, die den örtlichen Wohltätigkeitsveranstaltungen vorgestanden, Feste für die ansässige Bevölkerung veranstaltet und vor allem für Arbeit gesorgt hat. Außerdem öffnen wir Haus und Garten während der Sommermonate und an den Feiertagen für Führungen. Rockford Manor und seine Familie gehören fest zum Leben unserer örtlichen Gemeinschaft, und das ist etwas, das Sie – wenn Sie mir meine Direktheit verzeihen – wirklich bedenken sollten.«

»Wow. Irgendwie hat er recht«, murmelt Lauren.

Ich zupfe nervös an einer Locke.

»Aber – aber ich weiß nicht, wie man einem Herrenhaus vorsteht oder das Gesicht einer Stadt ist. Ich bin mir nicht sicher, ob ich die richtige Person für den Job bin.«

»Sie sind die einzige Person«, sagt Harry entschieden. »Niemand erwartet Perfektion, erst recht nicht von einer Siebzehnjährigen. Sie werden jede Menge Hilfe und – soweit nötig – genaue Anweisungen bekommen. Alles, was zählt, ist, dass Sie bereit sind zu lernen.«

»Aber Lucia … sie war für diese Art von Leben geboren und ich würde es ihr nehmen. Sie würde mich dafür hassen.« Ich schaudere innerlich.

»Lucia war auch nicht zwangsläufig dazu bestimmt, Erbin zu sein«, erwidert Harry bedächtig. »Ihr Vater war der Nächste in der Reihe, und wenn er und seine Frau überlebt und einen Sohn gezeugt hätten, hätte dieser Junge Lucias Platz in der Erbfolge eingenommen. Das Feuer hat alles geändert; es hat die Karten neu gemischt. Und jetzt müssen wir mit dem Blatt zurechtkommen, das wir haben.«

Ich kann nicht länger still sitzen. Rastlos gehe ich in Laurens Wohnzimmer auf und ab und zermartere mir das Hirn nach einer Lösung. Aber statt dass mir eine einfällt, sehe ich Bilder von meinem jüngeren Ich vor mir – wie ich Lucia auf dem Friedhof von Rockford den Rücken gekehrt und die Einladungen meines Großvaters ausgeschlagen habe. Wenn ich mein Erbe ablehne und Rockford Manor sich selbst überlasse, wird das noch einmal die gleiche Feigheit sein. Aber diesmal würde sich meine Verfehlung auf mehr Menschen auswirken; es wäre ein Verrat an meinen Eltern. Das kann und werde ich nicht tun. Und in diesem Moment steht meine Entscheidung fest.

Ich werde nach England ziehen; ich werde alles tun, was von mir verlangt wird. So viel schulde ich den Rockfords – meiner Familie.

»Okay«, sage ich einfach. »Ich werde es tun.«

Ich fühle mich seltsam erleichtert, sobald ich die Worte ausgesprochen habe. Es wird keine Sorgen und kein Ringen um meine Zukunft mehr geben, keine Debatten mit den Marinos über die NYU oder ein freies Jahr. Die Entscheidung über meine Zukunft ist gefallen. Es ist keine, die ich jemals selbst getroffen hätte, aber die Vorstellung, der Familie meines Vaters gegenüber eine Pflicht zu erfüllen, gibt mir plötzlich ein Ziel – etwas, das ich nicht mehr hatte, seit ich ihn verloren habe.

Harry stößt einen Seufzer der Erleichterung aus, während Lauren mich anstarrt.

»Du tust das Richtige«, erklärt sie nach einer Pause und drückt mir die Hand. »Aber ... das ist alles so irre. Ich kann mir nicht einmal vorstellen, dass wir in verschiedenen Städten leben, geschweige denn in verschiedenen Ländern. Was soll ich bloß ohne dich machen?«

»Was soll ich bloß ohne *dich* machen?« Ich schüttele bekümmert den Kopf. »Wir werden einfach jeden Tag telefonieren oder E-Mails schicken und einander so oft wie möglich besuchen.«

»Vielleicht kannst du eins der Zimmer in deinem neuen

Zuhause offiziell zum Lauren-Fox-Gästezimmer erklären?«, fragt sie mit einem kleinen Lächeln.

»Natürlich. Wenn irgendjemand Rockford Manor für mich aufhellen kann, dann du.«

»Ich möchte Ihnen im Namen aller Menschen in Wickersham sagen, wie begeistert ich bin, dass Sie sich bereit erklärt haben, Ihren Titel und Besitz anzunehmen«, sagt Harry mit großer Geste. »Ich habe hier einige Papiere, die Sie unterschreiben müssten, vor allem die Beurkundung Ihres Erbantritts und die Übernahme des Besitzes. Außerdem müssen wir einen Flug für Sie buchen. Wie bald können Sie aufbrechen? Je früher desto besser, da es nicht üblich ist, dass Wickersham so lange ohne einen Herzog oder eine Herzogin am Ort ist.«

»Ähm …« Ich habe zwar meine Entscheidung getroffen, aber dass alles so schnell geht und nichts mehr so sein soll wie vorher, plättet mich doch einigermaßen. »Also, ich muss zuerst meinen Highschoolabschluss machen. Bis dahin sind es nur noch zwei Wochen. Und wenn ich vor meinem achtzehnten Geburtstag – im Oktober – aufbrechen will, werde ich wahrscheinlich die Erlaubnis meiner Vormünder brauchen. Richtig?«

»Eigentlich nicht«, erklärt Harry. »Im Testament Ihrer Eltern ist verfügt, dass Sie, sollten Sie jemals den Titel und den Besitz erben, als mündig gelten und daher auf Rockford leben und den Besitz unter einer Koregentschaft verwalten können, bis Sie einundzwanzig werden. Danach erhalten Sie die alleinige Verantwortung.«

Ich starre ihn an und mir klappt der Unterkiefer herunter.

»Warum … warum sollten meine Eltern auf die Idee kommen, so etwas in ihrem Testament festzuhalten? Vor dem

Feuer bestand keine Chance, dass ich jemals irgendetwas erbe.«

»Eine solche Klausel ist für alle direkten Nachkommen einer Person im Rang eines Herzogs üblich«, antwortet Harry. »In der Vergangenheit konnten Kriege binnen kurzer Frist ungezählte Erben auslöschen. Selbst Cousins fünften oder sechsten Grades mussten darauf vorbereitet sein, eine Erbschaft anzutreten. Die Klausel stammt noch aus diesen Zeiten.«

Ich nicke langsam.

»In Ordnung. Aber was ist eine ... eine Koregentschaft?«

»Die Beteiligung einer vertrauenswürdigen Person an der Verwaltung des Besitzes, bis der Erbe volljährig wird. In diesem Fall bin ich als Gutsverwalter Ihr Koregent.« Harry lächelt. »Aber ich verspreche, Sie werden nicht viel von mir zu sehen bekommen. Ich werde da sein, um Ihnen zu helfen, mit den Pächtern und den Angestellten fertigzuwerden und so weiter, und wir werden Entscheidungen über den Besitz gemeinsam treffen, aber abgesehen davon steht es Ihnen frei zu tun, was Sie wünschen.«

»Lieber Himmel, wenn man sich vorstellt, dass du bis gestern nicht mal wusstest, für welches Fach beziehungsweise ob du dich überhaupt an der NYU einschreiben wolltest«, staunt Lauren. »So viel dazu, dass sich dein Leben über Nacht verändern kann!«

»Das ist nicht witzig«, entgegne ich leise. »Ich – ich sollte jetzt wahrscheinlich nach Hause gehen und mit den Marinos reden. Ich weiß nicht genau, wie das Gespräch mit ihnen laufen wird, aber mein Gefühl sagt mir, dass es nicht besonders schön wird. Alles wäre anders gekommen, wenn sie einfach *ehrlich* zu mir gewesen wären.«

»Möchten Sie, dass ich mit Ihnen komme, um mit den beiden zu sprechen?«, erbietet sich Harry.

»Ich kann auch dabei sein, zur moralischen Unterstützung«, fügt Lauren hinzu.

»Danke euch allen beiden. Aber ich denke, das muss ich allein schaffen. Ich rufe Sie morgen an, damit wir alles Weitere besprechen können«, sage ich zu Harry.

»Eine Sache wäre da noch.« Harry steht auf. »Da Sie ungefähr zu Beginn der gesellschaftlichen Saison in England eintreffen werden – was bedeutet, dass von Ihnen erwartet wird, in der Öffentlichkeit aufzutreten und in Rockford Gäste zu empfangen –, brauchen Sie noch ein wenig einschlägigen Unterricht. Herzoginnentraining sozusagen. Wir können einen Experten für Etikette einfliegen lassen und ihn in einem Hotel in der Nähe unterbringen, wenn Sie nach der Schule Zeit für einige Lektionen einräumen können.«

»Ähm ... was?«, kiekse ich. »Sie wollen wirklich ein Vermögen ausgeben, um einen Experten für Etikette nach Amerika zu holen, der mir *Herzoginnenlektionen* erteilt? Das ist einfach zu schräg.«

»Nun, *ich* gebe das Geld ja nicht aus«, erwidert Harry mit einem Grinsen. »Sie sind die Erbin, vergessen Sie das nicht. Durch die Papiere, die Sie zu unterzeichnen im Begriff stehen, werden die Rockford'schen Bankkonten auf Ihren Namen umgeschrieben. Ich als Ihr Koregent habe die Aufgabe, Ihnen davon genug für Ihren persönlichen Bedarf zur Verfügung zu stellen, damit Sie Ihr Erbe nicht durchbringen, wie so viele junge Leute es tun. Aber wenn ich so offen sein darf, ein Fachmann für Etikette wird die Bank kaum sprengen. Und es ist ziemlich notwendig.«

Lauren und ich drehen uns mit großen Augen zueinander um.

»Es ist, als ... als seist du jetzt eine ganz neue Person«, sagt Lauren unbeholfen.

Ich schüttele den Kopf.

»Das bin ich nicht. Sie können mich eine Herzogin nennen, aber ich bin immer noch ich.«

Als ich nach Hause komme, legt Carole gerade letzte Hand ans Abendessen, während Zoey den Tisch deckt. Einen Moment lang stehe ich einfach nur in der Tür und schaue zu, wohl wissend, dass dies mein letzter Blick auf unser normales Familienleben sein wird. Wenn ich mich losgerissen habe, werde ich die anderen mit meiner Neuigkeit konfrontieren – und danach wird sich mein Leben für immer verändern.

»Hi«, rufe ich. »Ich bin zu Hause.«

»Gut. Du hast heute Abend Geschirrspüldienst«, feixt Zoey.

Carole kommt aus der Küche, um mich zu begrüßen. Ihr nervöser, unsteter Blick verrät mir, dass sie Harry Morgans Brief gelesen hat – und nicht will, dass ich davon erfahre. Meine Wut über ihre Heimlichtuerei lodert von Neuem auf, aber ich zwinge mich um Zoeys Willen, ruhig zu bleiben.

Ich warte, bis Keith von der Arbeit zurückkommt, und wir alle um den Esstisch sitzen und uns darauf vorbereiten, über das Brathühnchen herzufallen.

»Ich habe Neuigkeiten«, beginne ich und meine Stimme klingt selbst in meinen Ohren komisch und schrill. »Es ist gut, dass ihr alle sitzt.«

Caroles Gabel fällt klirrend auf ihren Teller und Keith blickt mich mit einem besorgten Stirnrunzeln an. Zoey faltet hämisch die Hände.

»Du und Marc, ihr seid zusammen!«

»Ähm, nein. Aber ich finde es *ganz* toll, dass du es für eine welterschütternde Neuigkeit halten würdest, wenn ich einen festen Freund hätte.«

»Ich sage ja bloß, dass es Zeit wird.« Zoey zuckt die Achseln.

»Wie dem auch sei«, fahre ich fort. »Es hat mit meiner Familie zu tun. Mit den Rockfords.«

»Zoey, kannst du uns für eine Minute allein lassen?«, wirft Keith schnell ein.

»Was?« Zoey sieht ihn ungläubig an. »Vertreibst du mich ernsthaft vom Abendessen – noch dazu, wenn Imogen gleich eine große Ankündigung machen wird?«

»Lass sie bleiben«, sage ich zu Keith. »Sie wird es so oder so erfahren.«

Er schiebt seinen Teller zur Seite und die Falte zwischen seinen Brauen vertieft sich. Ich räuspere mich unbeholfen und drehe mich zu Zoey um.

»Zo, ich bin mir nicht sicher, wie viel du von alledem weißt, weil wir nie wirklich darüber gesprochen haben und du erst acht warst, als ich zu euch gezogen bin. Aber meine Eltern, die in dem Feuer gestorben sind, sie ... sie waren Teil einer adligen Familie in England. Der Familie gehört Rockford Manor in Oxfordshire, ein Herrenhaus mit großem Landbesitz, außerdem einem Dorf, Bauernhöfen ...«

»Was, adlig? Du meinst, so wie die Königsfamilie?«, unterbricht mich Zoey mit großen Augen.

»Nein, nein. Aber in England gibt es außer der Königsfamilie noch weitere Adlige – Herzöge und Herzoginnen, Earls und Gräfinnen und so weiter. Mein Dad war der jüngere Sohn des Herzogs von Wickersham. Deshalb wurde er Lord und meine Mum Lady genannt.«

Carole und Keith sitzen wie erstarrt da und hören mir mit einem Ausdruck des Schreckens in den Augen zu.

»Also, wozu macht dich das?«, fragt Zoey atemlos.

»Na ja, als meine Eltern noch lebten, bedeutete es, dass ich irgendwie besonders behandelt wurde, nur weil ich Teil dieser Familie von Herzögen und Herzoginnen war. Aber nach dem Brand änderte sich die Erbfolge – alles änderte sich. Meine Cousine, Lucia, wurde zur nächsten Anwärterin auf das Erbe von Rockford Manor und den Herzogtitel. Sie wäre also die nächste Herzogin von Wickersham geworden.« Ich schlucke hörbar. »Aber sie ist letztes Jahr bei einem Unfall ums Leben gekommen – was ich selbst erst heute erfahren habe.« Meine Hände zittern, während ich spreche, und ich kann Keith und Carole nicht ansehen, bin außerstande zu begreifen, wie sie mir das hatten vorenthalten können.

»Das ist ja schrecklich! Aber was bedeutet das für dich?«, bedrängt mich Zoey.

»Mit ihrem Tod bin ich nach meinem Großvater die Nächste in der Erbfolge. Und der ist im letzten Monat gestorben – wovon ich ebenfalls nichts wusste.« Diesmal gelingt es mir, Carole und Keith anzusehen, und ich werfe ihnen einen vernichtenden Blick zu.

Zoey klappt der Unterkiefer herunter.

»Das bedeutet, dass du … dass du eine …?«

»Ja. Vor dir sitzt die neue Herzogin von Wickersham und die Eigentümerin von Rockford Manor.« Ich versuche, die

Stimmung mit einem scherzhaften Ton aufzulockern, aber stattdessen klinge ich beinahe so verängstigt, wie ich mich fühle.

»Oh. Mein. Gott.«

Zoey zumindest scheint es zu gefallen. Sie starrt mich an, als hätte ich mich in einen Promi aus einer ihrer Lieblingszeitschriften verwandelt.

»Ist das dein Ernst? Das ist unglaublich! Aber erzähl mir nicht, dass ich mich jetzt vor dir verbeugen muss. Muss ich doch nicht, oder?«

»Natürlich nicht!« Ich lache. »Ich meine, die Leute haben sich vor meinem Großvater verbeugt, aber ich würde mir albern vorkommen. Wie gesagt, ich bin kein Mitglied der königlichen Familie.«

»Aber du bist nah dran«, staunt Zoey.

»Na ja … ich schätze, irgendwie schon. Die Herzogin von Wickersham dient im Allgemeinen bei königlichen Zeremonien wie Krönungen und Hochzeiten als Hofdame.« Mir wird bewusst, wie großspurig ich klinge, und ich hüstele verlegen. »Tut mir leid. Ich weiß, das alles kommt so plötzlich und ist so unwirklich, aber ich habe die Erbschaftsurkunde unterzeichnet, daher gibt es kein Zurück mehr.«

Meine Worte rütteln Carole und Keith gleichzeitig aus ihrem Schockzustand wach.

»Du hast WAS unterzeichnet?«, bellt Keith.

»Wie konnte es dazu kommen? Wieso hast du mit Harry Morgan gesprochen? Er sollte sich nicht mit dir in Verbindung setzen!«, tut Carole ihren Ärger kund.

»Ja, das ist der Teil der Geschichte, den ich am wenigsten verstehe.« Ich umfasse voller Zorn die Tischkanten. »Wie konntet ihr das alles vor mir geheim halten? Ich hätte wissen sollen, dass mein Großvater krank war und dass er und Lucia *gestorben* sind. Ich hätte zu ihren Beerdigungen gehen sollen. Und Keith – du hast mich darüber belogen, wer gestern Abend angerufen hat. Ich habe euch beiden vertraut, meine Eltern haben euch vertraut, und ihr habt mich seit Ewigkeiten belogen! Wie *konntet* ihr?« Meine Stimme bricht, und ich wende mich ab und verschlucke mich beinahe an meinem Atem.

Carole verzieht das Gesicht und Tränen füllen ihre Augen. Zoey schweigt betroffen und sieht sich am Tisch um, als erkenne sie keinen von uns wieder. Allein Keith bewahrt die Fassung. Als er spricht, ist seine Stimme fest und gleichmäßig.

»Es tut mir leid, dass du so empfindest, Imogen. Aber der Grund, warum wir das alles vor dir verborgen gehalten haben, ist simpel – wir wollten dich beschützen. Vielleicht erinnerst du dich nicht daran, in welcher Verfassung du zu uns gekommen bist. Aber Carole und ich werden niemals vergessen, was für ein Häufchen Elend zu warst. Ein ganzes Jahr lang bist du nachts aus deinen Albträumen aufgewacht und hast vor Angst geweint; du hast kaum gesprochen oder gegessen oder dein Zimmer verlassen. Immer wenn du einen Brief oder irgendeine Art von Korrespondenz aus Rockford Manor erhalten hast, wurden deine Albträume und deine Panikattacken schlimmer. Schließlich, mehr als zwei Jahre nach dem Feuer, wurdest du wieder du selbst, das Mädchen, das wir kannten. Endlich konnten wir dich wieder lächeln sehen und du warst glücklich. Also haben Carole und ich uns geschworen, alles in unserer Macht Stehende zu tun, damit es so blieb. Und das bedeutete, dich vor den Menschen und Orten abzuschirmen, die dein

Trauma ausgelöst haben. Das waren wir nicht nur dir schuldig, sondern auch deinen Eltern.«

Ich starre ihn sprachlos an. Ich erinnere mich nicht daran, in einer so schlechten Verfassung gewesen zu sein, als ich zu den Marinos gezogen bin. Ich habe versucht, diese Jahre auszublenden, und jetzt ist meine Erinnerung daran ganz verschwommen.

»Aber – aber …«, stammele ich. »Meine Eltern hätten *gewollt*, dass ich von Lucia und meinem Großvater höre. Und mein Dad hätte von mir erwartet, dass ich mich um Rockford Manor kümmere. Es war sein Elternhaus. Er hätte nie gewollt, dass ich mein Erbe ausschlage und zulasse, dass Rockford an den Staat fällt. Ich mag … gebrochen gewesen sein, aber das bedeutet nicht, dass ihr Entscheidungen darüber treffen könnt, was rechtmäßig mir gehört.«

»Es steckt noch mehr dahinter«, sagt Carole langsam. Keith wirft ihr über den Tisch hinweg einen warnenden Blick zu, aber sie fährt fort. »Dein Vater hat Rockford Manor geliebt, das ist wahr. Aber kurz vor dem Brand, als deine Mutter Vorbereitungen für den jährlichen Sommerurlaub traf, hat sie mir anvertraut, dass sie sich in Rockford nicht mehr wohlfühlte. Sie sagte, dass sie im Haus seltsame Dinge gesehen hat und dass sie sich manchmal dort fürchte.«

»Was?« Ich blinzele verwirrt und versuche, diese Beschreibung mit meinen Erinnerungen an Mum in Einklang zu bringen, die mir in der Bibliothek von Rockford fröhlich vorgelesen und in den Gärten Tee getrunken hat. »Sie schien niemals Angst zu haben.«

»Nun, ich stelle mir vor, dass sie es sich nicht hätte anmerken lassen wollen.«

»Also, was war es, wovor sie sich gefürchtet hat? Was waren das für Dinge, die sie gesehen hat?«, bedränge ich sie.

Carole zuckt hilflos die Achseln.

»Das weiß ich nicht. Als ich nachgefragt habe, hat sie es einfach abgetan und gesagt, das wäre wahrscheinlich nur dummes Zeug. Aber ich habe gespürt, dass mehr dahintersteckte. Als ich dann erfuhr, dass sich dort eine weitere Tragödie ereignet hatte – der Tod deiner Cousine – bestätigte das meine Befürchtung, dass irgendetwas an Rockford Manor faul ist. Dass gleich fünf Menschen dort in den Gärten sterben – es ist … es ist …« Sie kann den Satz nicht beenden und ihr Gesichtsausdruck wird immer drängender. »Du kannst nicht gehen. Wir können dich nicht verlieren.«

»Ihr werdet mich nicht verlieren …« Meine Stimme verebbt, während ich mit meiner Serviette spiele. Caroles Worte haben mich erschüttert und ich muss wieder an jenen verwirrenden, furchterregenden Ort denken, an dem eine Blume wuchs und Funken aus dem Nichts sprühten. Aber ich weiß nicht, ob Rockford Manor auch nur das Geringste damit zu tun hatte – und Caroles Theorie, dass das Feuer und Lucias Unfall auf makabre Art mit dem Haus zu tun hätten, klingt selbst für meine überschäumende Fantasie weit hergeholt.

»Ich denke, wir müssen ihn ihr zeigen, Keith«, sagt Carole abrupt.

Ich reiße den Kopf hoch.

»Mir was zeigen?«

Keith zögert.

»Es wird dir helfen zu verstehen«, drängt Carole. »Es wird Zeit.«

»Im Ernst, wovon redet ihr zwei?«, will Zoey wissen.

Keith nickt schwach. Carole schiebt ihren Stuhl zurück und verlässt den Raum. Wir drei warten schweigend, während mein Herzschlag sich beschleunigt, bis sie mit einem Blatt Papier zurückkehrt.

»Wir haben diesen Brief vor anderthalb Jahren bekommen«, offenbart Carole. »Keith und ich haben darüber gesprochen, und da wir nicht wussten, wer ihn geschickt hat oder was wir davon halten sollten, haben wir beschlossen, dir nichts davon zu erzählen – wir wollten dir keine unnötigen Sorgen bereiten oder dir sogar Angst machen. Aber nachdem du das hier gelesen hast, denke ich, wirst du besser begreifen, warum wir so wachsam in unserem Bemühen waren, dich von den Rockfords fernzuhalten.«

Ich schlucke nervös und nehme den Brief von Carole entgegen. Zoey rückt ihren Stuhl näher an mich heran, um über meine Schulter mitzulesen. Als sie scharf nach Luft schnappt, ist das wie ein Echo des Schreckens, mit dem ich die Worte einer geneigten Handschrift lese, die mir nicht bekannt vorkommt.

21. Januar 2013

Liebe Mrs und Mr Marino,

ich hoffe, dass Sie und Ihre Familie wohlauf sind. Ich schreibe Ihnen als Freund und in dem Wissen um eine Verschwörung, die Ihre Patentochter, Lady Imogen, betrifft, falls sie jemals nach Rockford Manor zurückkehren sollte. Ich kann Ihnen weder mehr sagen, noch kann ich mich an die Behörden wenden. Sie würden mir nicht glauben.

Ich weiß nur, dass Lady Imogen sicher sein müsste, solange sie bei Ihnen in Amerika bleibt. Lassen Sie sie nicht zurückkehren.

Mit freundlichen Grüßen
Ein Freund

Ich starre auf den Brief und lese ihn immer wieder, bis die Worte miteinander verschmelzen. Wer könnte ihn geschickt haben? Von was für einer Verschwörung ist hier die Rede? Meine Beine beginnen, unter dem Tisch zu zittern, und ich bewege mich auf meinem Stuhl und versuche, sie ruhig zu halten.

»Vielleicht ist es ein Scherz oder ein Trick?«, bemerkt Zoey hoffnungsvoll. »Nach allem, was wir wissen, könnte die Person, die den Brief geschrieben hat, einfach eifersüchtig darauf sein, dass Imogen Herzogin werden durfte, und wollte sie von alledem fernhalten.«

»Aber als dieser Brief abgeschickt wurde, war Imogen keine Herzogin – sie war nicht einmal die Nächste in der Erbfolge«, wendet Keith ein.

»Trotzdem könnte Zoey recht haben«, sage ich. »Wer sich mit all diesem britischen Gesellschaftskram befasst, weiß von mir, und die Person, die diesen Brief geschrieben hat, muss gewusst haben, dass ich damals an zweiter Stelle in der Erbfolge stand. Vielleicht gibt es irgendwo einen entfernten Cousin, der eifersüchtig ist und meinen Platz will?«

Noch während ich die Worte ausspreche, weiß ich, dass meine Theorie nicht viel Sinn ergibt – aber andererseits, wie könnte ich im Zentrum irgendeiner Verschwörung in

England stehen, wenn ich nicht mehr dort war, seit ich zehn Jahre alt war? Mir kommt ein anderer Gedanke.

»Habt ihr den Brief jemals irgendjemandem gezeigt? Vielleicht Oscar in Rockford Manor? Oder der Polizei?«

»Wir haben niemandem aus Rockford davon erzählt, aber wir haben eine Kopie an die Polizei in Wickersham geschickt«, antwortet Keith. »Dort haben sie Handschriften verglichen, konnten aber am Ort keine Übereinstimmung feststellen. Sie haben auch weitere Ermittlungen angestellt, das Ganze dann aber für unseren Geschmack ein wenig zu schnell zu den Akten gelegt.«

»Wenn es eine echte Bedrohung gäbe, hätten sie das nicht getan.« Ich verspüre eine Woge der Erleichterung. »Ich werde den Brief morgen Harry Morgan zeigen und eine Kopie an Oscar schicken. Ich weiß, dass ich den beiden vertrauen kann. Wenn sie das Gefühl haben, ich hätte einen Grund zur Sorge, dann werden wir uns darum kümmern, aber ansonsten ... lasst uns das einfach als schlechten Scherz betrachten. Okay?«

Carole sieht mich an und alle Farbe weicht aus ihrem Gesicht. Dann begreife ich, dass sie sich sicher war, dass der Brief meine Meinung ändern würde.

»Du bist so fest entschlossen, das zu tun«, sagt sie zittrig. »Wie kannst du die Gefahr einfach so missachten, in der du dich vielleicht befindest?«

»Weil wir nicht *wissen,* ob ich in Gefahr bin. Die Polizei schien nicht so zu denken – und ich kann schwerwiegende Lebensentscheidungen nicht aufgrund eines anonymen Briefes treffen, mit dem sich vielleicht einfach nur jemand mit schrägem Humor einen Witz erlaubt hat.« Ich atme tief durch. »Ich weiß, dass es einfacher und sicherer wäre hierzubleiben und auf das Herrenhaus und mein Erbe zu verzichten. Aber ich habe mich seit dem Feuer immer für die sichere Variante entschieden. Und jedes Mal habe ich den einfachen Weg gewählt, indem ich meine Cousine gemieden und so getan habe, als existierten die Rockfords nicht … Und jetzt tut mir das schrecklich leid. Vor allem heute, als ich herausgefunden habe, dass Lucia und mein Großvater tot sind und ich mich nie mehr entschuldigen oder die Dinge wieder in Ordnung bringen kann. Also werde ich diesmal mutig sein. Ich sage ja. Und es tut mir wirklich leid, wenn es euch aufregt, aber … nichts, was ihr sagt, könnte meine Meinung ändern.«

Erdrückendes Schweigen senkt sich über den Tisch.

»Du bist noch minderjährig«, sagt Keith schließlich. »Du brauchst unsere Erlaubnis.«

Ich zucke zusammen, unsicher, wie ich sagen soll, was ich sagen muss, ohne ihnen noch mehr wehzutun.

»Ähm. Der Gutsverwalter, Harry … er hat mir erzählt, dass im Testament meiner Eltern verfügt ist, dass ich, sollte ich jemals als Minderjährige Erbin von Rockford Manor werden, das Erbe nach eigenem Willen antreten darf. Also brauche ich eure Erlaubnis nicht. Ich habe die Papiere, wenn ihr sie sehen wollt.«

Zoeys Gesichtsausdruck gleicht sich dem ihrer Eltern an.

»Moment mal, willst du damit sagen, dass du *für immer* nach England ziehst?«

»Ich wünschte, ich könnte nein sagen, aber ja. Ich muss. Doch wir werden einander regelmäßig besuchen, wir alle vier. Das Haus ist riesig, ihr könnt euren eigenen Flügel haben, wenn ihr wollt …« Ich breche mitten im Satz ab, als ich sehe, dass Carole stumm weint, und ich eile zu ihrem Stuhl hinüber.

»Bitte, sag mir, was ich tun kann, um das alles ein wenig einfacher zu machen«, flehe ich. »Ich will keinen von euch verletzen. Aber ich muss es tun.«

»Du wirst doch bis zum Schulabschluss und zu meinem Geburtstag bleiben, oder?«, fragt Zoey kleinlaut.

»Natürlich«, verspreche ich. »Ich werde nicht abreisen, bevor du sechzehn geworden bist.«

»Wenn es nichts gibt, was wir tun können, um dich aufzuhalten, dann – dann gibt es eine Sache, die du für uns tun kannst«, meldet sich Keith ruhig zu Wort. »Du wirst die Universität in Oxford besuchen. Genau wie Edmund und ich.«

Ich unterdrücke ein Lachen.

»Keith, du weißt, dass ich dich nicht gern enttäusche, aber meine Chancen, in Oxford angenommen zu werden, stehen eins zu einer Million. Mein Erbe hilft mir da keinen Deut weiter. Inzwischen muss man so ziemlich Jahrgangsbester sein, um dort angenommen zu werden. Und wir wissen alle, dass ich das nicht bin.«

»Es ist vielleicht nicht so schwer, wie du denkst. Der dritte Herzog von Wickersham hat Oxford im 18. Jahrhundert eine recht beträchtliche Summe vermacht und die Rockfords haben die Universität seither finanziell unterstützt«, offenbart Keith. »Solange deine Zensuren respektabel sind – und das sind sie –, sehe ich keinen Grund, warum du nicht angenommen werden solltest.«

»Aber selbst wenn ich angenommen würde, wie soll ich mit all den Superklugen mithalten? Du hast immer gesagt, wie wahnsinnig hart die Kurse dort waren«, rufe ich ihm ins Gedächtnis.

»Du könntest dich auf das Fach spezialisieren, in dem du am besten bist. Vielleicht englische Literatur? Du liest doch gern.«

»Oh, ich habe von Oxfords Englischprogramm gehört. Anscheinend muss man dreistündige Präsentationen zu seinem Lesematerial halten und das auf Lateinisch.« Aber als ich Keith ansehe, weiß ich, dass ich einen Weg finden muss, ihn zu beschwichtigen. Es ist schlimm genug, dass ich die Marinos verlasse. »Wie wäre es, wenn ich einen Sommerkurs belegen würde? Falls ich ihn überlebe und bestehe, dann werde ich mich für nächstes Jahr ernsthaft bewerben.«

Keith zögert einen Moment lang, aber dann nickt er schwach. Carole sieht Keith an und schüttelt ärgerlich den Kopf, dann steht sie auf.

»Ein Sommerkurs in Oxford ändert auf keinen Fall etwas an der Tatsache, dass du mit siebzehn allein leben wirst, mit einer enormen Last auf deinen Schultern und der sehr realen Möglichkeit, dass dein Leben bedroht wird. Dem kann ich meinen Segen nicht geben.«

»Ich werde wohl kaum allein sein«, versuche ich, sie zu beruhigen. »Ich werde mit einem Dutzend Angestellten leben. Darunter ist der Butler, der meinen Dad großgezogen hat, plus Vollzeitsecurity.«

»Butler?«, wiederholt Zoey mit offenem Mund.

Carole wischt sich mit dem Handrücken über die Augen.

»Ich weiß, dass ich dir dein Erbe nicht ausreden kann. Welches junge Mädchen wäre nicht gern eine Herzogin und würde in ihrem eigenen Palast leben? Aber ich hatte immer ein schlechtes Gefühl, was diesen Ort betrifft – und du magst den Brief für einen Scherz halten, aber er hat meinen

Verdacht nur bestärkt. Also nein, ich kann nicht glücklich darüber sein.«

»Ich erwarte nicht, dass du jetzt glücklich darüber bist. Aber eines Tages wirst du es sein, und du wirst sehen, dass ich das Richtige getan habe«, antworte ich. »Und ich verspreche, wenn ich in Rockford Manor ankomme und spüre, dass etwas nicht stimmt, werde ich sofort wieder kehrtmachen. Bitte, versuch … versuch einfach, dir keine Sorgen zu machen. Es wird alles gut werden.«

Zoey greift quer über den Tisch nach meiner Hand.

»Du hast meine Unterstützung.« Sie zwingt sich zu einem Lächeln. »Meine Schwester, die *Herzogin.*«

V

In dieser Nacht wälze ich mich im Bett herum und immer habe ich Lucias Gesicht vor Augen. Wenn ich die Augen schließe, sehe ich sie so, wie sie im Alter von zwölf war – aber ihr schönes Gesicht ist blutbefleckt. Das Blut quillt aus ihren Augenlidern, es färbt ihr Haar dunkelrot. Ich versuche verzweifelt, mich von dem furchteinflößenden Anblick abzuwenden, und doch bin ich erstarrt.

»Wie konntest du zulassen, dass mir das zustößt?«, schluchzt sie und schüttelt ihre bleichen Arme in meine Richtung. *»Wie konntest du zulassen, dass ich mich in das hier verwandele?«*

Ich reiße die Augen auf, kurz bevor sie nah genug kommt, um mich zu berühren. Ich bin daheim in New York – und sie ist fort. Aber das Gewicht meiner Schuld ist schwerer als zuvor. Ich hätte für sie da sein sollen und stattdessen ... nehme ich ihren Platz ein.

»Verzeih mir, Lucia«, flüstere ich in die Dunkelheit.

Ich liege stundenlang so da, schlafe nicht und bewege mich auch nicht – sondern erinnere mich an die beiden kleinen Mädchen, die früher zusammen gespielt haben, die Geheimnisse miteinander teilten und nachts oft im Bootshaus von Rockford schliefen. Ich weiß, dass ich schnell erwachsen werden muss, wenn der Morgen kommt. Und tatsächlich, als der Tag anbricht, verschwinden die beiden kleinen Mädchen aus meiner Erinnerung zusammen mit dem Mond.

Meine neue Realität beginnt, als Harry Morgan auftaucht, um Zoey und mich zur Schule zu eskortieren. Am Ende unseres Treffens am Vortag hat er schon vorhergesagt, dass die Nachricht von meinem Erbantritt im Herzogtum bis zum Morgen allgemein bekannt sein würde, da das Vereinte Königreich uns fünf Stunden voraus ist.

»Nur für den Fall, dass die Presse vor Ihrer Schule kampieren sollte, würde ich es wirklich vorziehen, Sie und Miss Marino zu chauffieren«, erklärte er.

Ich gab nach, aber nur weil das Wort »Presse« mich panisch machte. Als ich jetzt ins Wohnzimmer komme, wo Carole und Keith Harry mit Blicken durchbohren, als würde er zur gegnerischen Partei gehören, frage ich mich, ob das vielleicht keine so tolle Idee war.

»Guten Morgen!«, rufe ich mit gespielt fröhlicher Stimme. »Ich sehe, ihr habt euch bereits bekannt gemacht.«

Alle drei nicken steif. Nur Harry lächelt.

»Sind Sie soweit, Hoheit?«

Carole und Keith tauschen einen erschrockenen Blick, als sie zum ersten Mal hören, wie er die Anrede benutzt, die meinem Rang entspricht.

»Nur eine Sekunde.« Ich stöbere in meinem Rucksack und ziehe den anonymen Brief heraus. »Was können Sie uns dazu sagen?«

Harry Morgans Augenbrauen schießen in die Höhe, als er den Brief liest. Er überfliegt ihn ein zweites Mal, bevor er den Kopf schüttelt und ihn mir zurückgibt.

»Ich kann Ihnen eines sagen – das hat niemand von unserem Personal geschrieben. Ich habe alle ihre Verträge in meinem Büro und bin mit der Handschrift jedes Einzelnen vertraut. Ganz zu schweigen davon, dass ich alle Angestellten und Pächter ziemlich gut kenne. Ich bin sehr zuversichtlich, dass niemand in Rockford Manor eine Verschwörung gegen Sie angezettelt hat«, versichert er mir.

Ich nicke erleichtert.

»Das ist es, was ich hören wollte.«

»Wie sieht es außerhalb von Rockford aus?«, wirft Keith ein. »Nur weil dieser Brief nicht von jemandem geschrieben wurde, der auf Rockford Manor lebt, macht ihn das zu keiner geringeren Drohung.«

»Tatsächlich tut es das durchaus. Fakt ist, dass jeder wohlhabende Träger eines großen Titels dergleichen ausgesetzt ist.« Harry zuckt nonchalant die Achseln. »Nehmen Sie zum Beispiel die Herzogin von Cambridge. Bei all ihren Legionen von Bewunderern hat sie auch einige Verleumder, die online abscheuliche Dinge über sie verbreiten oder ihr Briefe schicken, neben denen sich dieser ausmacht wie ein Liebessonett. So sieht das Leben im Auge der Öffentlichkeit eben aus und darum nehmen wir die Auswahl unseres

Hauspersonals und der Security so ernst. Ich versichere Ihnen, Mr und Mrs Marino, dass Lady Imogen zu jeder Zeit extrem gut geschützt sein wird.« Er beugt sich eifrig vor. »Niemand wird in der Lage sein, sie anzurühren.«

Zoey wählt diesen Moment, um in den Raum zu hüpfen.

»Ooh! Sind Sie Harry Morgan? Ich bin praktisch die Schwester der Herzogin.« Sie schüttelt ihm die Hand, bevor sie sich zu uns allen umdreht. »Also, was habe ich verpasst?«

»Nur dass Harry uns gesagt hat, dass wir uns wegen dieses blöden Briefes keine Sorgen zu machen brauchen.« Ich stopfe ihn zurück in meine Tasche. »Kommt, wir gehen.«

Glücklicherweise bin ich in New York keine hinreichend große Nummer, um mehr als ein paar versprengte Journalisten vor die Carnegie High zu locken. Zoey und ich können unbemerkt hineinschlüpfen – aber ich hätte wissen sollen, dass Zoey die Sache nicht für sich behalten würde. Mittags habe ich mich bereits daran gewöhnt, dass Mitschüler, die meine Existenz bisher kaum zur Kenntnis genommen haben, plötzlich an meinem Lunchtisch vorbeikommen, als täten sie das jeden Tag, und von England schwärmen und fragen, wann ich William und Kate kennenlerne.

»Warum hast du nie erzählt, dass du demnächst Herzogin wirst?«, fragt Jenna Carvel, eins der superbeliebten Mädchen, die Lauren und mich belagern.

»Ähm ... weil ich das eigentlich gar nicht werden sollte«, antworte ich düster und bin in Gedanken bei Lucia. »Aber so oder so, es wäre nicht besonders cool von mir gewesen herumzulaufen und es auszuposaunen, richtig?«

Lauren nickt zustimmend, aber die anderen Mädchen sehen mich verwirrt an.

»Wie meinst du das, nicht besonders cool? Und wie konntest du es überhaupt geheim halten, dass du zu dieser Familie gehörst?« Jenna zieht eine Augenbraue hoch. »Ich meine, dein Großvater war der *Patenonkel* des Prinzen!« Das Wort *Patenonkel* entlockt den übrigen Mädchen ein aufgeregtes *Ah*.

»Na ja, er hat ja noch ein paar andere Patenonkel«, verdeutliche ich. »Aber ja, alle wussten es, als meine Eltern noch lebten. Nachdem ich zu den Marinos gezogen und dann in die Mittelstufe gekommen bin, habe ich einfach ... ich weiß nicht ...«

»Sie hat es vorgezogen, unter dem Radar zu fliegen«, meldet sich Lauren zu Wort.

»Jepp. Genau das.«

Für den Rest der Mittagspause bleibe ich still und lausche dem Geschnatter der Neuankömmlinge an unserem Tisch. Es ist nicht so, dass ich vorher *unbeliebt* gewesen wäre, aber ich gehörte definitiv nicht zu der tonangebenden Clique. Ich bin auch kein gesellschaftlicher Schmetterling wie Zoey. In den vergangenen Jahren hatte ich Lauren und eine Handvoll guter Freunde, aber wir stehen nicht unbedingt ständig im Zentrum jeder Aufmerksamkeit. Also ist diese plötzliche Flut von Interesse einfach ... seltsam. Aber der unwirklichste Teil des Tages kommt, als die Glocke läutet. Erleichtert, die peinliche Mittagspause hinter mir zu haben, schnappe ich mir schnell mein Tablett und gehe neben Lauren zur Tür hinüber, als mich die Ober-Cheerleaderin Tyra Ward fast über den Haufen rennt. Sie schwenkt ein Blatt Papier.

»Imogen, sieh dir das an! Du hast einen Top-Artikel in der *Daily Mail!*«

Oh Gott. Ich nehme den Ausdruck von Tyra entgegen und winde mich beim Anblick meines albernen Facebook-Profilfotos in der Mitte des Artikels. Die Überschrift lautet: »Amerikanische Bürgerliche entpuppt sich als Herzogin von Wickersham!«

»Irgendjemand sollte den Ausdruck ›bürgerlich‹ aus den Wörterbüchern tilgen«, raune ich Lauren zu.

»Hey, Herzogin.«

Beim Klang von Marcs Stimme drehe ich mich um.

»Nenn mich bitte nicht so«, erwidere ich mit einem einfältigen Grinsen.

»Kannst du es fassen, dass Imogen uns verlässt?«, sagt Lauren unglücklich.

Marc schüttelt den Kopf.

»Und da dachte ich gerade, wir würden endlich ein wenig Zeit miteinander verbringen.«

Er legt mir einen Arm um die Schultern und ich versteife mich. Er ist so süß, und es ist nicht so, als hätte ich mir nicht vorgestellt, wie es wäre, ihm näher zu sein – warum also fühlt sich seine Berührung irgendwie falsch an?

Ein anderes Gesicht erscheint vor meinem inneren Auge. Ich berühre meine Wange und spüre das Phantomgefühl seines Kusses. *Sebastian.* Die Schwärmerei, die kein Ende finden will. Was ist mein *Problem?*

Ich bin erleichtert, als wir in unser Klassenzimmer kommen und Marc gezwungen ist, den Arm sinken zu lassen. Eine Sekunde später ärgere ich mich über mich selbst, dass ich so sonderbar bin. Jedes Mädchen wäre glücklich, im Zentrum von Marcs Aufmerksamkeiten zu stehen. Aber ...

vielleicht ist es ganz gut, dass ich ihn anscheinend nicht an mich heranlassen kann. Den Marinos und Lauren Lebewohl zu sagen wird schwer genug werden. So muss ich der Liste der Leute, die ich vermissen werde, nicht auch noch den »ersten festen Freund« hinzufügen.

Einige Tage nach meiner schicksalhaften Begegnung mit Harry Morgan treffe ich mich in einem Konferenzraum im Tribeca Grand Hotel mit Basil Crawford, dem geschätzten Experten für Etikette. Er sieht aus wie ein viktorianischer Gentleman auf dem Weg zum Pferderennen – dunkelblauer Anzug mit hellblauer Weste und Seidenkrawatte. Gekrönt wird das Ganze von einem echten Zylinder.

»Hoheit«, beginnt er und zieht die Worte in die Länge, während er sich verbeugt. »Es ist mir eine Ehre, Ihnen zu Diensten zu sein.«

»Ähm, wow. Danke«, antworte ich matt, verlegen von seiner übertriebenen Begrüßung.

Basil richtet sich sofort wieder auf und das gezierte Lächeln ist von seinem Gesicht gewischt.

»Nein, das geht überhaupt nicht. ›Ähm, wow, danke‹? Die Menschen erwarten von ihrer Herzogin, dass sie stolz ist, dass sie ihre Position mit Selbstbewusstsein ausfüllt!« Er stampft zum Nachdruck mit dem Fuß auf. »Lassen Sie es uns noch einmal versuchen. Diesmal werden Sie lächeln und antworten: ›Vielen Dank, Mr Crawford. Wie geht es Ihnen?‹«

»Okay, aber … müssen sich die Leute wirklich vor mir verbeugen?«, frage ich schüchtern. »Ich komme mir lächerlich vor. Ich meine, ich bin keine Prinzessin.«

»Herzöge und Herzoginnen werden traditionell mit einer Verbeugung begrüßt; es besteht jedoch ein beträchtlicher Unterschied zwischen einer Verbeugung vor ihnen und der vor einem Mitglied der Königsfamilie. Eine Verbeugung oder ein Knicks vor einem Herzog oder einer Herzogin ist schwach ausgeprägt, während man sich für die königliche Familie viel tiefer verbeugt.«

»Es fühlt sich so nach *Der Pate* an. ›Komm, küss meinen Ring‹«, witzele ich in einer unbeholfenen Nachahmung Marlon Brandos.

Basil wirft mir einen todernsten Blick zu.

»Hoheit, gewiss wollen Sie die britische Aristokratie nicht mit der italienischen Mafia vergleichen?«

Und so beginnt mein erster Tag des Herzoginnentrainings, während dessen Basil mein Gehirn mit Dingen wie der korrekten Form der Ansprache für Menschen verschiedenen Ranges vollstopft: »Euer Majestät« für den Herrscher, »Eure Königliche Hoheit« für Prinzen und Prinzessinnen, »Mylord« oder »Mylady« für andere Hochadlige von niedererem Rang als Herzöge und Herzoginnen – die sogenannten Peers –, »Sir« für Baronets und Ritter. Danach folgen angemessene Sitzarrangements bei Dinnerpartys: der Herr höchsten Ranges sitzt zu meiner Rechten, während alle anderen ihrem Titel und ihrer Stellung entsprechend folgen. Am Ende des Tages bin ich davon überzeugt, dass England ein einziges riesiges Netzwerk des Snobismus ist.

»Warum müssen sie alles nach seinem Rang einteilen?«, beklage ich mich über meine hektisch mitgekritzelten Notizen gebeugt bei Basil. »So, wie Sie es darstellen, kann ich kaum zusammen mit jemandem in einem Aufzug fahren, ohne seinen Rang zu kennen. Sie müssen zugeben, dass das verrückt ist.«

»Der britische Adel existiert seit Jahrhunderten und es hat größtenteils ziemlich gut funktioniert«, entgegnet Basil und zieht eine Augenbraue hoch. »Wir Briten haben gern eine Bestimmung, eine Rolle, die wir auf der großen Bühne der Gesellschaft spielen können. Alle, von einer Herzogin bis hin zu einer Haushälterin, haben ihren eigenen wichtigen Platz in dieser Welt, ihre eigene einzigartige Kombination von Höher- und Tiefergestellten. Kategorien und Titel sind einfach das, woran wir gewöhnt sind, und wir haben festgestellt, dass sie helfen, die Gesellschaft gut funktionieren zu lassen.«

»Wenn Sie es sagen.«

»Nun zu Ihrer letzten Lektion für heute. Es ist von entscheidender Bedeutung, dass Sie wissen, warum Ihr Titel vergeben worden ist. Haben Sie irgendeine Ahnung?«

Ich schüttele einfältig den Kopf.

»Einer Ihrer Vorfahren, Randolph Henry Rockford, erwies sich zur Wende des 18. Jahrhunderts als einer von Englands größten militärischen Helden. Nachdem er eine Menge entscheidender Schlachten für England gewonnen hatte, brachte König Georg I. seine Dankbarkeit zum Ausdruck, indem er ihm die Herzogswürde über die Siedlung Wickersham verlieh, zusammen mit gewaltigen Geldern, um einen Palast zu bauen, der eines solchen Helden würdig war«, erklärt Basil. »Natürlich spotteten die Zeitungen, dass es grausam von König Georg war, Wickersham zu wählen, denn das Umland war als unfruchtbar verschrien, vor allem im Vergleich zu Oxfords anderen, viel üppigeren Landstädten. Aber schließlich hat die fünfte

Herzogin von Wickersham, Lady Beatrice, das alles geändert.«

»Was hat sie getan?«, frage ich.

»Ich nehme an, man könnte sagen, sie hatte den ultimativen grünen Daumen. Binnen eines Jahres verwandelte sich das hässliche alte Wickersham in eine der schönsten und am häufigsten gemalten Landschaften Englands.«

Zum ersten Mal, seit unsere Lektion begonnen hat, verspüre ich einen Hauch von Interesse.

»Wie hat sie es gemacht?«

Basil zögert.

»Es ist schwer, in diesem Punkt Wahrheit von Fiktion zu trennen. Ich nehme an, wir werden es niemals erfahren.«

Ich öffne den Mund, um weitere Fragen zu stellen, aber Basil klatscht in die Hände und erhebt sich.

»Das ist alles für heute, Hoheit. Ich sehe Sie morgen zur gleichen Zeit, zu einem Crashkurs über die Höhepunkte der Londoner Saison.«

Die Woche verfliegt in einem hektischen Wirbel aus Abschlussexamina, Herzoginnentraining mit Basil und dem Packen für den großen Umzug. Ich bin so beschäftigt, dass es mir tatsächlich gelingt, die unausweichlichen Schmetterlinge in meinem Bauch zu beruhigen, wenn meine Gedanken zu Sebastian wandern. Wie er heute wohl sein mag? Ob Lucia und er sich wohl immer noch nahestanden, als sie starb? Werde ich ihn wiedersehen? Und wann? Immerhin muss ich mich auf eine der vielen überwältigenden Aufgaben konzentrieren, die vor mir liegen. Und bevor ich mich recht versehe, ist der Abend vor dem Highschoolabschluss gekommen.

Zu nervös, um zu schlafen, werfe ich ein Sweatshirt über und steige auf die Feuerleiter. Es ist ein perfekter, lauer Abend, und während ich der Symphonie von New York lausche – dem endlosen Rauschen der Taxis, Fetzen von Musik, die aus Appartements und Restaurants wehen, dem Geplapper und Gelächter vorbeigehender Fußgänger –, begreife ich, welches Glück ich hatte, hier groß zu werden, und wie sehr ich es vermissen werde. Ich tauche in eine neue Welle des Entsetzens ein, als ich mir vorstelle, in nur einer Woche in den Flieger nach London zu steigen und mein Land und alles, was ich kenne, zurückzulassen. Was *tue* ich?

»Das war immer dein Lieblingsplatz.«

Beim Klang von Caroles Stimme drehe ich mich um. Sie ist noch angezogen, die rot geränderten Augen glänzen verdächtig im Mondlicht.

»Setzt du dich zu mir?« Ich klopfe neben mir auf die Stufe.

Wir sitzen einen Moment lang schweigend da und schauen zu den Sternen empor. Und dann sagt sie leise: »Ich werde dich wirklich vermissen.«

Mein Herz schnürt sich zusammen.

»Ich werde dich auch vermissen. Du warst die Mutter, die ich in all diesen Jahren gebraucht habe.«

Sie streckt die Hand aus, um meine Wange zu streicheln.

»Ich habe immer gewusst, dass du nie wirklich mir gehört hast und dass ich dich eines Tages vielleicht würde gehen lassen müssen. Ich habe nur nicht gedacht, dass es so bald sein würde.«

»Du verlierst mich nicht«, versichere ich ihr. »Ich mag in einem anderen Land leben, aber wir werden immer verbunden sein.«

Sie lächelt hohl.

»Ich hoffe es.«

Ich drücke ihre Hand. »Ich kann euch gar nicht genug für all das danken, was ihr für mich getan habt.«

»Du kannst mir danken, indem du auf dich aufpasst«, sagt sie eindringlich. »Sei dort drüben auf der Hut, und versprich mir, in der Sekunde nach Hause zu kommen, in der dir irgendetwas ... nicht richtig erscheint. Die beste Art, uns zu danken, ist, dass du auf dich Acht gibst.«

Ihre Worte klingen so ernst, dass mir ein unheilverkündender Schauder über den Rücken läuft.

»Das – das werde ich. Ich verspreche es.«

»Abschlussklasse zwei null vierzehn
Muss nun jüngeren Schüler weichen.
Unseren Weg werden wir wohl gehn
In die Welt und viel erreichen.«

Lauren und ich stehen in einem Kreis von adrenalinberauschten Klassenkameraden und brüllen unser Abschlussklassenmotto, während wir unsere Absolventenhüte in die Luft werfen und kichern, wenn es uns nicht gelingt, sie wieder aufzufangen. Das ganze Restaurant Cipriani ist für die Abschlussnacht ausstaffiert, mit Tanzfläche und einem DJ, Fotonische, Buffet und Eisbar. Die Luft ist so gefühlsgeschwängert, dass man sie schneiden könnte. Alle um uns herum strahlen oder jubeln oder umarmen einander unter Tränen. Das wichtigste Kapitel unseres bisherigen Lebens ist zu Ende, und ich kann mich noch nicht so recht entscheiden, ob ich feiern soll, dass ich endlich mit der Schule fertig bin, oder mich davor fürchten, was als Nächstes kommt. In weniger als einer Woche werde ich in einem Flugzeug nach England sitzen. Aber als ich hier im Zentrum von Manhattan stehe, umringt von Leuten und Freunden, die ich seit der sechsten Klasse kenne, kann ich mir nicht vorstellen, irgendwo anders zu sein.

Der DJ wechselt von einem schnellen Rhythmus zu einem Blues, gerade als Marc Wyatt auf mich zukommt. Er sieht in seinem Anzug supersüß aus.

»Hey, Imogen, Lauren.«

»Hey. Witzige Party, was?«, bemerke ich unbeholfen. Meine Flirtfähigkeiten leiden immer, wenn ich Publikum habe.

»Ich werde mir nachschenken gehen«, erklärt Lauren und hebt mit einem kleinen Feixen ihren Plastikbecher. »Ich seh euch zwei dann später.«

»Willst du tanzen?«, fragt Marc, nachdem Lauren gegangen ist.

»Ja, gern«, antworte ich lächelnd.

Als Marc meine Hand ergreift und mich auf die Tanzfläche führt, bin ich mir meines Körpers übermäßig bewusst. Ich frage mich, ob ich zu verschwitzt bin, ob mein Herzschlag so laut ist, wie er sich anfühlt, ob meine Frisur intakt ist. Er hat die Arme um meine Taille gelegt, ich ihm die Hände auf die Schultern – Klammerblues. Und dann überrascht er mich mit seinen Worten.

»Ich mag dich, Imogen. Aber das weißt du schon, nicht wahr?«

»Oh! Hm. Ich mag dich auch«, sage ich mit einem nervösen Kichern, obwohl es eher als Frage herauskommt und nicht wie eine Feststellung klingt.

»Das höre ich gern. Und da du fortgehst, werde ich hierfür keine weitere Gelegenheit mehr bekommen. Also …«

Und bevor ich begreife, was geschieht, beugt er sich vor und streift meine Lippen mit seinen. Der Kuss ist schnell, so schnell, dass ich nicht wirklich viel spüre … von allem. Ich weiß natürlich, dass wir nicht allein sind, sondern unsere ganze Jahrgangsstufe als Publikum haben, und habe daher auch kein langes Geknutsche oder so erwartet. Aber trotzdem verspüre ich einen Stich der Enttäuschung, dass der Kuss nicht ganz die herzschmelzende Angelegenheit ist, die ich erwartet habe, wenn unsere Freundschaft sich vertieft.

Und dann überkompensiere ich es unbeholfen mit zu viel Enthusiasmus.

»Das war *toll!«,* plappere ich und möchte mir den Kopf einschlagen, sobald die Worte raus sind.

Marc wirkt erfreut.

»Ich bin froh, dass es dir gefallen hat.«

»Ähm. Ja.« Ich bin mir nicht sicher, ob ich es mir einbilde, aber ich kann die Blicke unserer Mitschüler auf uns spüren, und ich bin viel zu gehemmt, um eine Wiederholungsdarbietung zu versuchen. »Ich sollte mich auf die Suche nach Zoey machen. Weißt du, ich bin heute Abend ihre Anstandsdame.«

»Oh«, murmelt Marc und Enttäuschung flackert über seine Züge. »So ein Reinfall.«

»Wir sehen uns!«, rufe ich über meine Schulter, bevor ich zu Lauren davonflitze. Sie steht mit Zoey am Buffet und die beiden können sich vor lauter Kichern kaum noch halten.

Ich glaube zu wissen, worüber sie lachen, und bemühe mich, es einfach zu ignorieren.

»Solltest du nicht bei deinem Partner sein?«, frage ich Zoey.

»Ich kann es nicht glauben! Erst küsst ihr euch, dann rennst du weg!«, kreischt sie und ignoriert meine Frage.

»Halt mal, ihr beiden«, zische ich. »Das braucht Marc ja nicht zu hören. Und herzlichen Dank, dass ihr uns nachspioniert habt.«

»Das war kein Spionieren, so was ist gar nicht nötig, wenn ihr zwei euren großen Augenblick vor aller Augen habt«, gibt Lauren zurück.

»Also, was zum Kuckuck ist passiert? Ich dachte, das gibt eine romantische Liebesgeschichte«, sagt Zoey.

»Ich weiß nicht. Vielleicht war es einfach zu öffentlich, um romantisch zu sein. Was spielt es überhaupt für eine Rolle?« Ich fülle meinen Plastikbecher mit Punsch, bevor ich die beiden wieder ansehe. »Ich kann ja sowieso nicht mit ihm gehen, wenn ich in England bin.«

Bei der Erwähnung Englands verstummen die beiden.

»Vielleicht wirst du einen heißen britischen Typen finden«, meint Lauren halbherzig und zwingt sich zu einem Lächeln. »Einen wie Prinz William.«

Unwillkürlich blitzt ein Bild vor meinem inneren Augen auf: Eine erwachsene Version von Sebastian, der kein süßer Junge mehr ist, sondern ein hochgewachsener, muskulöser, gutaussehender Mann. Ich schüttele den Kopf, um den Tagtraum loszuwerden.

Zoey hält plötzlich ihre manikürte Hand hoch und lenkt mich von meinen Gedanken ab.

»Bitte – lass uns heute Abend nicht von England reden«,

sagt sie leise. »Lass uns so tun, als würdest du nirgendwo hingehen, als sei alles normal.«

Ich lege einen Arm um sie und den anderen um Lauren. »Okay. Heute Abend gehe ich nirgendwohin.«

Eine Woche später stehen Zoey, Carole und Keith benommen an einem Check-in-Schalter im John F. Kennedy International Airport. Wir beobachten, wie mein Gepäck angenommen und auf seinen Weg gebracht wird, und wissen, dass jeder eingecheckte Koffer uns dem Moment des Abschieds näher bringt.

»Erledigt!«, sagt die Frau hinter dem Schalter von Virgin Atlantic gut gelaunt. Unsere trostlosen Mienen hat sie nicht bemerkt. »Zum Sicherheitscheck geht es mit dem Aufzug zu Ihrer Linken hinauf.«

Ich schlucke hörbar. »Danke.«

Zoey umklammert meine Hand und wie machen uns zu viert langsam auf den Weg zur Sicherheitskontrolle.

»Ich schätze ... das war's dann wohl«, murmele ich und bemühe mich um eine feste Stimme, während ich mich meiner zweiten Familie zuwende. Ich werde dieses Bild von ihnen niemals vergessen: den Beschützerinstinkt, der aus Keiths Augen spricht, Carole, die sich zu einem tapferen Lächeln zwingt, und Zoey, die nervös mit der Kette mit dem goldenen Herz herumspielt, die ich ihr zu ihrem sechzehnten Geburtstag geschenkt habe. Als ich sie in eine gemeinsame Umarmung ziehe, kann ich meine Tränen nicht mehr halten.

»Ich habe euch alle so lieb.«

»Du wirst immer eine Tochter für uns sein«, flüstert Carole in mein Haar.

»Ruf uns an, wenn du irgendetwas brauchst«, sagt Keith und küsst mich auf die Wange.

»Das mache ich. Und ihr werdet mich besuchen, bevor die Schule wieder anfängt, nicht wahr?«, frage ich. »Ihr alle drei?«

»So einfach wirst du uns nicht los«, erklärt Zoey und wischt sich eine Träne ab.

Wir umarmen einander ein letztes Mal, und dann muss ich gehen, solange ich noch den Mut dazu habe.

»Auf Wiedersehen ... und das wird nicht lange auf sich warten lassen.«

Ich werfe ihnen eine Kusshand zu und zwinge meine Füße, sich in Richtung Securitycheck zu bewegen. Ich würde mich verzweifelt gern ein letztes Mal umdrehen, aber das sollte ich nicht. Mein neues Leben wartet in England, ob es mir gefällt oder nicht – und es gibt kein Zurück mehr.

Harry Morgan hat meinen Flug nach London gebucht; ich hatte keine Ahnung, dass ich in der ersten Klasse sitzen würde, bis ich einen Blick auf mein Ticket werfe. Glücklicherweise reißt mich die Überraschung, dort eine echte Bar vorzufinden, wo andere bereits glücklich ihren Champagner schlürfen, aus meiner melancholischen Stimmung. Jeder Platz hat eine eigene Reihe für sich und besteht aus einem bequemen Clubsessel mit einem Polsterhocker. Mit dem guten Gefühl, dass es mir auf diesem Flug zum ersten Mal gelingen wird einzuschlafen, lasse ich mich in meinen fast schon lächerlich bequemen Sitz sinken.

Als die schicken Flugbegleiterinnen kommen und Drinks und Speisekarten anbieten, ziehe ich meinen »Vorbereitung-für-England«-Ordner heraus. Er enthält Karten von Rockford Manor und den dazugehörigen Ländereien und außerdem die neuesten Ausgaben britischer Zeitungen und Magazine, vom *Observer* bis hin zum *Tatler.* Ich brenne darauf, mich auf den neuesten Stand britischen Lebens zu bringen und mir ein paar englische Ausdrücke anzueignen – ich will nicht das ahnungslose Mädchen sein, das nur staunt und nichts versteht, wenn zum Beispiel jemand sagt: »Und Bob ist dein Onkel!« Denn das heißt nicht, wie man erwarten würde, dass ich einen Onkel namens Bob habe, sondern einfach, dass der Drops gelutscht ist. Offensichtlich habe ich noch eine Menge zu lernen. Trotzdem bin ich ganz entspannt, als das Abendessen kommt und die Flugbegleiterin einen mit einem Tuch bedeckten Tisch aus der Seite meines Sessels hervorzaubert. Am Ende des Vier-Gänge-Menüs werden meine Lider schwer. Sofort ist die aufmerksame Stewardess zur Stelle, lässt mich kurz aufstehen und verwandelt meinen Sitz in ein richtiges Bett. Mit Laken und Bettdecke. Die Vorstellung, in einem Flugzeug ins Bett zu gehen, ist für mich neu. Dennoch krieche ich unter die Decke und schließe die Augen.

Ich wälze mich in meinem Schlafsack im Bootshaus von Rockford herum, während Stimmen von draußen in mein Unterbewusstsein dingen.

»Sieh nur«, höre ich Dad aufgeregt sagen. »Es geschieht! Ich habe immer vermutet, dass es Imogen sein könnte.«

»Nicht, Edmund!«, ruft Mum. »Ich will einfach nur, dass sie sicher ist. Bitte, bringen wir sie nach Hause.«

*»*Das hier *ist ihr Zuhause ... auf mehr Weisen, als du ahnst.«*

Aus einer anderen Richtung kommt Lucias zorniges Zischen.

»Das werde ich dir niemals verzeihen. Niemals!«

Ich runzele die Stirn, erschüttert von Lucias Stimme. Warum ist sie so böse? Aber bevor ich einen weiteren Gedanken darauf verwenden kann, höre ich die Sirene eines Feuerwehrwagens, die jedes andere Geräusch übertönt.

Ich schrecke aus dem Schlaf hoch. Was um alles in der Welt war das für ein Traum? Ich habe diese Worte noch nie zuvor gehört, aber dennoch frage ich mich – haben meine Eltern dieses Gespräch vor all diesen Jahren tatsächlich geführt? Haben sie etwas über mich gewusst, von dem ich keine Ahnung hatte? Von dem ich immer noch keine Ahnung habe? Ich wälze mich ängstlich in meinem Flugzeugbett. Mein Unterbewusstsein ist wegen der Rückkehr nach Rockford offensichtlich total aus dem Häuschen.

Sonnenlicht durchströmt die Flugzeugkabine und ich schaue schnell auf die Uhr. Ich habe tatsächlich geschlagene vier Stunden geschlafen. Wir werden bald in London-Heathrow landen.

Ich betrachte die Landkarte auf dem Bildschirm vor mir, und während das kleine Flugzeug darauf immer näher an London herankriecht, beginnt mein Puls zu rasen. Bin ich bereit für das alles? Bereit für den Ansturm schmerzhafter Erinnerungen und all die Erwartungen, die die Menschen an mich als frisch gekürte Herzogin stellen?

Während meine Panik wächst, verkündet der Pilot, dass wir gleich in den Sinkflug gehen werden. Ich lehne mich in meinem wieder aufgerichteten Sitz zurück und presse die Augen zusammen. Es spielt keine Rolle, wie unvorbereitet ich bin. Wir landen. Mein neues Leben beginnt. Und es gibt keinen Pausenknopf, den ich drücken könnte.

TEIL II

Als Ihre Hoheit, Beatrice, Herzogin von Wickersham, nach Rockford Manor kam, erregte das internationales Aufsehen. Ihre Heirat mit dem fünften Herzog im Jahr 1830 war die erste transatlantische Verbindung zwischen einem englischen Adligen und einer amerikanischen Erbin und die Vorstellung von einer neunzehnjährigen Amerikanerin als Herrin von Rockford Manor sorgte für großes Interesse. Aber weitaus größere Kontroversen sollten folgen. Es dauerte nicht lange, bevor Gerüchte in den Personalquartieren und überall im Dorf Wickersham umgingen. Im Haus käme es seit dem Einzug der schönen jungen Amerikanerin zu furchteinflößenden Vorkommnissen. Es war das erste Mal, dass man Beatrice mit dem »Okkulten« in Verbindung brachte.

»Die Rockfords: Wahrnehmung kontra Irrglaube«, The ISIS Magazine

IV

Kaum dass ich mich durch die träge dahinschleichende Menschenmenge in Richtung Gepäckband gepflügt habe, stoße ich fast mit einem Mann im schwarzen Anzug zusammen, der ein Schild mit meinem Namen und dem Wappen der Rockfords hochhält: einem geflügelten Löwen mit einer kleinen Krone, umgeben von Union-Jack-Flaggen. Ich erkenne den Mann sofort von dem Foto, das Harry Morgan mir geschickt hat. Er muss der neue Chauffeur von Rockford sein.

»Hallo Alfred«, begrüße ich ihn. »Ich bin Imogen. Eigentlich hätte ich Sie erst hinter dem Zoll erwartet.«

Der Fahrer wirkt angesichts meiner Jogginghosen und Nikes leicht überrascht – wurde von mir erwartet, dass ich mich für den Flug schick mache? –, aber dann ergreift er würdevoll meine Hand und macht eine Verbeugung.

»Willkommen, Hoheit. Nennen Sie mich ruhig Alfie. Und

selbstverständlich hat Ihr Verwalter eine Sondergenehmigung erwirkt, um Ihnen einen etwas würdigeren Empfang zu bereiten.«

»Danke ... Alfie.« Der Spitzname scheint mir zwar besser zu einem Kleinkind zu passen als zu diesem erkahlenden Gentleman mittleren Alters, aber ich beschließe mitzuspielen. In genau diesem Moment bleibt eine Gruppe von Mittelschülerinnen vor uns stehen und blickt von mir zu dem Schild mit der Aufschrift: IHRE HOHEIT, IMOGEN ROCKFORD.

»*Sie* sind die neue Herzogin?«, fragt eine von ihnen sichtlich erstaunt. Ihr Mund steht offen und enthüllt einen Klumpen Kaugummi.

»Ähm. Ja ... schon«, antworte ich verlegen.

»Können wir ein Bild mit Ihnen machen?«, fragt ihre Freundin und zieht ein glitzerndes iPhone aus der Tasche.

Ich bin zu überrascht, um zu antworten, aber glücklicherweise ist Alfie da, um die Kontrolle zu übernehmen.

»Bitte verzeihen Sie, aber Ihre Hoheit ist nach einem langen Flug aus Übersee gerade erst gelandet und ziemlich müde. Ich fürchte, sie kann jetzt nicht für Fotos posieren.« Und mit diesen Worten ergreift er mich am Arm und führt mich zum Gepäckband.

»Tut mir leid«, rufe ich schüchtern über die Schulter. Als die Mädchen außer Hörweite sind, drehe ich mich zu Alfie um. »Das war seltsam. Die Leute hier interessieren sich doch mehr für die Familie, als ich dachte.«

»Ja, Rockford ist hier im Vereinten Königreich ein Begriff. Aber das Interesse ist immer besonders groß, wenn ein junger Mensch einen Adelstitel erlangt. Es kommt so selten vor, und natürlich ist es für die Öffentlichkeit aufregender, einen reizvollen jungen Herzog oder eine Herzogin zu haben statt der üblichen alten Knacker.« Er kichert gut gelaunt, dann blickt er erschrocken auf. »Ich will natürlich nicht schlecht über Ihren lieben verstorbenen Großvater sprechen.«

»Oh, ich weiß, was Sie meinen«, antworte ich automatisch, während ich noch ein wenig brauche, um seine Worte zu verdauen. *Ein Begriff.* Du meine Güte.

Ich zeige Alfie meine drei schweren Koffer, als sie über das Gepäckband gefahren kommen und er schnappt sie sich, noch bevor ich meine Hilfe anbieten kann. Danach suchen wir uns einen Weg durch das Labyrinth des Terminals, bis wir den Ausgang zu den Parkplätzen erreichen.

Mein erster Atemzug Londoner Luft ist frisch und kühl. Ich blicke zum Himmel hinauf, der mit Wolken gesprenkelt ist, und ziehe den Reißverschluss meines Sweatshirts hoch, als mir ein Windstoß durchs Haar fährt.

»Schöner Tag, nicht wahr?«, bemerkt Alfie.

»Ja, aber es ist viel kälter, als ich es im Juni gewöhnt bin«, antworte ich.

»Das soll kalt sein?« Alfie lacht. »Warten Sie erst mal den Winter ab!«

»Dann hätte ich meine New Yorker Sommersachen wahrscheinlich gar nicht einpacken brauchen«, entgegne ich trocken. »Ups.«

»Machen Sie sich deswegen keine Sorgen«, sagt Alfie. »Oscar hat sich schon gedacht, dass Sie nicht auf unser Wetter vorbereitet sind, daher hat er mich mit Ihrer Zofe nach London geschickt, um für Sie einzukaufen.«

»Was?«

An diesem Satz ist so viel falsch. Im 21. Jahrhundert gibt

es noch Zofen? Und *ich* habe eine, die gezwungen ist, meine Einkäufe zu erledigen?

Alfie wirft mir einen besorgten Blick zu. »Ich hoffe, Sie haben nichts dagegen. Wir dachten nur, dass Sie etwas Zeit brauchen würden, um sich in Rockford einzuleben, bevor Sie nach London gehen ...«

»Nein, das ist es nicht«, unterbreche ich ihn. »Natürlich bin ich dankbar dafür. Ich habe nur ein schlechtes Gewissen, dass die ... Zofe das tun musste. Ich wusste nicht mal, dass ich meine eigene habe – ich habe angenommen, dass die Dienstmädchen einfach Haushälterinnen für den ganzen Besitz seien.«

»Sie sind die Herzogin, natürlich haben Sie Ihre eigene Zofe«, erwidert Alfie mit einem Grinsen. »Sie heißt Maisie Mulgrave. Sie werden sie mögen – sie ist nur zwei Jahre älter als Sie.«

Ich atme tief durch.

»Ich erinnere mich an Maisie von ... früher, als wir klein waren. Dann ist sie also auf Rockford geblieben?«

»Oh ja. Und machen Sie sich ihretwegen keine Gedanken. Für Maisie ist es ein ganz besonderes Vergnügen, für ihre Herrin einzukaufen. Sie hat mir auf dem Heimweg gesagt, dass es seit Langem ihr schönster Tag war.«

Also, jetzt fühle ich mich noch schlechter. Was für ein Leben hat Maisie, wenn es so aufregend ist, für jemand anderen einzukaufen? Man muss mir meine Bedenken ansehen können, denn Alfie fügt hastig hinzu: »Es ist wahr. Ich habe Maisie früher ständig in die Stadt gefahren, um Lady Lucias Einkäufe zu erledigen. Sie hat sogar ihre besten Kleider für Sie aufgehoben. Maisie fand, es sei zu schade, sie wegzugeben.«

Bei seinen Worten bleibe ich wie angewurzelt stehen. Wie kann er so beiläufig Lucias Namen aussprechen, so mühelos ihre abgelegten Kleider erwähnen? Alfie und die anderen auf Rockford Manor mögen akzeptiert haben, dass sie tot ist, aber für mich ist es jedes Mal wie ein Schlag in die Magengrube, wenn ich Lucias Namen höre – eine schmerzhafte Erinnerung daran, warum ich wirklich hier bin, und an die Tragödie, die sie uns genommen hat.

Alfie bleibt vor einem silbernen Aston Martin stehen, und ich beschleunige den Schritt, um ihn einzuholen.

»Der Wagen von Rockford«, verkündet er stolz, als ich ihn erreiche. Obwohl ich von Autos keine Ahnung habe, sehe selbst ich, dass dieses etwas Besonderes ist.

Alfie hält mir die Tür auf und ich lasse mich auf die glatte, lederne Rückbank gleiten. Als er sich ans Steuer setzt und wir losfahren, kurbele ich mein Fenster herunter und sehe nach draußen. Fabrikgebäude und Wiesenlandschaften ziehen an mir vorüber.

»Werden wir unterwegs die klassischen Londoner Sehenswürdigkeiten sehen?«, erkundige ich mich. »Wie Big Ben oder die Houses of Parliament?«

»Ich fürchte, nein«, sagt Alfie entschuldigend. »Die Strecke nach Oxford führt nicht durch die Londoner Innenstadt.«

Wir bleiben während der nächsten anderthalb Stunden auf der Autobahn, und die Landschaft bleibt nichtssagend, bis Alfie die Ausfahrt High Street nimmt und die Umgebung sich verändert. Es ist wie eine Zeitreise in eine mittelalterliche Kleinstadt. Ich schaue aus dem Fenster auf ein nostalgisch wirkendes Dorf voller efeubewachsener Steinhäuser, Gasthäuser und Pubs. Über uns ragen spitze Türme auf wie aus dem Märchenbuch in den Himmel.

»Da wären wir«, verkündet er. »Mitten in Oxford.«

Er fährt weiter durch die gewundenen Straßen und macht mich auf die verschiedenen beeindruckenden Colleges der Universität von Oxford aufmerksam und hält vor einem besonders prachtvollen, festungsähnlichen Gebäude an, das von einem hohen Glockenturm bekrönt wird.

»Das ist das Christ Church College, wo Sie im nächsten Monat mit der Sommerschule beginnen werden. Sie müssen schon ganz aufgeregt sein.«

»Ähm, nervös trifft es wohl eher«, gestehe ich. »Aber es sieht echt unglaublich aus.«

»Ziemlich«, stimmt Alfie zu und deutet auf die hohen Türme von Christ Church. »Wir nennen sie die verträumten Turmspitzen. Oxford ist dafür berühmt.«

»Es ist wunderschön hier«, bemerke ich. »Aber ich habe keine Kindheitserinnerungen daran.«

»Dies ist außerdem die größte Stadt im Umkreis einer halben Stunde von Rockford«, berichtet Alfie. »Immer wenn Sie gern mit gleichaltrigen Freunden zusammen sein und einen Pub besuchen oder ein bisschen einkaufen möchten, sagen Sie mir einfach Bescheid, und ich werde Sie fahren. Es sind nur acht Meilen vom Herrenhaus.«

Ich frage mich, ob ich hier überhaupt Freunde *haben* werde. Ich sollte wohl lieber hoffen, dass ich jemanden in der Sommerschule kennenlerne. Bei dem Gedanken, mir lauter neue Freunde und Bekannte suchen zu müssen, bekomme ich ein flaues Gefühl im Magen, und ich versuche, mich wieder auf den Ausblick aus dem Fenster zu konzentrieren.

Die schmalen Straßen werden von Feldern und Wiesen abgelöst, als Alfie über die Stadtgrenze von Oxford in ein neues Gebiet fährt, das von grünen, weitgestreckten Hügeln und hohen Hecken geprägt ist. Wir kommen an einem offensichtlich betagten Schild vorbei, auf dem steht: WILLKOMMEN IN WICKERSHAM, und ich verspüre ein Kribbeln im Nacken: das Gefühl, dass jemand – oder *etwas* – auf mich wartet.

»Das alles gehört Ihnen«, erklärt Alfie hoheitsvoll. »Die Stadt Wickersham.«

Das malerische Dorf schmiegt sich zwischen Hügel und Täler, seine eleganten kleinen Häuser sehen aus wie aus dem Geschichtsbuch. Während ich mich umschaue, regt sich plötzlich eine Erinnerung.

Wir drei betreten am Weihnachtsmorgen die Kirche, ich zwischen Mum und Dad, die mich an der Hand halten. Mein Gesicht strahlt wie das eines Kindes, dem es nie an etwas gefehlt hat, eines Mädchens, das sich sicher ist, dass es geliebt wird.

Cousine Lucia und ihre Eltern sitzen bereits in der Bank der Rockfords, und ich kann mir ein Lächeln nicht verkneifen, als ich sehe, wer auf der anderen Seite des Gangs sitzt: die Stanhopes. Ich schaue zu meinen Eltern auf und danke ihnen stumm, dass sie mich hergebracht haben, dass sie mich zu Sebastian gebracht haben – selbst wenn ich in seinen Augen nur ein kleines Kind bin. Eines Tages werde ich erwachsen sein und vielleicht wird er mich dann mit anderen Augen betrachten …

Als wir auf dem Weg zu unserer Bank an dem Ständer mit den Gebetskerzen vorbeikommen, entzündet sich eine davon, die zuvor nicht gebrannt hat. Ich stoße einen überraschten Schrei aus und Mum und Dad tauschen einen Blick. Aber als wir Platz genommen haben, ist der Zwischenfall fast vergessen. Ich habe es mir bestimmt nur eingebildet.

Obwohl ich weiß, was mich erwartet, bin ich nicht auf meine körperliche Reaktion auf die Kirche vorbereitet. Das mittelalterliche Gebäude steht auf dem Dorfplatz von Wickersham und wird von Steinskulpturen flankiert.

»Da war ich schon mal«, platze ich heraus.

»Das will ich doch meinen.« Alfie lächelt mich im Rückspiegel an. »Ihre Familie gehört zu dieser Kirche, seit Rockford Manor erbaut wurde, und die Familienmitglieder, die nicht auf dem Grundstück von Rockford beerdigt sind, liegen hier begraben.«

»Was ist mit Lucia und meinem Großvater? Wurden sie auch hier beerdigt?«, frage ich leise und verspüre ein stechendes Schuldgefühl, weil ich es nicht weiß und überhaupt erst danach fragen muss.

»Nein. Sie wurden in der Kapelle auf dem Anwesen beigesetzt«, antwortet er ernst.

Ich schlucke hörbar. »Oh.«

Ich bin die letzte noch lebende Erbin. Und in nur wenigen Minuten werde ich das Haus betreten, das meine Familie früher mit Leben füllte – das Haus, wo sie jetzt alle begraben sind.

»Ich glaube, mir wird schlecht.« Ich schlage mir eine Hand vor den Mund.

Alfie fährt an den Straßenrand und ich reiße die Tür auf. Ich schaffe es gerade rechtzeitig ins Gebüsch, und dann breche ich in Tränen aus – zum Teil, weil ich Erbrechen wirklich hasse und es heute das zweite Mal innerhalb eines Monats ist, aber vor allem, weil ich das Gefühl habe, dass ich einen schrecklichen Fehler gemacht habe. *Ich hätte nicht zurückkommen dürfen.*

»Geht es Ihnen gut, Hoheit?«

Ich höre Alfie näherkommen und er hockt sich neben mich. Dann reicht er mir eine Flasche Wasser, die seltsamerweise eiskalt ist, obwohl wir seit zwei Stunden im Auto sind. Ich trinke es dankbar in kleinen Schlucken.

»Mir – mir geht's gut. Es tut mir leid.«

»Wenn mir die Bemerkung gestattet ist, Hoheit, ich finde es sehr mutig, was Sie tun«, sagt Alfie sanft.

Ich wische mir über die Augen. »Wirklich?«

»Ja. Und ich weiß, wie dankbar die Pächter und das Personal von Rockford Manor dafür sind, Sie hier zu haben. Ihre Ankunft bedeutet, dass das Leben, wie wir es kennen, weitergehen kann.«

Ich hebe den Blick gen Himmel.

»Okay. Lassen Sie uns fahren.«

»Sind Sie bereit, Hoheit? Darf ich die Fenster herunterkurbeln?«

Beim Anblick der vielen hundert Fremden, die sich vor den schwarzen Eisentoren von Rockford Manor drängen, schnappe ich nach Luft. Sie schwenken Blumen und britische Fähnchen und halten Spruchbänder hoch mit der Aufschrift WILLKOMMEN, UNSERE IMOGEN, HERZOGIN VON WICKERSHAM! und LANG LEBE DIE HERZOGIN!

»Das ist alles ... für mich?«, frage ich. Eine rhetorische Frage, ich weiß, aber noch nie in meinem ganzen Leben hat man einen solchen Wirbel um mich gemacht, und es macht mich ein wenig sprachlos.

»Aber ja.« Alfie begegnet im Rückspiegel meinem Blick. »Bereit, Ihr Publikum zu begrüßen?«

»Ich bin bereit.«

Alfie kurbelt alle vier Fenster herunter und ein ohrenbetäubender Jubel bricht aus. Ich lächele schüchtern die fähnchenschwingenden Männer und Frauen an und winke den Kindern zu, die neben dem Wagen her hüpfen.

»Das sind Ihre Stadtbewohner und Pächter«, erklärt Alfie. »Bei Hochzeiten oder wenn ein neuer Herzog oder eine neue Herzogin den Titel übernimmt, versammeln sie sich zu einem förmlichen Willkommensgruß, um ihren Respekt zu erweisen. Es ist eine Tradition.«

»Das ist wirklich nett«, bemerke ich mit immer noch geröteten Wangen.

Nach einigen chaotischen Minuten drückt Alfie auf einen Knopf neben dem Lenkrad und die Tore des Herrenhauses öffnen sich. Der Jubel erreicht seinen Höhepunkt, als wir durch den Eingang fahren, und verstummt erst, als der Wagen an der Menge vorbeigerollt ist. Jetzt sind da wieder nur Alfie und ich.

Ich schaue nervös nach vorn, und meine Augen suchen automatisch nach dem Schattengarten und dem Labyrinth, obwohl sie die letzten Orte sind, die ich jetzt sehen möchte. Mir fällt wieder ein, dass sie beide versteckt hinter dem Herrenhaus liegen, meinem Blick verborgen, und ich stoße einen Seufzer der Erleichterung aus.

Ein Kloß formt sich in meiner Kehle, als der Wagen an den Lieblingsorten meiner Kindheit vorbeifährt: dem See, der Parklandschaft mit ihren Wiesen und natürlich dem schlossähnlichen Herrenhaus selbst. Alles sieht genauso aus wie damals, als ich vor all den Jahren hier war, und für einen Moment scheint es mir unmöglich, dass ich meine Eltern oder Verwandten nicht im Haus vorfinden werde.

Alfie fährt weiter in den großen Innenhof, und beim Anblick der Dutzend Menschen, die mich auf der Eingangstreppe erwarten, schlägt eine Gefühlswoge über mir zusammen … genau wie in meiner Kindheit. Als Alfie anhält, beeilt sich ein schlanker junger Mann in einem schwarzen Anzug, mir die Tür zu öffnen, während sein fast identisches Gegenstück zum Kofferraum hastet, um meine Koffer herauszuholen. *Lakaien,* erinnere ich mich.

»Guten Tag, Hoheit«, sagt der Lakai und macht eine Verbeugung, bevor er mir aus dem Wagen hilft.

»Vielen Dank. Es freut mich, Sie kennenzulernen, Mister …?«

»Carter, Hoheit. Die Freude ist ganz meinerseits.«

Diese Anrede mit »Hoheit« kommt mir langsam ziemlich albern vor. Ich frage mich, wie lange es dauern wird, bis sich alle dabei wohlfühlen, mich einfach nur Imogen zu nennen.

Das Personal bleibt in perfekter Haltung aufgereiht stehen, und für einen Moment weiß ich nicht, was ich tun soll. Warten sie darauf, dass ich »Rührt euch« oder so etwas rufe? Aber als ich mich der Vordertreppe nähere, eilt eine vertraute Gestalt auf mich zu, und die Augen des Mannes leuchten, als er in eine Verbeugung sinkt.

»Hoheit«, sagt er leise. »Meine Güte, ist das lange her.«

Ich bin sprachlos, als ich Oscar ansehe. Er hat sich von dem vollendeten Butler, den ich in Erinnerung hatte, in jemanden verwandelt, der … zwanzig Jahre älter und bekümmert aussieht. Er ist kahl geworden, sein Gesicht von zahllosen Falten durchzogen, und seine Augen haben ihren Glanz verloren. Mir kommt der Gedanke, dass Oscar ein sichtbares Zeugnis der Tragödien ist, die Rockford Manor heimgesucht haben. Es muss ihn fast umgebracht haben, mitansehen zu müssen, wie er die Familie verlor, die ihm so viel bedeutete, und einmal mehr werde ich von einem herzzerreißenden Gefühl des Bedauerns überwältigt.

»Oscar«, flüstere ich. »Es ist so schön, Sie zu sehen.«

»Ja, Hoheit. Ich habe mich oft gefragt, wann wir uns wieder begegnen würden.« Seine Augen werden feucht. »Sie sind zu einer so schönen jungen Frau herangewachsen. Genau wie Ihre Mutter.«

Ich kann die Tränen spüren, die in meinen Augen brennen, und werfe die Arme um ihn, wie ich es als kleines Mädchen immer getan habe. Sein Duft erinnert mich an meinen Vater – ein feines englisches Rasierwasser, gemischt mit dem waldigen Geruch von Rockford Manor – und ich drücke ihn noch ein wenig fester, bevor ich schließlich loslasse.

»Entschuldigung«, murmele ich mit einem schiefen Lächeln. »Ich habe Sie einfach … vermisst.«

»Ich habe Sie ebenfalls vermisst, Hoheit«, antwortet er herzlich. »Erlauben Sie mir, Sie wieder mit dem Personal bekannt zu machen.«

Wir drehen uns zur Treppe um, von der aus uns elf Augenpaare aufmerksam beobachten.

»Harry kennen Sie natürlich«, sagt Oskar und nickt Harry Morgan zu, der vortritt und sich mit einem breiten Lächeln verbeugt.

»Wunderbar, Sie auf heimischem Boden zu sehen, Hoheit.«

»Ganz meinerseits, Harry.« Ich erwidere sein Lächeln. »Danke, dass Sie mich hergeholt haben.«

»Und die Haushälterin, Mrs Mulgrave.« Oscar lenkt

meine Aufmerksamkeit auf die hochgewachsene, bis aufs Skelett abgemagerte Gestalt, die einen knöchellangen schwarzen Rock und eine passende Bluse trägt. »Sie ist jetzt seit über zwanzig Jahren auf Rockford. Sie erinnern sich wahrscheinlich von früher an sie?«

Mein Lächeln erstarrt mir im Gesicht.

»Ja, natürlich. Ich erinnere mich.«

Auch sie hat sich verändert, aber der Unterschied ist viel schauriger als bei Oscar. Vielleicht liegt es daran, dass sie mich als Kind so hoffnungslos eingeschüchtert hat und meine früheren Gefühle meine jetzige Sicht färben – aber als ich Mrs Mulgrave nun anschaue, gefriert mir das Blut in den Adern. Bei ihrer Gestalt aus Haut und Knochen und dem toten Ausdruck in den Augen muss ich an einen lebenden Leichnam denken. Was ist mit ihr geschehen? Sie war schon eine strenge, freudlose Person, als ich klein war, aber ich erinnere mich nicht daran, sie jemals so gesehen zu haben – wie jemanden, der nur noch halb zur Welt der Lebenden gehört.

»Guten Tag, Hoheit.«

Mrs Mulgrave macht eine leichte Verbeugung, während ihr Mund einen dünnen Strich bildet, der nur andeutungsweise einem Lächeln ähnelt. Sie streckt ihre Hand aus, die sich kalt und schlaff anfühlt.

»Guten Tag«, erwidere ich ihren Gruß.

»Mrs Mulgrave wird Ihnen helfen, sich um die täglichen Belange des Hauses zu kümmern, und sie ist unentbehrlich, wenn es darum geht, Feste zu planen und Gäste zu bewirten«, sagt Oscar.

Ich sehe Mrs Mulgrave unsicher an. Ich kann sie mir nicht in einer festlichen Umgebung vorstellen.

»Sie führt außerdem die Haushaltskonten und wird sie jede Woche mit Ihnen durchgehen«, fährt er fort.

Ich lächele sie gezwungen an. »Toll.«

»Und nun Mrs Findlay, unsere geschätzte Köchin«, Oscar deutet mit dem Kopf auf eine stämmige Frau in den Fünfzigern mit ergrauendem blonden Haar.

»Es ist mir eine Ehre, Ihnen zu dienen, Hoheit«, sagt sie mit irischem Akzent, sinkt in einen Knicks und schenkt mir ein freundliches Lächeln.

»Oh, ich erinnere mich gut an Sie, Mrs Findlay, besonders …« Ich breche mitten im Satz ab, weil ich nicht an ihre Siruptorte oder an irgendwelche anderen Leckereien denken möchte, die sie immer für Lucia und mich gemacht hat, bevor sich alles veränderte.

»Mrs Findlay bereitet jeden Tag ein englisches Frühstück, ein Abendessen und den Nachmittagstee zu, außerdem Lunch an den Wochenenden«, füllt Oscar die verlegene Pause. »Wann immer Sie Gäste haben oder Partys veranstalten, wird sie mit Ihnen die Menüs zusammenstellen.«

In dem Moment bemerke ich, dass Mrs Mulgrave der jüngeren Frau an ihrer Seite einen leichten Stoß in meine Richtung versetzt.

»Das ist meine Tochter, Maisie. Sie wird Ihre Zofe sein.«

»Maisie?«, platze ich erstaunt heraus.

Ich erkenne sie kaum wieder. Die vergangenen sieben Jahre haben Maisie von einem reizlosen Kind in eine schöne junge Erwachsene verwandelt. Ich hatte nicht erwartet, dass sie so … hübsch sein würde. Sie trägt ein schwarzes T-Shirt mit schwarzen Hosen, aber die einfache Kleidung und die Tatsache, dass sie kein Make-up benutzt hat, verstärken ihr gutes Aussehen nur. Sie hat dunkelbraune

Augen mit schweren Lidern, reine, leicht gebräunte Haut, üppige, rosige Lippen, für die die Frauen in meiner New Yorker Heimat viel Geld bezahlen würden, und langes, dunkelblondes Haar mit goldenen Strähnchen. Ihr einziger Schmuck sind eine breite Armbanduhr und ein rechteckiger Anhänger an einer Halskette.

Ich verspüre einen Stich, als ich von der Mutter zur Tochter sehe. Wenn es das Schicksal besser mit Maisie gemeint hätte – wenn sie Eltern wie die Marinos gehabt hätte –, hätte ihr die Welt zu Füßen gelegen, anstatt dass sie in einem Herrenhaus eingesperrt wäre und als Dienerin arbeiten müsste.

»Maisie, es ist wirklich schön, dich wiederzusehen. Ich habe das Gefühl, dass wir gute Freundinnen werden«, sage ich warm.

Ein seltsamer Ausdruck huscht über ihre Züge, ein schwach vertrauter Blick, von dem ich das Gefühl habe, dass ich ihn schon einmal gesehen habe. Und obwohl sie immer noch lächelt, umwölkt sich ihr Blick, und ich frage mich, ob ich etwas Falsches gesagt habe. Hat sie mich als herablassend empfunden? Oder vielleicht ... vielleicht erinnert sie sich an meinen letzten Besuch und daran, wie Lucia und ich sie ignoriert haben. Vielleicht hat sie mich noch nie gemocht.

Aber ich habe keine Zeit, ihre Reaktion weiter zu analysieren, da Oscar die Vorstellungsrunde fortsetzt. Ich lerne Mrs Findlays Küchenhilfe Katie kennen und zwei weitere Hausmädchen, Betsy und Elena, die die Aufgabe haben, die für geführte Gruppen und Gäste zugänglichen Räume in tadellosem Zustand zu halten. Und dann stehe ich jemandem gegenüber, an den ich mich nur allzu gut erinnere.

»Max«, murmele ich mit trockener Kehle.

Er schenkt mir ein raues Lächeln, und ich fühle mich für einen Moment an jenen Tag vor sieben Jahren im Schattengarten zurückversetzt, als er mir die Blumenzwiebel gab, die bei meiner Berührung keimte und zur Feuerlilie wuchs. Ich frage mich, ob er jemals an diesen Nachmittag denkt, oder ob die Erinnerung nach dem Feuer verlorengegangen ist.

»Hoheit.« Max nimmt seine Mütze ab, als er sich verbeugt. »Ich freue mich ja so, dass Sie wieder da sind.«

»Danke, Max. Ich freue mich auch, Sie zu sehen.«

»Nun!« Oscar klatscht energisch in die Hände. »Sie müssen Hunger haben. Mrs Findlay hat einen Willkommenslunch für Sie zubereitet, falls Sie gleich etwas zu sich nehmen möchten. Carter wird Ihre Koffer auf Ihre Zimmer bringen.«

»Ich kann für Sie auspacken«, erbietet sich Maisie.

»Oh, nein danke«, sage ich hastig. »Ich meine ... das brauchst du nicht.«

Oscar gibt dem Personal ein Zeichen, worauf es sich in verschiedene Richtungen zerstreut. Carter und der zweite Diener, Benjamin, schleppen meine Koffer die Treppen hinauf und durch die Eingangstüren, während Mrs Mulgrave, Mrs Findlay, Maisie und die beiden anderen Mädchen in fester Formation zur Rückseite des Hauses gehen. Alfie springt wieder in den Aston Martin, Max verschwindet in den Gärten, und bald sind nur noch Oscar und ich übrig.

»Willkommen zurück auf Rockford Manor, Hoheit«, sagt Oscar, bevor er die Türen öffnet.

»Heilige …«

Ich beiße mir auf die Lippe, um vor Oscar keinen Kraftausdruck zu benutzen. Ich habe vergessen, wie überwältigend und prachtvoll die Marmorhalle ist. In den Jahren, in denen ich fort war, muss die gigantische Eingangshalle in meiner Vorstellung geschrumpft sein, aber jetzt komme ich mir unter der zwanzig Meter hohen Decke sehr klein vor und betrachte ehrfürchtig die Steinreliefs, die klassischen Gemälde, die hohen Topfpalmen, die Vasen, die vor Blumen überquellen, und die weißen Marmorskulpturen, die mich umgeben.

Ich trete zurück und betrachte den Bogen am Haupteingang mit dem steinernen Wappen König Georgs I. und den eindrucksvollen korinthischen Säulen rechts und links. Über der Tür, unter der Bogenwölbung, befindet sich ein Balkon, und ich stelle mir vor, wie dort ein Orchester für Gäste spielt, die unten durch die Marmorhalle schlendern. Als ich nach oben blicke, sehe ich, dass selbst die Decke ein Kunstwerk ist, vollständig bemalt mit einer Darstellung, die auch im Louvre nicht fehl am Platz gewesen wäre. Dieses Haus ist völlig überladen.

»Da bist du ja. Komm mit, Imogen, Liebes.«

Beim Klang von Mums Stimme reiße ich den Kopf hoch. Ich stolpere vorwärts und suche verzweifelt nach ihr, obwohl ich tief im Inneren weiß, dass ich sie nicht finden werde. Mein Herz schlägt schneller, das Adrenalin der Sehnsucht strömt durch meine Adern – und wie aus dem Nichts umwirbelt mich ein kräftiger Windstoß und wirft mich fast um.

»Was war das?«, rufe ich aus.

Oscar beeilt sich, die Fenster zu schließen.

»Äußerst seltsam, unser englisches Wetter. Ich denke nicht, dass ich jemals einen solchen Wind erlebt habe.«

Es ist nur der Wind, so wie er gesagt hat, rede ich mir ein und hole tief Luft. *Ich habe … nichts getan.*

Das schrille Gebell eines Hundes ist eine willkommene Ablenkung. Ich schaue nach unten und sehe einen kleinen grauweißen Fellball zu meinen Füßen, der mit großen braunen Augen zu mir aufblickt.

»Teddy, hierher!«, befiehlt Oscar.

Der Hund tollt in seine Richtung und ich folge ihm.

»Was ist das denn für einer?«, frage ich und bücke mich, damit Teddy an meiner Hand schnuppern kann.

»Teddy ist ein Shih Tzu«, antwortet Oscar. »Er hat Lucia gehört, deshalb steht er etwas neben sich, seit …«

Die erdrückende Schwere in meiner Brust kehrt zurück, als ich den herrenlosen Hund betrachte. Wieder bin ich den Tränen nah.

»Hätten Sie vor dem Lunch noch Lust auf eine Führung durch das Erdgeschoss?«, schlägt Oscar vor und sein herzliches Lächeln hellt meine Stimmung auf. »Ich könnte mir vorstellen, dass Sie sich nach all diesen Jahren vielleicht nicht mehr auskennen.«

Ich blinzele die Feuchtigkeit in meinen Augen weg.

»Eine Führung wäre toll. Danke, Oscar.«

Ich folge ihm durch einen langen Flur, der mit einem roten Teppich ausgelegt und von weißen Marmorbüsten früherer Herzöge und Herzoginnen gesäumt ist. Als wir uns dem ersten Salon nähern, nehmen die Dekorationen im Flur zu, und ich bleibe vor einer vergoldeten Glasvitrine stehen, in der feines Porzellan vergangener Generationen von Rockfords ausgestellt ist. Ich betrachte es und betrete dann den Blauen Salon.

»An diesen Raum erinnere ich mich nicht«, murmele ich, während ich mich bewundernd umschaue.

»Die Kinder der Rockfords halten sich normalerweise nicht in den Gesellschaftsräumen auf, mit Ausnahme der Bibliothek und natürlich des Speisesaals für das Weihnachtsdinner«, erklärt Oscar. »Daher können Sie sich wohl kaum an den Blauen Salon erinnern. Dies ist einer der Räume, in denen Sie Gäste empfangen werden.«

Ich versuche, mir auszumalen, wie ich hier mit Lauren und Zoey abhänge, wenn wir unsere Lieblingssendungen gucken und uns mit Junkfood vollstopfen, aber ich kann mir nicht vorstellen, dass in diesem prachtvollen Raum etwas so Zwangloses passiert. Vor allem wenn man bedenkt, dass es nicht direkt einen Fernseher oder eine Couch zum Rumhängen gibt. Stattdessen ist der Raum mit zierlichen Stühlen gefüllt, die mit blauer Seide bezogen sind, und dekorativen Mahagonitischen, die auf einem prächtigen Perserteppich stehen. Kunstwerke bedecken jeden Zentimeter der Wände und Oscar macht mich jetzt auf ausgewählte Stücke aufmerksam.

»Das auf dem Gemälde über dem Kamin ist der dritte Herzog, während dieses Porträt an der Südwand seine Frau und sein Kind darstellt«, erläutert er. »Und die beiden Gemälde an der Nordwand zeigen natürlich die erste Herzogin.«

Ich nicke und fange mein Bild in dem Wandspiegel auf, der über einer goldenen Louis-XVI-Uhr hängt. Ich sehe klein aus und jünger, als ich bin, überwältigt von meiner Umgebung.

»Und jetzt weiter in den Roten Salon«, sagt Oscar und schreitet durch dunkle Holztüren voran, die von einem wuchtigen Marmorrahmen eingefasst werden.

»Brauchen wir wirklich einen zweiten Salon?«, scherze ich.

Oscar grinst. »Es galt damals vermutlich als ziemlich armselig, nur einen Salon zu haben.«

Ich folge ihm in einen hohen Raum, dessen Wände mit dunkelrotem Damast bespannt sind und der mit Bronzeskulpturen und Topfpalmen geschmückt ist. Ein gewaltiger Kronleuchter aus Kristall und Gold funkelt von der Decke und sendet einen glitzernden Lichtstrahl über die mit dem gleichen Stoff bezogenen Stühle, Sitzbänke und – endlich! – ein Sofa, obwohl es eher steif als bequem aussieht.

Der Rote Salon ist genauso reich mit Kunstwerken bestückt wie der Blaue, und Oscar deutet stolz auf Porträts meiner Vorfahren, die von John Singer Sargent und Giovanni Boldini gemalt wurden – Namen, die ich aus dem Kunstunterricht an der Highschool kenne.

»Und nun zum Speisesaal«, verkündet Oscar. »Er wird nur an Festtagen und für Staatsbankette genutzt; an den anderen Tagen werden Sie oben in Ihrer privaten Speisesuite essen.«

»Was sind ›Staatsbankette‹?«, frage ich.

»Wenn Sie ein Mitglied der königlichen Familie, des englischen Adels oder des Parlaments zu Gast haben«, sagt er lässig.

Ich kann mir ein Lachen nicht verkneifen.

»Ähm … Ihnen ist aber schon klar, dass ich niemanden davon kenne, oder?«

»Oh, das spielt keine Rolle. Das Königshaus und die

Adelsfamilien sind seit über dreihundert Jahren mit den Rockfords bekannt, daher werden die gegenwärtigen Titelträger erwarten, mit Ihnen gesellschaftlichen Umgang zu pflegen. Und angesichts Ihrer Stellung wird man auch von Ihnen erwarten, dass Sie sich mit Mitgliedern des Parlaments bekannt machen.«

Je mehr er über meine beängstigend öffentliche Zukunft spricht, desto mehr sehne ich mich danach, den nächsten Flug zurück nach New York zu nehmen. Ich hole tief Luft und zwinge mich weiterzugehen, hinein in einen Raum, an den ich mich erinnere.

Der Speisesaal ist zwölf oder fünfzehn Meter hoch und die prunkvolle Decke mit Schlachtenszenen des siegreichen ersten Herzogs bemalt. Wandgemälde und Fresken, die von gemalten Bronzesäulen flankiert werden, bedecken die Wände. In der Mitte des Raumes steht ein langer Mahagonitisch, und als ich genauer hinsehe – erhasche ich einen Blick auf eine bleiche *Hand,* die auf der Tischkante ruht. Aber Oscar und ich sind alleine im Raum.

Mir kribbeln die Härchen im Nacken, als ich einen weiteren Schritt nach vorne mache. Und dann schwingt blondes Haar über die Rückenlehne eines rotgoldenen Stuhls.

»Hoheit? Ist alles in Ordnung?«

Ich nehme nur halb wahr, dass Oscar mit mir spricht. Ich schleiche auf die andere Seite des Tisches, bis ich dem Stuhl gegenüberstehe – und stoße einen markerschütternden Schrei aus.

Ein Totenkopf starrt mich an, mit leeren Höhlen, wo braune Augen sein sollten. Sie trägt ihr smaragdgrünes Kleid von vor acht Weihnachtsfesten und ihre farblose Hand schiebt sich langsam über den Tisch auf mich zu …

»Hoheit!« Oscar packt mich. »Was um alles in der Welt ist passiert? Warum schreien Sie?«

»Ich habe sie gesehen«, keuche ich. »L-Lucia.«

Oscar verstummt.

»Sie müssen es sich eingebildet haben. Lucia ist tot.«

Als ich blinzele und den Blick wieder auf den Stuhl richte, wird mir klar, dass Oscar recht hat. Sie ist nicht mehr da. Ist sie verschwunden? Oder zermürbt diese Mischung aus Schuldgefühlen und Trauer meinen Verstand?

»Vielleicht ist es der Jetlag. Sie müssen erschöpft sein«, sagt Oscar hastig und führt mich aus dem Speisesaal. »Wir können den Rest der Führung später nachholen. Ich werde Ihnen Ihr Zimmer zeigen, und Maisie wird Ihnen dort Ihren Lunch servieren, wenn Sie so weit sind.«

»Danke«, antworte ich schwach und blicke ein letztes Mal zu dem leeren Stuhl zurück.

VII

Als es Zeit fürs Dinner wird, bin ich zu erledigt, um nach unten zu gehen. Ich liege ausgestreckt auf dem Bett und betrachte benommen das schönste Schlafzimmer der Welt. Man hat mir die Herzoginnensuite gegeben, ein Relikt aus der Zeit, als Ehepaare in getrennten Räumen schliefen.

Die Damasttapeten im Schlafzimmers sind in einem hellen Türkisblau bemalt, das mich an die berühmten kleinen Schachteln von Tiffany's erinnert, und passende Vorhänge umrahmen die bodentiefen Fenster. Über meinem Bett vergoldet ein Mosaikmuster die Decke und impressionistische Gemälde schmücken die Wände. Zierliche, weiß-goldene Möbel nehmen dem Raum die Strenge und die frisch geschnittenen Pfingstrosen in einer Vase auf meinem Nachttisch verleihen der Luft einen süßen Duft. Es ist die Art von Schlafzimmer, von der jedes Mädchen träumt, und ich ertappe mich bei dem Gedanken, ob Lucia wohl oft hineingespäht hat und es gar nicht erwarten konnte, bis es ihr gehörte.

Als Oscar mich in den Raum führte, konnte ich mir die Frage nicht verkneifen, ob es früher Lucias Zimmer war. Er verneinte, Lucia habe in einem Schlafzimmer im Westflügel gewohnt und hätte die Herzoginnensuite erst bezogen, wenn sie den Titel übernommen hätte – wozu es nicht mehr gekommen sei.

Ich rolle mich mit einem Seufzer auf die Seite; ich habe zuvor meine ganze Energie verbraucht, als ich mit den Marinos geskypt habe. Zoey hat beim Anblick meines Zimmers gekreischt, aber als ich Caroles und Keiths traurige Gesichter sah, überkam mich schweres Heimweh. Ich frage mich, ob mich dieses Gefühl der Zerrissenheit jetzt immer begleiten wird.

Ich höre ein Klopfen an meiner Tür und richte mich widerwillig auf.

»Herein.«

Maisie steht in der Tür.

»Ich habe mich gefragt, ob Hoheit zum Dinner herunterkommen möchten?«

»Bitte, nenn mich Imogen«, sage ich. »Und ich bin eigentlich ziemlich müde. Würde es dir etwas ausmachen, mir mein Dinner für morgen aufzuheben?«

Maisie wirft mir einen verständnislosen Blick zu. Gibt es auf Rockford Manor keine Reste? Angesichts ihres Gesichtsausdrucks ist die Antwort ein definitives Nein.

»Oder … könntest du es jemand anderem geben?«, schlage ich vor. »Es wäre eine Schande, es umkommen zu lassen.«

Sie nickt. »Wie Sie wünschen, Hoheit. Soll ich das Bett für Sie aufschlagen?«

»Oh, nicht nötig«, sage ich verlegen. »Wir sehen uns morgen, Maisie. Danke für alles.«

Maisie lässt ihren Blick eine Weile durch den Raum schweifen, bevor sie mir eine gute Nacht wünscht, und ich frage mich, ob sie das Gleiche denkt wie ich: *Was für ein schönes Zimmer, und wie schade, dass es nie Lucia gehört hat.* Und plötzlich ertappe ich mich dabei, dass ich eine Frage stammele.

»Maisie, warte. Ich ... nun, es ist so lange her, dass ich meine Cousine gesehen habe, und ich habe so viel über sie nachgedacht. Ich weiß nicht, wie sie war, als ...«

»Als sie starb?«, beendet Maisie meinen Satz.

Ich zucke zusammen.

»Ja.«

Maisies unausgesprochene Antwort und mein eigenes Gewissen verhöhnen mich. *Warum hast du nie angerufen, wenn sie dir so wichtig war?* Aber falls Maisie tatsächlich so denkt, ist sie wenigstens so nett, ihre Verachtung zu verbergen.

»Lady Lucia war brillant«, sagt Maisie nur, strafft den Rücken und nimmt einen förmlicheren Ton an. »Man könnte sagen, dass sie einen schärferen Verstand hatte als alle anderen. Sie war offen, mit Sinn für Humor, und sie hatte die Gabe, einen Raum voller Menschen zu betreten und alle sofort in ihren Bann zu schlagen. Natürlich war sie auch schön.« Maisie hält inne, als denke sie über etwas nach. »Ihr bestes Porträt befindet sich im Paradezimmer. Haben Sie es gesehen?«

Ich schüttele den Kopf, und mir schnürt sich das Herz

zusammen, als ich mir meine Cousine vorstelle – ein strahlendes Licht, das auf unvorstellbare Weise flackernd verlosch und in Vergessenheit geriet. Ich atme tief durch und konzentriere mich wieder auf Maisies Frage. »Nein, in diesem Raum war ich noch nicht.«

»Möchten Sie, dass ich Sie hinführe?«

Ich nicke atemlos. »Ja, danke.«

Meine Müdigkeit ist vergessen, und ich folge Maisie aus dem Schlafzimmer und die Treppe hinunter. Ein seltsamer Adrenalinstoß durchflutet mich, als wir uns dem Paradezimmer nähern. Bin ich wirklich *aufgeregt*, weil ich gleich dieses Porträt meiner toten Cousine sehen werde? Nein ... es ist definitiv keine Aufregung, aber ich kann es gar nicht erwarten, ihr Gesicht nach all den Jahren zu betrachten, und ich hoffe, dass ihre vertrauten Züge den entsetzlichen Totenschädel ersetzen werden, den ich mir vor wenigen Stunden eingebildet habe.

Maisie öffnet die Tür, und wir betreten den prunkvollsten Raum, den ich bisher gesehen habe – ausstaffiert in den üppigen Farben und eingerichtet mit Möbeln aus der Zeit Louis' XVI., mit vergoldeten Decken und Stuckatur, glitzernden Baccarat-Kronleuchtern und einem kostbaren, handgewebten Bildteppich, der eine ganze Wand einnimmt und eine weitere siegreiche Schlacht des ersten Herzogs darstellt. Über dem weißen Marmorkamin hängt an einem Ehrenplatz das lebensgroße Bildnis einer modernen Schönheit.

Ich gehe wie in Zeitlupe darauf zu, bis ich dicht vor ihrem gemalten Gesicht stehe. Die zwölfjährige Lucia war bemerkenswert hübsch, daher sollte es mich nicht überraschen, dass sie als junge Frau noch schöner geworden war. Aber es ist Lucias Gesichtsausdruck, der mich unvorbereitet trifft und mir einen Schauer über den Rücken jagt. Ihr Gesicht zeigt keine Spur des Glanzes und der Neugier, an die ich mich erinnere. Stattdessen trägt es den Ausdruck einer Person, die … zu viel gesehen und erlebt hat. Ich versuche, darin meine alte Freundin wiederzuerkennen, aber die Cousine, die ich kannte, war natürlich ein Kind. Diese ältere, unnahbare Lucia kenne ich nicht. Und plötzlich entringt sich mir ein Schluchzen. Ich halte mir den Mund zu, beschämt, dass eine fast fremde Frau miterlebt, wie ich in Tränen ausbreche, aber Maisie legt mir sanft den Arm um die Schultern.

»Ist schon gut«, sagt sie beruhigend.

Ich drehe mich um, um ihr ein dankbares Lächeln zu schenken, aber als sich unsere Blicke treffen, bricht der Moment in sich zusammen – als sei uns beiden bewusst geworden, wie unglaublich peinlich das alles ist.

»Hat sich denn wirklich jemand um Lucia gekümmert? Nach dem Feuer, meine ich?«, frage ich und wische mir mit dem Handrücken über die Augen. »Ich weiß, dass es unserem Großvater nicht gut ging, daher kann ich mir nicht vorstellen, dass er in der Lage war, ein Vollzeitvater zu sein.«

»Der verstorbene Herzog war ihr offizieller Vormund, aber meine Mutter war diejenige, die sich wirklich um sie gekümmert hat«, antwortet Maisie. Einen Moment später fügt sie hinzu: »Das war Lucias Lieblingskleid. Sie hat es an ihrem letzten Geburtstag getragen.«

»Es ist wunderschön. Sie sieht umwerfend aus.«

Das tut sie wirklich, mit ihrem blonden Haar, das ihren Kopf wie einen Heiligenschein umgibt, den sinnlichen, braunen Augen, den hohen Wangenknochen und der Porzellanhaut. Ein trägerloses, bodenlanges cremefarbenes Kleid schmiegt sich an ihre hochgewachsene, schlanke Gestalt, und ihr schön geschwungener Mund zieht sich zu einem geheimnisvollen Lächeln nach oben – wie eine Mona Lisa des 21. Jahrhunderts.

»Ich frage mich, woran sie gedacht hat, als dieses Bild gemalt wurde.« Ich strecke die Hand aus und berühre sanft die Leinwand.

»An ihren Freund, da bin ich mir sicher«, antwortet Maisie leise. »Er war ihr Lieblingsthema.«

Ich halte den Atem an und drehe mich zu Maisie um.

»Wie war er so?«

Ihre Augen umwölken sich, genau wie sie es bei meinem Vorschlag getan haben, dass wir Freundinnen sein könnten.

»Ein guter Kerl und Lady Lucia durch und durch ergeben. Er lebt auf einem Anwesen keine zehn Meilen entfernt, also kam er ständig ins Haus, um sie zu besuchen. Er hat sie schrecklich geliebt.«

Mein Herz schlägt so laut in meiner Brust, dass ich mir sicher bin, dass Maisie es hören muss.

»Wie heißt er?«, frage ich, obwohl ich es bereits weiß. Auf Maisies Beschreibung passt nur einer.

»Lord Sebastian Stanhope.«

Ich nicke schnell und wende mich wieder Lucias Porträt zu, bevor Maisie mir in die Augen schauen und die Wirkung sehen kann, die sein Name verursacht hat. Es ist so lange her, dass mein dummes, kindliches Ich ihn geliebt hat, aber … habe ich jemals wirklich damit aufgehört? Ist er nicht der Grund, warum ich mir wegen Marc Wyatt so unsicher war und wegen jedes anderen Jungen, der mir jemals

Aufmerksamkeit geschenkt hat? Ich habe ihn nie vergessen – ich könnte es nicht, selbst wenn ich es versuchen würde. Aber all das spielt keine Rolle mehr. Er gehört Lucia. Er hat immer ihr gehört.

Ich will jetzt nur noch raus aus diesem Raum, weg von ihrem grimmigen Porträt.

»Danke, dass du es mir gezeigt hast, Maisie«, murmele ich und strebe auf die Tür zu. »Ich denke, ich bin jetzt bereit zu gehen.«

Mitten in der Nacht wache ich zitternd auf. Die Temperatur scheint um gute zehn Grad gefallen zu sein, seit ich ins Bett gegangen bin, und selbst meine dicke Bettdecke kann die Kälte nicht abwehren.

Plötzlich höre ich eine Stimme. Ich sitze kerzengerade im Bett und mein Herz rast. Es klingt wie Gesang – schwach und fern, aber die Worte sind klar.

»I know dark clouds will gather round me,
I know the road is rough and steep.
But golden fields lie just beyond me,
Where weary eyes no more will weep ...«

Ich bekomme keine Luft. Es ist Lucias Lied – das Lied, das sie an jenem Tag im Schattengarten gesungen hat. Träume ich? Woher kommt es?

»I'm just a poor, wayfaring stranger,
Traveling through this world alone.

There's no sickness, pain or danger,
In that fair land to which I go …«

Die Stimme fährt fort. Sie scheint sich zu nähern und lauter zu werden. Meine Hände zittern, als ich die Nachttischlampe anknipse und aus dem Bett steige. Mit angehaltenem Atem schleiche ich zur Tür und reiße sie auf. Meine Angst lähmt mich beinahe.

Der Gesang bricht ab. Niemand ist da. Doch ich kann das unverkennbare Geräusch von Schritten hören.

Reiß dich zusammen, Imogen, sage ich mir. *Du bildest dir das alles nur ein.*

Aber als ich zurück ins Bett krieche, könnte ich schwören, dass mir ein neuer Duft in den Raum gefolgt ist – ein unbekanntes Parfüm mit einem Anflug von Jasmin.

Der nächste Tag beginnt mit einem Frühstück im Bogenraum, dem privaten Speisezimmer, das nach seinem bogenförmigen Erker benannt ist. Obwohl ich letzte Nacht so unruhig geschlafen habe, hebt sich meine Stimmung, sobald ich den Raum mit seiner fröhlichen cremefarbenen Wandvertäfelung und den Damastvorhängen betrete, die zurückgezogen worden sind, um den Blick auf den üppigen französischen Garten freizugeben. Goldverzierte Spiegel hängen zwischen den Fenstern und betonen die dazu passenden vergoldeten Konsoltische mit dem Porzellan darunter. In der Mitte des Raumes ist ein runder Tisch mit einem frischen weißen Tischtuch fürs Frühstück gedeckt. Ich gleite auf den einladenden Stuhl mit Samtlehne und hebe den Deckel von meinem Teller, dann stoße ich einen zufriedenen Seufzer aus, als ich die von beiden Seiten gebratenen Spiegeleier, heißen Speck und Frühstückskartoffeln sehe. Ich will mich gerade darüber hermachen, als eine selbstbewusste Rothaarige jenseits der Zwanzig zusammen mit Oscar entschlossen in den Raum tritt.

»Bitte entschuldigen Sie die Störung, Hoheit, aber ich wollte Ihnen die Privatsekretärin vorstellen, die wir gerade für Sie engagiert haben. Dies ist Miss Gemma Montgomery.« Er hebt die Hand, als ich Anstalten mache, aufzustehen. »Bitte, bleiben Sie sitzen.«

Gemma macht einen Knicks, dann nimmt sie mir gegenüber am Tisch Platz.

»Es freut mich, Sie kennenzulernen, Hoheit. Wie geht es Ihnen?«

»Gut, danke.« Ich schaue von ihr zu Oskar. »Tut mir leid, dass ich so ahnungslos bin, aber was genau *macht* eine Privatsekretärin?«

»Ich werde Ihren öffentlichen Terminkalender verwalten«, erklärt Gemma. »Als Herzogin werden Sie jedes Jahr an zahlreichen gesellschaftlichen Ereignissen teilnehmen, angefangen bei Ihrer Unterstützung von Wohltätigkeitsdinners und Veranstaltungen in Oxford bis hin zur Ausrichtung von Festen für die Bürger von Wickersham auf Rockford Manor. Und wer weiß, unter Umständen treten Sie sogar in die Fußstapfen Ihrer Großmutter, indem Sie bei königlichen Zeremonien als Hofdame dienen. Sie werden ganz sicher an der nächsten königlichen Hochzeit teilnehmen, falls Prinz Harry jemals beschließt zu heiraten!« Sie kichert.

»Wow. Das alles hätte ich mir … niemals vorgestellt. Habe ich bald einen Termin?«, frage ich und drücke mir unter dem Tisch die Daumen, dass sie mir als Nächstes sagen wird, dass ich einen guten Monat Zeit habe, um mein Lampenfieber zu überwinden, bevor ich mich der Öffentlichkeit stellen muss.

»Jepp!«, antwortet sie wohlgelaunt. Mich verlässt der Mut. Sie scheint es zu spüren und fügt beruhigend hinzu: »Es ist ein ganz lockerer erster Auftritt. Gerade deshalb haben wir ihn ausgesucht. Sie werden diesen Samstag beim Polospiel der Universitätsteams von Oxford gegen Cambridge anwesend sein.«

»Okay … muss ich irgendetwas über Polo wissen, oder kann ich einfach jubeln, wenn alle anderen es tun?«

Gemma lacht.

»Polo ist ziemlich wichtig auf dieser Seite des Teichs. Ich werde dafür sorgen, dass Sie vor dem Spiel in die Feinheiten eingeweiht werden.«

Und mich einweihen ist genau das, was sie tut, obwohl ich nicht behaupten kann, dass ich viel davon behalte. Sobald sie ihren Monolog über Poloschläger, Chukkas und die »Balllinie« herunterleiert, stelle ich fest, dass meine Gedanken hoffnungslos abschweifen. Ich bin nicht gerade der sportliche Typ. Als sie mich fragt, ob ich die Regeln des Spiels verstanden hätte, nicke ich selbstbewusst, statt mich einem weiteren Vortrag auszusetzen. Solange ich dem Spiel so gut folgen kann, dass ich zum richtigen Zeitpunkt lächele oder Frustration heuchele, wird wohl niemand etwas von meiner Ahnungslosigkeit merken.

»Und jetzt zu dem größten Ereignis, auf das wir Sie vorbereiten müssen. Es handelt sich um das jährliche Rockforder Feuerwerkskonzert«, sagt Gemma, als das Gespräch sich endlich von Polo wegbewegt hat.

»Oh Gott.« Mir dreht sich vor Panik der Magen um, als ich mich an das gesellschaftliche Ereignis der Saison erinnere, das meine Eltern früher mit meinem Großvater, Onkel Charles und Tante Philippa veranstaltet haben. Ich schließe kurz die Augen und erinnere mich an die vielen hundert Gäste, die in den Gärten tanzten, während das Orchester klassische britische Melodien spielte. Das Personal eilte hin und her und servierte genug Essen, um eine kleine Armee zu ernähren. Und dann das überwältigende Feuerwerk am Ende des Abends ... »Findet es dieses Jahr wirklich statt, obwohl ... ich die Einzige bin, die als Gastgeberin übrig ist?«

Gemma nickt mit mitfühlendem Blick.

»Ich fürchte, es ist eine Tradition. Die Veranstaltung wurde in den letzten fünfzig Jahren nur einmal abgesagt, als Wickersham unmittelbar nach dem Feuer von 2007 in Trauer war. Das Konzert ist ein solcher Höhepunkt für die Leute hier in der Gegend, dass es schade wäre, es abzublasen.«

Ich hole zittrig Luft und spiele mit der Tischdecke.

»Also ... was muss ich tun?«

»Die gute Nachricht ist, Oscar sagt, dass er und Mrs Mulgrave die Planung und den Ablauf perfekt beherrschen, da sie diese Veranstaltung jetzt seit zwanzig Jahren gemeinsam vorbereiten. Sie werden sich daher nicht mit allzu vielen Einzelheiten herumschlagen müssen«, versichert mir Gemma. »Ihre Hauptpflichten werden gesellschaftlicher Natur sein – die Gäste empfangen und durch den Abend führen.«

Ich nicke und schiebe mein halbgegessenes Frühstück beiseite. Die Vorstellung, das Konzert ohne den Rest meiner Familie zu veranstalten, führt mir deutlich vor Augen, wie allein ich bin.

Als Gemma geht, kehren meine Gedanken an einen dunkleren Ort zurück. Ich ziehe die Karte des Grundstücks aus der Tasche meiner Strickjacke und mustere die Stelle, die ich mit einem Kreis markiert habe: den Friedhof von Rockford, wo meine Eltern, mein Großvater und Lucia begraben sind. Ich muss ihre Gräber besuchen; ich habe bereits einen Tag zu lange gewartet. Aber mein Blick geht zwischen dem Friedhof, dem Schattengarten und dem Labyrinth hin und her, die am selben Weg liegen. Ihre Gräber zu besuchen bedeutet, dass ich mich nicht nur dem Tod stelle, sondern auch der Umgebung, in der meine Eltern und Lucia gestorben sind. Und ich kann es nicht – noch nicht.

Am Samstagmorgen stehe ich nervös vor einem großen Spiegel, während Gemma mir einen seltsamen kleinen Hut in einem noch seltsameren Winkel auf den Kopf setzt.

»Dieses Ding sieht an mir lächerlich aus«, beklage ich mich. »Ich verstehe immer noch nicht, was an meinem ersten Outfit verkehrt war.«

»Niemand trägt ein Tanktop und Jeans zu einem Polospiel, am allerwenigsten die Herzogin von Wickersham«, tadelt mich Gemma mich. »Ich bin überrascht, dass Maisie es Ihnen nicht schon gesagt hat.«

»Ich habe es ihr gegenüber nicht erwähnt«, erwidere ich mit einem Achselzucken. Tatsächlich bin ich Maisie seit jenem Augenblick vor Lucias Porträt aus dem Weg gegangen. Die Erinnerung daran erfüllt mich mit Unbehagen. Vielleicht ist es die Art, wie mich Maisie beim Sprechen angesehen hat, oder der Ton ihrer Stimme, als sie von Lucia erzählte. Als hätten sie eine Art innere Verbindung oder einen sechsten Sinn gehabt, die ich nie verstehen werde. Vielleicht bin ich auch immer noch von der Entdeckung erschüttert, dass Lucia und Sebastian all die Jahre über zusammen waren – und meine eigene Reaktion ist mir peinlich.

»Nun«, fährt Gemma fort, »zumindest hatte sie genug Weitsicht, Ihren Kleiderschrank mit den Kleidern der richtigen britischen Designer zu füllen.«

Sie streicht die Schultern des blassfliederfarbenen, geblümten Jenny-Packham-Kleides glatt, das wir unter den unerwarteten Schätzen in meinem Kleiderschrank gefunden haben. Das Kleid reicht mir fast bis zu den Knien und nudefarbene Plateaupumps verlängern meine nicht wirklich gebräunten Beine. Ich muss zugeben, die Kombination aus Kleid und hochhackigen Schuhen sieht ziemlich gut aus. Aber der Hut ist völlig daneben.

»Ich kann ihn nicht tragen.« Ich wehre Gemmas Hand sanft von meinem Kopf ab. »Ich war noch nie ein Hutmensch, und das ist vielleicht das unvorteilhafteste Exemplar, das ich je anprobiert habe.«

»Man nennt es einen Fascinator, keinen Hut«, korrigiert mich Gemma. »Britische Damen Ihres Ranges tragen so etwas zu Polospielen.«

»Nun, ich bin Anglo-Amerikanerin. Also werde ich so oder so nie so aussehen wie eine von ihnen.«

Gemma seufzt geschlagen. »Na schön. Dann eben kein Fascinator, aber Sie sollten Ihr Haar besser gut bürsten.«

Sobald Gemma mit meinem Look zufrieden ist, gehen wir die große Treppe hinunter, da Alfie bereits auf uns wartet. Auf dem zweiten Treppenabsatz begegnen wir Mrs Mulgrave und Maisie, die auf dem Weg nach oben sind.

»Hoheit, ich wollte gerade nachsehen, ob Sie etwas brauchen«, sagt Maisie. Sie unterzieht mein Outfit einer Musterung. »Ich wusste nicht, dass Sie für heute spezielle Pläne hatten.«

»Nichts allzu Spezielles, nur ein Polospiel«, erwidere ich mit einem Grinsen.

»Welches Spiel?«, fragt Mrs Mulgrave und ihre leeren dunklen Augen leuchten mit plötzlichem Interesse.

»Das Jack-Wills-Varsity-Polomatch natürlich«, antwortet Gemma für mich.

Maisie und ihre Mutter tauschen schnell einen bedeutungsschweren Blick, den ich nicht verstehe.

»Falls ich darf …«, beginnt Mrs Mulgrave, aber Gemma fällt ihr ins Wort.

»Es tut mir leid, ich fürchte, wir sind ohnehin schon ziemlich spät dran und hätten vor fünf Minuten im Wagen sitzen sollen. Ihre Hoheit wird um vier Uhr zum Tee zurück sein.«

»Bye!« Ich winke ihnen leicht zu, bevor ich Gemma die Treppe hinunter folge und die beiden dort stehen lasse, während sie mir nachschauen.

Als wir vor dem Oxford University Polo Club vorfahren, dreht Gemma sich auf ihrem Sitz um, um mich zu mustern.

»Ihr Gesicht glänzt ein bisschen; nehmen Sie dieses

Pudertuch. Also, achten Sie darauf, dass Sie die Schultern zurücknehmen und den Hals strecken, wie Basil es Ihnen gezeigt hat. Versuchen Sie, die Haltung einer Ballerina einzunehmen. Ich werde zuerst aussteigen und vorangehen.«

»Viel Glück, Hoheit«, sagt Alfie herzlich, als er vor dem Eingang zum Poloplatz hält.

Ich spähe aus dem Fenster und beim Anblick der vielen hundert Zuschauer auf den Tribunen werden meine Handflächen feucht.

»Danke. Ich werde es brauchen«, murmele ich leise.

Gemma steigt aus dem Wagen und nach einer nervenzermürbenden Sekunde folge ich ihr. Aber niemand hat mich vor den Gefahren gewarnt, hochhackige Schuhe auf einem grasbewachsenen Poloplatz zu tragen, und meine Beine geben sofort unter mir nach. Gemma packt mich, während ich noch mit den Armen rudere, und zieht mich hoch. Natürlich ist das der Moment, in dem das Blitzlichtgewitter einsetzt, da die Reporter auf den Tribünen plötzlich zu begreifen scheinen, wer ich bin.

»Na toll. Mein erster öffentlicher Auftritt und ich lege mich fast auf die Nase«, sage ich mit zusammengebissenen Zähnen.

Ich weiß, dass das auch nicht unbedingt der großartige Auftritt ist, den Gemma sich für mich vorgestellt hat, aber sie drückt tröstend meinen Arm.

»Das spielt keine Rolle. Kopf hoch und lächeln.«

Mein Lächeln sieht am Ende eher wie eine paranoide Grimasse aus, aber zumindest schaffen wir es ohne weiteres Stolpern zu den Tribünen. Als wir uns ganz oben auf eine leere Bank setzen, die mit ROCKFORD beschriftet ist, spüre ich, wie sich aus allen Richtungen Blicke auf mich richten; ich kann nicht aufhören zu blinzeln, während immer mehr Kameras in meine Richtung blitzen. Also halte ich den Blick gesenkt und spiele mit meinem Schmuck, bis mir der im Publikum anschwellende Jubel verrät, dass es losgeht.

Beim Anblick von vier jungen Männern zu Pferd, die auf den Platz galoppieren und einmütig ihre Poloschläger schwingen, geht ein Raunen durch die Menge. Die Spieler tragen das Oxford-Dress: dunkelblaue Shirts, weiße Jeans, kniehohe schwarze Reitstiefel und schwere schwarze Helme. Als sie zu den Plätzen ihrer Fans reiten und zum Gruß die Helme heben, fällt mein Blick auf den Spieler, der etwas abseits von den anderen dreien reitet, ein wenig entfernt von der jubelnden Szene. Ich beuge mich auf meinem Sitz vor und als ich genauer hinsehe, beginnt mein Herz zu rasen. Etwas an dem schwachen Lächeln, das seine Lippen umspielt, dem zerzausten goldbraunen Haar, erinnert mich ... an jemanden, den ich früher einmal gekannt habe, jemanden, der einst die Welt für mich bedeutet hat.

Schau hoch, flehe ich stumm. *Lass mich dein Gesicht sehen.*

Ich frage mich, ob meine Gedanken ihn tatsächlich erreicht haben – denn genau in diesem Moment blickt er auf und sieht mir in die Augen. Und unter seinem Blick schlägt eine Woge leidenschaftlicher Gefühle über mir zusammen, bis ich wieder ein kleines Mädchen bin – sowohl aufgeregt als auch gequält, während ich ihn betrachte. Ich kann die donnernden Hufe des Teams aus Cambridge nicht mehr hören, als es sich ins Getümmel stürzt, oder Gemmas Stimme in meinem Ohr. Ich kann weder die Hitze der Sonne noch den kalten Wind spüren; ich kann nichts außer ihm in meinem Gesichtsfeld wahrnehmen. Sebastian Stanhope – nach all den Jahren wieder ganz in meiner Nähe.

Ich setze mich aufrechter hin, als Sebastian mich ansieht und die Augen zusammenkneift, als er mich erkennt. Sieht er seine Kindheitsfreundin, wenn er mich anschaut? Oder ist er darauf gekommen, weil ich in der Rockfordloge sitze? Ich lächele zittrig und hebe die Hand zu einem scheuen Winken – aber er wendet schnell den Blick ab. Erkennt er mich etwa *nicht?*

Gemma stößt mir in die Rippen.

»Sie kennen Lord Sebastian Stanhope?«

»Wir waren Freunde, als ich klein war«, antworte ich leise. »Und … er war der Freund meiner Cousine, bis sie starb.«

»Ich habe gewusst, dass er mit Lady Lucia ausgegangen ist«, sagt Gemma. »Aber mir war nicht klar, dass Sie beide miteinander bekannt sind. Es tut mir leid, ich hätte Sie vermutlich warnen sollen, dass er heute spielen würde. Ich hoffe, ich habe Sie in keine unangenehme Situation gebracht.«

»Nein, natürlich nicht. Wir haben uns immer gut verstanden, als wir jünger waren. Ich wüsste nicht, warum das jetzt anders sein sollte.«

Bevor Gemma antworten kann, ertönt die Pfeife des Schiedsrichters und das Spiel beginnt. Ich beobachte ganz gebannt, wie Sebastian auf seinem Vollblut über den großen Platz jagt und den kleinen weißen Ball in hohem Bogen in das Tor von Cambridge schlägt. Dem lautstarken Jubel nach zu urteilen, immer wenn Sebastian den Ball schlägt, ist klar, dass er der Star der Mannschaft ist. Und plötzlich und ohne Vorwarnung erwacht die Erinnerung an einen Sommernachmittag, als ich sechs war, in mir.

Mein Vater bringt Sebastian auf dem Reitgelände von Rockford Manor Polospielen bei, während Lucia und ich interessiert zusehen. Dad reitet ein richtiges Pferd, aber wir drei sitzen auf Ponys.

»Kannst du es uns jetzt zeigen, Onkel Edmund?«, quengelt Lucia. »Warum verbringst du so viel Zeit mit Sebastian?«

Dad lächelt sie an, lässt seinen jungen Schützling aber nicht aus den Augen.

»Ihr kommt schon noch an die Reihe, keine Sorge. Aber euer Freund Sebastian ist sehr vielversprechend. Ich habe noch nie eine solche Treffsicherheit und ein solches Geschick bei einem Jungen seines Alters gesehen.«

Sebastian strahlt und ich beobachte ihn voller Bewunderung. Ich hatte immer das Gefühl, dass Sebastian etwas Besonderes ist – und jetzt hat mein Dad es gerade bestätigt.

Die Erinnerung war so lange vergraben, dass sie mich überrumpelt und mir beinahe die Tränen in die Augen treibt, während ich beobachte, wie Sebastian so viele Jahre später für seine Universität spielt. Wenn Dad nur lange genug gelebt hätte, um zu sehen, dass sein früher Unterricht der Beginn von Sebastians Polokarriere sein würde.

Am Ende des ersten Zeitabschnitts des Spiels, der »Chukka« genannt wird, verlassen die Zuschauer die Tribünen und betreten das Spielfeld.

»Was tun sie da?«, frage ich Gemma.

»Es ist eine Polotradition«, erklärt sie. »Zwischen jedem Chukka sind die Zuschauer eingeladen, auf das Feld zu gehen und die Grasbüschel und Erdklumpen wieder festzutreten, die die Pferdehufe während des Spiels ausgerissen haben.«

»Interessant. Sollten wir uns Ihnen anschließen?«

»Die Herzogin von Wickersham nimmt nicht daran teil«, kichert Gemma.

»Oh. Wie schade.«

Genau in diesem Moment nähern sich Schritte unserer Bank. Als ich aufblicke, sehe ich einen hübschen Jungen in meinem Alter, hochgewachsen und schlaksig, mit sandbraunem Haar und haselnussbraunen Augen. Ein süßes Grübchen erscheint in seiner linken Wange, als er mich anlächelt.

»Wenn das nicht Ihre Hoheit, Imogen Rockford ist! Ich freue mich riesig, dich wiederzusehen.«

Ich stehe auf und meine Hand fliegt mir an die Brust. *»Theo?«*

»Genau.« Er streckt die Hand aus, aber ich ignoriere sie und falle ihm um den Hals und umarme ihn.

»Oh mein Gott, ich habe dich nicht wiedererkannt! Du bist so anders und erwachsen und du hast keine ...« Ich bremse mich, bevor ich den Satz beenden kann. »Du hast keine Schnoddernase mehr« ist wahrscheinlich nicht das, was man zu einem lang verlorenen Freund sagen sollte.

»Du siehst selbst voll korrekt aus«, entgegnet Theo und zwinkert mir zu. Ich weiß nicht genau, was er mit »korrekt« meint – dass mein Outfit gut gebügelt ist? –, aber es scheint ein Kompliment zu sein.

»Danke. Also ... dein Bruder ist ein Polostar? Ich hatte ja keine Ahnung.«

»Er ist der Stolz von Oxford. Es würde mich nicht überraschen, wenn er nach der Uni Profi wird. Aber erzähl mir von dir. Ich – ich dachte nicht, dass ich dich jemals wiedersehen würde«, gesteht Theo.

Ich kann ihm ansehen, dass seine Gedanken zu dem

dunklen Ort gewandert sind, an dem meine so oft verweilen – zu dem Garten, in dem meine Eltern starben, zum letzten Sommer, in dem wir alle zusammen waren. Ich wende den Blick ab.

»Ich weiß. Ich habe auch nicht gedacht, dass ich jemals zurückkommen würde. Aber ... nun ja, es ist so gekommen.« Ich zucke die Achseln, als sei das alles keine große Sache, obwohl es in Wirklichkeit ungeheuerlich und überwältigend ist.

Theo kommt näher und legt mir eine Hand auf die Schulter. Ich bemerke, dass Gemma das Gesicht hinter einer Zeitschrift vergräbt und versucht, uns ein Gefühl von Privatsphäre zu geben.

»Wie kommst du auf Rockford klar? Das muss alles so neu für dich sein und es gibt bestimmt viel wiederzuentdecken.«

»Allerdings, und ich muss lernen, eine Herzogin zu sein. Im Moment ist alles noch ganz neu und seltsam«, vertraue ich ihm an. »Aber ich mache Fortschritte und hoffe, dass ich irgendwann meine Rolle ausfüllen werde.«

»Nun, ich bin hier, falls du einen Rat oder sonst was brauchst«, erbietet sich Theo. »Ich kenne Rockford Manor ziemlich gut, und zu Hause habe ich alles darüber gelernt, was man als englischer Erbe tun und lassen sollte.« Er grinst schief.

Ich lächele zurück; bei dem Gedanken, hier einen echten Freund zu haben, überkommt mich ein Gefühl der Dankbarkeit.

»Danke, Theo. Das wäre schön.«

Der Schiedsrichter bläst in seine Pfeife, und ich beobachte, wie die Zuschauer vom Spielfeld auf ihre Plätze eilen.

»Ich sollte zu meinen Eltern gehen, aber treffen wir uns doch nach dem Spiel auf dem Platz, ja? Meine Familie wird dich sicher auch sehen wollen.«

Sebastian. Ein Schauer überläuft mich bei dem Gedanken, dass ich in einer knappen Stunde neben ihm stehen und seine Stimme hören werde. Genauso schnell brennt mir die Schamesröte auf den Wangen. Was ist nur *los* mit mir, dass ich so aufgeregt bin, weil ich den Freund meiner toten Cousine treffen werde? Es spielt keine Rolle, dass ich ihn zuerst geliebt habe – ich darf ihn nicht mehr so betrachten.

»Imogen?« Theo mustert mich erwartungsvoll, und ich schüttele meine Gedanken ab und hebe endlich den Blick, um ihn anzusehen.

»Ja, klingt toll. Ich komme dann zu dir.«

VIII

Oxford trägt den Sieg davon, und Gemma und ich springen mit den anderen Fans auf, klatschen und stimmen in den Jubel ein. Während die Zuschauer auf das Feld stürmen und den Spielern Stifte unter die Nase halten und um Autogramme bitten, bleibe ich sitzen. Die Mischung aus Nervosität und Adrenalin lässt meinen Puls rasen.

»Sind Sie so weit, Hoheit?«, fragt Gemma, während sie eine SMS in ihr Handy tippt. »Alfie ist gerade angekommen.«

»Noch nicht. Ich möchte den Stanhopes noch Hallo sagen. Ich warte nur darauf, dass die Menge sich auflöst.«

Gemma sieht mich mit einer hochgezogenen Augenbraue an. »In Ordnung.«

Nach einer unwirklichen halben Stunde, die ich damit

verbracht habe, Sebastian zu beobachten, wie er Autogramme gibt, und der Überlegung, ob ich mich nicht besser einfach unbemerkt verdrücken sollte, kommt der Besitzer des Poloclubs auf den Platz und treibt die Fans zum Ausgang, bis nur noch die Spieler und ihre Familien übrig sind.

»Gehen wir«, sage ich zu Gemma.

Zusammen – ich auf ihren Arm gestützt – machen wir uns auf den Weg von der Tribüne zum Spielfeld. Ein Schwarm Schmetterlinge scheint aufgeregt in meinem Magen herumzuflattern, aber obwohl ich ganz fürchterlich nervös bin, begreife ich, dass ich Jahre auf diesen Moment gewartet habe. Ich kann es nicht erwarten, ihn wiederzusehen.

»Da ist sie!«, höre ich Theo rufen. »Wir sind hier, Imogen.«

Theo und seine Eltern stehen bei Sebastian, der im Gespräch mit einem Mannschaftskameraden ist und mir den Rücken zukehrt. Als Theo meinen Namen sagt, scheint Sebastian sich zu verkrampfen.

Lord und Lady Stanhope drehen sich zuerst um und stehen mit einem beunruhigenden Ausdruck in den Augen vor mir. Sie wirken beinahe ... ängstlich. Aber auch mich überläuft ein kalter Schauer, als ich sie ansehe und mich an Lady Stanhopes Schreie erinnere und an das Gefühl von Lord Stanhopes Armen, die mich fort von dem Feuer zogen. Ihr Anblick beschwört diese Nacht wieder herauf, als wären seither nicht sieben Jahre vergangen.

Ich senke den Kopf in einer angedeuteten Verbeugung vor den Stanhopes, wie ich es immer getan habe, als ich klein war. Aber dann machen die beiden eine tiefere Verbeugung und einen Knicks und erinnern mich daran, dass ich, so unglaublich es scheinen mag, streng genommen jetzt über ihnen stehe. Ich bin die Herzogin.

»Willkommen zurück, Hoheit«, sagt Lord Stanhope förmlich.

»Es ist schön, Sie wiederzusehen«, fügt Lady Stanhope mit einem Lächeln hinzu.

»Ich freue mich auch, Sie zu sehen«, gebe ich zurück. »Gratulation zu dem Spiel.«

Ich schaue an ihnen vorbei zu Sebastian, der immer noch in sein Gespräch vertieft zu sein scheint.

»Hey, Seb.« Theo stößt seinen Bruder an. »Hast du gesehen, wer da ist?«

Nach einem kurzen Moment wendet sich Sebastian endlich von seinem Mannschaftskameraden ab und sieht mich an. Mir stockt der Atem, als sich unsere Blicke treffen, und er senkt den Kopf zu der anmutigsten Verbeugung, die ich je gesehen habe.

Er übertrifft die Vorstellung, die ich mir von ihm als Erwachsenem gemacht habe, sogar noch. Er ist größer und stärker und seine Augen sind von einem tieferen und intensiveren Grün. Seine Haltung strahlt so viel Selbstbewusstsein und Reife aus, dass mich das Gefühl überkommt, zehn und nicht nur zwei Jahre jünger zu sein als er.

»Hallo, Hoheit«, begrüßt er mich leise.

Seine Stimme hat sich verändert, seit ich ihn zuletzt getroffen habe. Sie ist jetzt tief und heiser, mit einer musikalischen Qualität, die meine nackten Arme mit Gänsehaut überzieht.

»Hi.« Ich flüstere beinahe.

Einen Moment lang kann ich nur zu ihm aufschauen. Es gibt so viel zu sagen, nach allem, was passiert ist, nach all den Jahren, die vergangen sind, aber ich kann es nicht in Worte fassen. Also entscheide ich mich für das einfachste Thema.

»Das war wirklich ein tolles Spiel. Herzlichen Glückwunsch.«

Er schenkt mir ein flüchtiges Lächeln.

»Danke.«

Ich warte darauf, dass er mehr sagt, dass er mich etwas fragt, aber stattdessen wendet er den Blick ab. Warum verhält er sich so kühl? Erinnert er sich nicht an jene Sommer, die wir zusammen verbracht haben? Dass wir zusammen gelacht und Geheimnisse miteinander geteilt haben? Aber es ist natürlich meine Schuld. Ich bin diejenige, die verschwunden ist; ich hätte damit rechnen sollen, dass er mich vergessen würde – vor allem, weil ich nie seine Favoritin war. Das war immer Lucias Rolle. Und jetzt bin ich wohl einfach nur das Mädchen, das versucht, ihren Platz einzunehmen.

Ich schaue weg und versuche, mich auf Theo zu konzentrieren, den Einzigen in der Familie, der sich wirklich zu freuen scheint, mich zu sehen. Er lächelt breit, als sich unsere Blicke treffen.

»Wir sollten ein Willkommensdinner für Imogen geben«, schlägt Theo an seine Eltern gewandt vor. »Ein klassisches englisches Abendessen, zu dem ihre und unsere Nachbarn eingeladen sind.«

Lord und Lady Stanhope tauschen einen pikierten Blick, während Sebastian sein Pokerface behält. Eine Welle der Peinlichkeit schlägt bei dem Gedanken über mir zusammen, dass sie sich gezwungen fühlen könnten, eine Dinnerparty für mich zu schmeißen.

»Das ist so lieb, Theo, aber völlig unnötig«, beeile ich mich zu versichern. »Das ist wirklich zu viel. Aber ich würde euch gern alle einmal auf Rockford begrüßen.«

»Unsinn. Das ist eine schöne Idee, Theo, und wir würden uns freuen, ein Dinner zu Ehren Eurer Hoheit zu geben«, sagt Lady Stanhope. »Würde nächstes Wochenende passen?«

»Oh – sicher, das wäre toll. Haben Sie vielen Dank«, sage ich, während ich Sebastian einen weiteren Blick zuwerfe.

»Wunderbar. Ich fürchte, wir müssen jetzt los – die Mannschaft feiert im Savoy – aber wir freuen uns darauf, Sie nächstes Wochenende zu sehen. Theo wird anrufen und Ihnen Genaueres sagen.« Lady Stanhope macht einen weiteren leichten Knicks vor mir und dann hauchen sie und Lord Stanhope mir Luftküsse auf die Wangen. Theo umarmt mich freundschaftlich, während Sebastian mir nur kurz die Hand drückt – kein richtiges Händeschütteln, aber auch nicht herzlich. Trotzdem, bei der Berührung seiner Hand kribbeln meine Fingerspitzen und ich bekomme Herzklopfen.

»Mach's gut, Imogen«, ruft Theo, als die vier Stanhopes sich zum Gehen wenden.

»Bis dann«, rufe ich zurück.

Ich mache mich langsam auf den Weg zum Ausgang, wo Gemma wartet. Fragen jagen mir durch den Kopf. Warum waren Sebastian und seine Eltern so distanziert, Theo dagegen so nett? Warum veranstalten sie diese Dinnerparty, obwohl klar ist, dass sie es nicht wollen? Und vor allem, *warum* hat Sebastian immer noch diese Macht über mich – als sei überhaupt keine Zeit vergangen?

Ich kehre allein nach Rockford Manor zurück, und mir wird bewusst, wie kalt und still das Haus nach der Wärme und dem Chaos des Polospiels erscheint. Meine Beine fühlen sich schwer an, als ich die Treppe hinaufsteige, und als ich die Tür zu meinem Zimmer öffne, habe ich das unheimliche Gefühl, dass noch jemand hier ist.

»Hallo?«, rufe ich zaghaft und knipse das Licht an. »Maisie, bist du das?«

Niemand antwortet oder erscheint vor mir – aber ich höre deutlich jemanden atmen; ein wiederholter Seufzer, der aus keiner bestimmten Richtung kommt und im Raum eingeschlossen zu sein scheint, hallt über die Wände.

»Wer ist da?«, flüstere ich. »Wer macht das?«

Plötzlich lässt ein heftiger Windstoß das Fenster über meinem Schreibtisch erzittern. Ich sehe mit offenem Mund zu, wie das Fenster heftig klappert und der Riegel sich im starken Wind löst, bis das Fenster den Kampf verliert und *von ganz allein* aufschwingt.

Ich will schreien, bringe aber nur einen schwachen Laut zustande. Als ich zur Tür zurückstolpere, könnte ich schwören, dass ich in der Fensterscheibe ein Gesicht sehe, das betörend schöne Gesicht des Gemäldes im Paradezimmer. *Lucia.*

»Hoheit? Was ist los?«

Ich stoße einen kleinen Schrei aus, als Mrs Mulgrave vom anderen Ende des Flurs auf mich zukommt. Ihre tief in den Höhlen liegenden Augen wirken rot, ihr Gesicht bleicher, als ich es je zuvor gesehen habe.

»Ich – ich dachte, ich hätte etwas im Fenster gesehen,

und dann – und dann ist es ganz von allein aufgegangen«, stammele ich.

Ein seltsamer Schimmer von Verständnis … oder Neugier leuchtet in Mrs Mulgraves Augen auf. Sie geht an mir vorbei ins Schlafzimmer und legt die Hände auf das Fensterbrett. Ich folge ihr und beobachte verwirrt, wie sich plötzlich Enttäuschung auf ihrem Gesicht abzeichnet.

»Es ist nur ein kaputter Riegel«, sagt sie knapp. »Ich werde sofort Carter herschicken, um das zu reparieren.«

»Aber – aber …«

Ich weiß nicht, wie ich erklären soll, dass es nicht nur der Riegel ist, dass etwas hier im Raum ist und atmet und mich beobachtet. Aber Mrs Mulgrave ist schon zur Tür hinaus. Außerdem ist sie kaum die Richtige, um meine Nerven zu beruhigen.

Ich setze mich aufs Bett und hole bebend Luft. Vielleicht ist es nur meine blühende Fantasie, die ein Drama aus einem unschuldigen Fensterriegel macht. Schließlich war ich nach der Begegnung mit Sebastian wirklich überreizt. Oder … ich teile mein Schlafzimmer mit einem Geist. Das war immerhin schon der zweite unnatürlich heftige Wind, den ich seit meiner Ankunft auf Rockford Manor erlebt habe, und ich kann nicht umhin, mich zu fragen, ob es etwas bedeutet.

»Haben Sie Sebastian Stanhope nach dem Spiel getroffen?«

Einen Moment lang bin ich mir sicher, dass ich mich verhört habe. Mrs Mulgrave hat den Raum bereits verlassen oder zumindest dachte ich das und sie hat noch nie mit mir über etwas anderes als simple Haushaltsangelegenheiten gesprochen.

Als ich aufblicke, steht sie reglos wie eine Statue in der Tür und sieht mich unverwandt an. Ich wende den Blick ab.

»Ja«, antworte ich langsam. »Ich habe ihn und seine Familie gesprochen, aber nur kurz.«

Ihre Schultern versteifen sich.

»Was für einen Eindruck hat er auf Sie gemacht?«

»Ähm, einen guten, schätze ich. Seine Mannschaft hat gewonnen«, antworte ich, vollkommen verwirrt über diese Wendung des Gesprächs.

Mrs Mulgraves Augen scheinen mich anzuflehen, mehr zu sagen, aber ihre Stimme bleibt leise und beherrscht.

»Er lenkt sich ab, der arme Junge. Er war bis über beide Ohren in Lucia verliebt, wissen Sie.« Ihr Blick wandert von mir zum offenen Fenster.

Ich weiche zurück, unsicher, was ich sagen soll. Der Raum fühlt sich drückend kalt an.

»Ist das dann alles, Hoheit?«, fragt sie und schlägt wieder einen geschäftsmäßigen Ton an.

»J-ja. Danke.«

Ich sehe Mrs Mulgrave nach, wie sie mit großen Schritten den Raum verlässt, und habe das beunruhigende Gefühl, dass sie mit ihren sorgfältig gewählten Worten versucht hat, eine Nachricht zu übermitteln. Aber wie die Nachricht lautete, ist mir nicht klar.

Carter versichert mir, dass er das Fenster repariert hat und dass es sich nicht wieder von allein öffnen kann, aber ich lasse trotzdem vorsichtshalber Lucias Hund Teddy am Fußende meines Bettes schlafen. Obwohl seine fünf Kilo

Lebendgewicht keine große Hilfe sein werden, wenn es darum geht, böse Kräfte abzuwehren, fühle ich mich irgendwie sicherer, wenn das kleine Fellbündel mir über Nacht Gesellschaft leistet.

Als ich am nächsten Morgen vom Sonnenlicht geweckt werde, das durch die Vorhänge strömt, und von Teddys leisem Schnarchen, erscheinen mir meine Ängste der vergangenen Nacht wie ein ferner Traum. Ich bin leicht verlegen, als ich Mrs Mulgrave beim Frühstück sehe, aber sie ist vollkommen höflich. Ob ich zu viel in ihre Bemerkungen hineininterpretiert habe?

Nach dem Frühstück erwartet mich Max in der Marmorhalle.

»Ich dachte, wir könnten vielleicht den Zustand des Grundstücks besprechen«, erklärt er. »Ist jetzt ein guter Zeitpunkt?«

»Klar.«

Aber noch während ich zustimme, habe ich das flaue Gefühl, dass ich jetzt nicht mehr drum herumkommen werde, den Garten zu besuchen, den ich nie wiedersehen wollte. Ich werde einfach ehrlich sein und Max sagen müssen, dass das der einzige Ort ist, an den ich nicht zurückkehren kann.

Die Hintertüren der Marmorhalle führen auf die ausgedehnte Brunnenterrasse, die mit Statuen und Buchsbaumkegeln geschmückt ist. Ein geschwungener, von Eiben gesäumter Weg geht nach Süden davon ab. Die Eiben sehen wie riesige Gummibonbons aus. Um sie herum blühen zahllose leuchtend blaue Hasenglöckchen. An den grasbewachsenen Weg schließen sich viele verschlossene Gärten an.

»Dies ist der erste Garten, den wir für Besucher öffnen«,

sagt Max, als er mich durch ein Tor mit einem Schild führt, auf dem DER FRANZÖSISCHE GARTEN steht. »Wir haben gerade erst neue rosafarbene Rosen für die Sommersaison ausgepflanzt.«

»Sie sind wunderschön.«

Ich spüre, dass Max mich eindringlich beobachtet, während ich um den äußeren Rand des Gartens gehe und die blühenden Blumen zwischen den üppigen Orangenbäumen betrachte.

»Gefällt es Ihnen?«, fragt er.

Ich kann es mir nicht verkneifen, ihm einen komischen Blick zuzuwerfen. *Er* ist der Landschaftsgärtner der Rockfords – was kümmert es ihn, was *ich* denke? Aber andererseits müssen er und alle anderen Angestellten, wie ich mir ständig ins Gedächtnis rufen muss, sich jetzt vor mir verantworten. Wenn ich möchte, dass er in diesem Garten Kakteen statt Rosen pflanzt, würde Max sich wahrscheinlich auf die Zunge beißen und es tun. Wie seltsam, als Neuling in so einer Machtposition zu sein. Noch dazu, weil ich mich so fehl am Platz fühle.

»Alles ist perfekt«, erwidere ich mit einem Lächeln.

»Ich dachte mir, dass Sie das sagen würden.« Max sieht mich fragend an. »Das Eigenartige ist … dass nichts davon perfekt aussah, bis Sie gekommen sind.«

Seine Worte ergeben keinen Sinn, aber ich spüre trotzdem einen Schauder böser Vorahnung.

»Wie meinen Sie das?«

Max schüttelt verwundert den Kopf.

»Früher war es so einfach für mich, hier etwas zu pflanzen und zu pflegen. Aber nach dem Feuer schien die Erde … in eine Depression verfallen zu sein. Die Blumen wollten nicht mehr blühen, das Gras wurde gelb, und selbst wenn das Grundstück von Weitem vorzeigbar aussah, konnte man bei genauem Hinsehen erkennen, dass es nur ein Schatten seines früheren Selbsts war. Die Gärten von Rockford Manor waren früher unsere wichtigste Touristenattraktion, aber das sind sie schon seit Jahren nicht mehr. Jetzt besichtigen die meisten Besucher lieber das Haus als das Grundstück.« Er heftet seinen Blick auf mich. »Aber seit dem Tag Ihrer Ankunft war es, als ob … als ob das Land erwache. Ich habe seit sieben Jahren keine solche Schönheit mehr gesehen.«

Meine Kehle ist plötzlich trocken. Ich nehme etwas Abstand von Max.

»Es ist natürlich ein Zufall.« Ich zwinge mich zu einem unbeschwerten Kichern. »Was könnte *ich* denn schon getan haben?«

»Manchmal frage ich mich«, sagt er leise, »ob Sie vielleicht so sind wie …« Er bricht ab, bevor er seinen Satz beendet.

»Wie wer?«

»Vergessen Sie es.« Max schüttelt den Kopf und sein Gesicht entspannt sich zu einem Lächeln. »Verzeihen Sie mir, ich bin ein dummer alter Mann. Ich bin einfach nur so schrecklich froh, dass das wunderbare Land, das ich so sehr liebe … zurück ist. Kommen Sie, ich zeige Ihnen den Rosengarten.«

Ich sehe Max nach, als er weitergeht. Was wollte er sagen? Er hat offensichtlich einen Verdacht, was mich betrifft, aber … was? Ich würde alles darum geben zu verschwinden, von Max und der namenlosen Furcht wegzukommen, die er in mir auslöst. Aber ich habe keine andere

Wahl, als ihm weiter durch die Gärten zu folgen. Während ich die Lauben aus roten, weißen und rosafarbenen Kletterrosen und die kleine Schaukel unter der überrankten Pergola betrachte, lenkt mich eine Erinnerung ab.

»Das war der Lieblingsgarten meiner Mutter. Sie hat hier oft auf der Bank gesessen und gelesen, während ich im Gras gespielt habe. Wir haben den Tag immer damit beendet, dass sie mir auf dieser Schaukel Schwung gab ... Ich fand es hier immer besonders schön.«

Ich bin so tief in Gedanken versunken, dass mir nicht bewusst ist, dass ich laut gesprochen habe, bis ich Max antworten höre.

»Das ist richtig. Sie waren so klein, dass ich mir nicht sicher war, ob Sie sich erinnern würden.«

»Ich erinnere mich an fast alles«, antworte ich. »Ich ziehe nur manche Erinnerungen anderen vor.«

Ein hohler Schmerz breitet sich in meiner Magengrube aus, als ich mich umschaue. Dieser Garten strahlt so wie einst meine Mutter. Aber ohne sie wirkt er verlassen, wie ein großes Haus ohne Bewohner.

Während Max eine der Pflanzen untersucht, gehe ich zu dem Rosenbeet in der Mitte des Gartens, das von der langen, runden Backsteinbank umgeben ist, auf der Mum früher gesessen hat. Ich setze mich hin und streiche geistesabwesend über die Blumen, während ich an Mum denke. Und dann erstarre ich, verkrampfe mich vor Angst, als die gleiche vibrierende Energie wie früher meine Fingerspitzen erfüllt.

Ich schreie auf und springe erschrocken von der Bank. Aber ich kann nicht anders, als wieder zu dem Beet zu schauen, und was ich sehe, macht mich sprachlos.

In der Erde bilden sich kleine Risse, wo meine Hände gerade waren, *öffnen* sich vor meinen Augen und machen Platz in dem Blumenbeet. Plötzlich bricht aus den Rissen eine neue Rose hervor, kraftvoller als die anderen und auf eine erschreckende Art und Weise schön.

Ich stelle mich schnell vor die Rose und verdecke sie. Max darf sie auf keinen Fall sehen. Aber er hat meinen Schrei gehört.

»Was ist los, Hoheit?« Er kommt auf mich zugeeilt, und ich hebe eine Hand, um ihn zu beruhigen.

»Es geht mir gut, ich habe nur … ich habe mir das Knie an der Bank aufgeschlagen«, flunkere ich.

»Sind Sie sicher? Lassen Sie mich den Stein überprüfen …«

»Nein, nein!«, unterbreche ich ihn und meine Stimme ist eine Spur zu laut. »Ich würde jetzt gerne gehen, wenn es Ihnen nichts ausmacht. Ich … kann es gar nicht erwarten, die anderen Gärten zu sehen.«

Max wirkt beunruhigt, aber er stellt mir keine weiteren Fragen.

»Natürlich.« Ich warte darauf, dass er zum Ausgang vorangeht, und schirme die unheimliche Rose vor seinem Blick ab, bis er außer Sicht ist. Ich kann an nichts anderes als diese verrückte Blume denken, während Max mir den Rest des Geländes zeigt. Ich nehme die Wasserfälle nicht wahr, die den See und die Brücke von Rockford umgeben; ich bemerke die Tiere kaum, die auf den Weiden grasen. Ich nicke nur und lächele Max auf Autopilot an, während ich mich die ganze Zeit über frage: *Was zum Teufel ist nur los mit mir? Wer bin ich?* Was *bin ich?* Während der letzten Jahre in New York hat meine Berührung nichts erschaffen oder auch nur etwas annähernd Ungewöhnliches verursacht … warum also jetzt?

Als wir zurück in Richtung Haus gehen, kommen wir an dem Stück Land vorbei, vor dem mir gegraut hat. Sobald meine Füße den Kies berühren, der darauf zuführt, weiß ich, dass wir auf dem Weg zum Schattengarten sind. Ich bleibe wie angewurzelt stehen.

»Max, ich – ich kann nicht«, platze ich heraus. »Ich möchte es nicht sehen.«

Er sieht mich verwirrt an.

»Was wollen Sie nicht sehen?« Und dann glättet sich seine Stirn, als er begreift, was ich meine. »Oh, nein, ich wollte Sie gar nicht dorthin bringen. Dieser Garten und das Labyrinth werden nicht mehr benutzt seit … damals.«

»Was?« Ich starre ihn an. Ich sollte erleichtert sein, aber ich fühle mich seltsam beunruhigt. »Warum nicht?«

Er zögert, bevor er zugibt: »Es ist das größte Rätsel meiner Laufbahn. Der Schattengarten ist natürlich in dem Feuer verbrannt, aber dann, als ich versuchte, ihn wiederherzustellen … konnte ich es einfach nicht.« Er sieht mich mit großen Augen an. »Der Rest des Grundstücks ist nach dem Feuer ebenfalls heruntergekommen, aber ich war immer noch in der Lage, eine halbwegs vorzeigbare Gartenlandschaft hinzukriegen. Doch im Schattengarten ist nichts gewachsen, was ich gepflanzt habe. Die Erde hat das Wasser und die Samen verweigert. Nachdem ich es zwei Jahre lang versucht hatte, habe ich schließlich aufgegeben und Seiner Hoheit gesagt, dass es keinen Sinn hat. Er hat nicht weiter gedrängt – vermutlich wollte er nach dieser schrecklichen Tragödie ebenfalls nichts mehr damit zu tun haben.« Max wischt sich eine Schweißperle von der Stirn und sieht mich an. »Obwohl ... der Schattengarten könnte jetzt vielleicht anders sein – genau wie der Rest des Grundstücks.«

»Ich weiß nicht, was Sie meinen«, antworte ich, obwohl ich eine klare Vorstellung habe. »Und ich habe nicht den Wunsch, den Schattengarten jemals wieder zu öffnen.«

Mich beschleicht ein flaues Gefühl im Magen, als mir ein verrückter Gedanke kommt. Ist es möglich, dass Gärten ... *besessen* sind? Könnte das die Erklärung dafür sein, warum meine Hände auf dem Grundstück von Rockford plötzlich Blumen erblühen lassen? Hat dieses Land etwas *Verzaubertes?* Könnten die Gärten auf mich reagieren und meine unerwünschten Fähigkeiten zum Vorschein bringen?

»Was ist mit dem Labyrinth?«, frage ich mit schwankender Stimme.

Max schüttelt bestürzt den Kopf.

»Ich komme nicht mehr durch.«

»Was?«

»Ich meine, ich kann das Labyrinth betreten, aber ich habe früher den kompletten Grundriss gekannt, alle Kurven und Biegungen und wie man am Ende hinausgelangt. Aber irgendetwas ... hat sich verändert. Und jetzt verirre ich mich jedes Mal, wenn ich hineingehe.« Er lacht nervös. »Sie müssen denken, ich sei zu alt für meinen Beruf oder ich sei senil geworden.«

»Nein.« Ich ringe nach Luft. »Das denke ich ganz und gar nicht.«

»Und wenn *ich* nicht mehr mit dem Labyrinth zurande komme, dann ist es auch nicht sicher, Touristen hineinzulassen. Und nachdem die liebe Lucia direkt davor ums Leben gekommen ist ... Nun, wir mussten es schließen«, fügt er traurig hinzu.

»Da ist etwas versteckt im Labyrinth.«

Die Worte meines Vaters fallen mir automatisch wieder ein und erfüllen mich mit Furcht. Wie soll ich jemals herausfinden, was er an jenem Tag gemeint hat, wenn das Labyrinth undurchdringlich ist?

»Max, ich bin noch nicht bereit, ins Haus zurückzugehen«, erkläre ich plötzlich. »Ich möchte meine Eltern sehen. Ich meine ... ich möchte ihr Grab besuchen.«

In dem ganzen Wahnsinn der vergangenen Stunde habe ich irgendwie den Mut gefasst, mich meinem Schmerz zu stellen. Jetzt bin ich voller Sehnsucht, in ihrer Nähe zu sein – sie zu fragen, was mit mir geschieht, und zu wissen, dass ich ihnen so nah bin, wie ich es je wieder sein werde.

IX

Ich steige langsam den grasbewachsenen Hügel zu der kleinen, malerischen Kapelle und dem Friedhof von Rockford hinauf, einen Strauß Storchenschnabel in meinen zitternden Händen. Ich habe Max gebeten, ihn für mich zu schneiden, um zu vermeiden, dass ich die Erde berühre und neue Phantomblumen erschaffe. Danach ist er gegangen und hat mir eine Karte gegeben, damit ich zurückfinde, weil er verstanden hat, dass ich allein sein muss.

Meine Füße finden ihren Weg wie von selbst, während ich an Vorfahren vorbeigehe und eilig die Namen auf den Grabsteinen überfliege – bis ich sie sehe.

Zwei marmorne Grabsteine stehen Seite an Seite, ein rosafarbener Stein für meine Mutter und ein grauer für meinen Vater. Sie sind durch ein gemeißeltes Herz verbunden.

Ich sinke vor ihnen auf die Knie, und die Blumen, die ich mitgebracht habe, fallen auf den Boden, während ich einen

Arm um den Grabstein meines Vaters lege und den anderen um den meiner Mum. Es ist mir inzwischen egal, ob meine Berührung irgendetwas entfacht oder heraufbeschwört – näher werde ich einer Umarmung meiner Eltern nie wieder kommen.

Das flaue Gefühl in meinem Magen verstärkt sich, und ich kann spüren, wie mein Schmerz immer mehr Macht über mich gewinnt. Er zieht mich hinab, ertränkt mich in der Dunkelheit, vor der ich davongelaufen bin. Aber ich kann nicht länger dagegen ankämpfen.

»Ihr fehlt mir«, flüstere ich unter Tränen. »Und es tut mir leid … so schrecklich leid.«

Ich blicke auf und murmele laut die Worte, die auf ihren Grabsteinen eingemeißelt stehen. Dann breche ich von Neuem zusammen, als ich VATER UND MUTTER IHRER GELIEBTEN IMOGEN lese. Ich lege den Kopf auf den Grabstein meines Vaters, und als mir der Wind durchs Haar weht, stelle ich mir vor, dass es Mum ist, die mir übers Haar streicht – so wie früher, als ich ein kleines Mädchen war. Ich hebe den Kopf, die Hände immer noch auf den Marmor gepresst, und schaue voller Staunen zu, wie ein mächtiger Windstoß den herabgefallenen Blumenstrauß in die Luft hebt und anmutig zu Füßen des Grabes meiner Eltern niederlegt. Es scheint, als würde meine unerwünschte Gabe wieder mit voller Kraft hervorbrechen – aber in diesem Fall macht es mir keine Angst. Ich finde es schön.

Als ich Schritte auf dem Schotterweg knirschen höre, wische ich mir über die Augen und stehe hastig auf. Bevor ich fortgehe, beuge ich mich vor, um beide Grabsteine zu küssen.

»Ich habe euch lieb. Ich komme wieder.«

Als ich mich umdrehe, erblicke ich den Menschen, den ich am wenigsten erwartet habe. Sebastian Stanhope steht unter dem Eingangstor des Friedhofs und beobachtet mich voller Überraschung aus seinen grünen Augen. Wie in Trance gehe ich auf ihn zu und frage mich, wie unwirklich dieser Tag noch werden kann.

»Hi. Was machst du denn hier?«, platze ich heraus. Sobald mir die Worte über die Lippen kommen, begreife ich es: »Lucia. Gott, es – es tut mir leid.«

»Ist schon gut«, sagt er. Als er mein tränenüberströmtes Gesicht sieht, werden seine Augen weicher. »Alles in Ordnung bei dir?«

Ich bringe ein Lächeln zustande.

»Ja. Danke … Was ist mit dir?«

Sebastian zuckt nur die Achseln. Unsere Blicke treffen sich und für einen Sekundenbruchteil sind wir in unserer Trauer verbunden.

»Wo – wo ist ihr Grab?«, frage ich schüchtern.

»Ich werde es dir zeigen.«

Ich folge Sebastian auf die andere Seite des Friedhofs, gegenüber der Stelle, wo meine Eltern liegen. Er bleibt vor einem rosafarbenen Marmorgrabstein stehen, der mich an Mums erinnert. Aber auf diesem steht:

LADY LUCIA ROCKFORD
DIE EHRENWERTE MARQUISE VON WICKERSHAM
11. FEBRUAR 1995 – 25. OKTOBER 2013

»Ist es nicht seltsam«, sagt Sebastian, während ich reglos vor ihrem Grab stehe, »dass das hier der letzte Ort ist, an dem wir drei zusammen waren?«

Ich schlage mir die Hände vors Gesicht. Die Erinnerung ist unerträglich, und ich höre mich um Atem ringen, während ich verzweifelt versuche, mein Schluchzen zu unterdrücken. Plötzlich umgeben mich Sebastians Arme und ich presse mein Gesicht an seine Schulter. Die seltsame Mischung aus Trauer und Trost, die ich in seinen Armen finde, macht mich schwindlig, und mir zittern die Knie.

»Es tut mir leid, Ginny«, murmelt er heiser. »Das hätte ich nicht sagen sollen.«

Ich schaue auf und blicke in seine Augen, während er mich immer noch in seinen Armen hält.

»Für dich bin ich immer noch Ginny?«

Er nickt langsam.

»Ich bin diejenige, der es leidtun sollte.« Die Worte sprudeln nur so aus mir heraus. »Als ich euch beide das letzte Mal gesehen habe, war ich … verängstigt und dickköpfig und völlig neben mir. Du ahnst nicht, wie sehr ich mir wünschte, ich könnte die Zeit zurückdrehen und anders handeln – mit euch beiden in Verbindung bleiben, für Lucia da sein …«

Sebastian lässt mich sanft los, während sein Gesicht sich verkrampft. Ich frage mich, ob meine Entschuldigung falsch herausgekommen ist, ob ich einen Fehler gemacht habe, aber als ich sehe, wie sein Blick wieder zu ihrem Grab wandert, wird mir klar, dass er einfach nur mit ihr allein sein möchte.

»Ich – ich sollte zum Haus zurückgehen. Magst du später auf eine Tasse Tee vorbeikommen?«, frage ich. Meine Wangen erröten, als ich das Angebot mache.

»Danke, aber ich kann nicht lange bleiben.« Er schenkt mir ein flüchtiges Lächeln. »Aber ich sehe dich bald, nächstes Wochenende bei uns zum Dinner.«

Ich nicke.

»Also, bis dann.«

»Pass auf dich auf, Ginny«, sagt er leise, bevor er näher an Lucias Grab herantritt.

Ginny. Diesen Namen aus Sebastians Mund zu hören, gibt mir Hoffnung und das Gefühl, dass irgendwie alles gut werden wird. Aber als ich den Hügel zurück zu den Gärten hinabgehe, rufe ich mir ins Gedächtnis, dass ich keines dieser romantischen Gefühle hegen sollte – hegen darf. Nicht wenn Sebastian auf dem Friedhof steht und um meine Cousine trauert.

Als an diesem Abend Laurens Gesicht auf Skype auftaucht, bin ich unendlich erleichtert. Seit meiner Ankunft in England sind noch keine zwei Wochen vergangen, aber ich fühle mich bereits verändert, und ich brauche meine beste Freundin, damit sie mich daran erinnert, wie meine Welt früher war. Heimweh versetzt mir einen Stich, als sie von dem Beginn ihres Sommers in New York erzählt, von der Partyszene in Downtown bis hin zu den Wochenenden in den Hamptons. Ich war früher ein fester Bestandteil ihrer Geschichten, und jetzt ist es merkwürdig, sie mir als Außenstehende anzuhören.

»Ich wünschte wirklich, du wärst hier«, sage ich sehnsüchtig, als ich nach einem Lachanfall über die Geschichte eines fehlgeschlagenen Bikinikaufs wieder sprechen kann.

»Damit ich mich persönlich blamieren kann?«, scherzt sie.

»Du fehlst mir einfach«, gestehe ich. »Ich weiß, dass ich nie wieder eine Freundin wie dich finden werde, und in England erst recht nicht.«

Lauren wirft mir einen scharfsichtigen Blick zu.

»Alles in Ordnung, Süße? Du wirkst ... niedergeschlagener, als ich es bei einer frischgebackenen Herzogin erwarten würde.«

»Ich bin nicht niedergeschlagen, es war einfach ein langer Tag.«

Ich sehne mich danach, ihr von dem Besuch beim Grab meiner Eltern zu erzählen, von meiner Begegnung mit Sebastian und der Entdeckung meiner wiedererweckten Gabe – wenn man etwas so Unerwünschtes überhaupt »Gabe« nennen kann – aber ich finde keine Worte. Die Erfahrungen sind zu persönlich, zu nah, um darüber zu sprechen, vor allem über Skype.

»Wann fängt denn der Sommerkurs in Oxford an? Vielleicht findest du da Freunde – oder lernst einen heißen britischen Typen kennen«, schlägt Lauren mit einem schelmischen Grinsen vor.

»Erst in ein paar Wochen«, antworte ich. Aber meine Gedanken sind meilenweit von der Sommerschule entfernt, und ich platze mit der Frage heraus, die ich mir den ganzen Tag über gestellt habe – obwohl ich weiß, wie verrückt es klingen wird.

»Lauren, denkst du, es ist noch ansatzweise normal, wenn jemand einen grünen Daumen hat? Also, ich meine so richtig ... dass er zum Beispiel nur durch eine Berührung mit der Hand Blumen wachsen lassen kann?«

Sie starrt mich an.

»Äh, was? Wie kommst du denn auf *so was*?«

Und da entscheide ich mich, einfach zu kneifen, statt ihr alles zu erzählen.

»Ach, nur so.« Ich zwinge mich zu einem fröhlichen Ton. »Ich habe hier nur entdeckt, dass ich ... gärtnerisch begabt bin.«

»Es ist keine Begabung, Blumen durch die Berührung einer *Hand* wachsen zu lassen. Das klingt übernatürlich«, erwidert Lauren und wirft mir einen seltsamen Blick zu. »Du bist doch nicht etwa auf Drogen, oder?«

»Nein.« Ich verdrehe die Augen. »Ich habe übertrieben, es ist nicht die Berührung meiner Hand. Ich habe nur diese Fähigkeit, Pflanzen wachsen zu lassen ... sie wachsen bei mir ziemlich schnell.«

»O-*kay.«* Sie lacht. »Gut, dann möchte ich aber auch ein paar hammermäßige Gärten sehen, wenn ich zu Besuch komme.«

Ich wechsele schnell das Thema und frage nach ihrem Bruder Anthony, bevor mir noch etwas rausrutscht, das mich klingen lässt, als nähme ich Halluzinogene. Aber ihre Worte hallen noch in meinem Kopf nach. *»Das klingt übernatürlich.«*

Sobald wir auflegen, googele ich »Blumen aus den eigenen Händen wachsen lassen«. Falls ich erwartet habe, auf eine Online-Selbsthilfegruppe für Menschen mit demselben unheimlichen Talent zu stoßen, werde ich bitter enttäuscht. Die meisten Links, die auftauchen, sind New-Age-Websites, wo »Blumen aus den eigenen Händen wachsen lassen« anscheinend eine Metapher für Selbstverbesserung ist. Ich finde ein Dutzend verschiedene Traumforen, wo Menschen fragen, was es bedeutet, davon zu *träumen,* Blumen durch die Berührung ihrer Hände wachsen zu lassen – aber niemand hat es tatsächlich gemacht. In jedem Link, den ich anklicke, wird die Vorstellung wie eine Fantasie behandelt.

Wie konnte es mir also tatsächlich passieren?

Am Abend des Dinners bei den Stanhopes beschäftige ich mich zwanghaft mit der Frage, was ich anziehen soll. Ich muss den richtigen Eindruck erwecken, ohne dass es bemüht wirkt. Schließlich entscheide ich mich für ein eng anliegendes, knielanges hellblaues Kleid von dem britischen Designer Reiss, mit einem Paar nudefarbener Pumps von einem anderen britischen Designer namens L. K. Bennet. Ich bewundere immer noch die Garderobe, die Maisie für mich zusammengestellt hat, und hoffe, dass ich diesen schönen Kleidern gerecht werden kann.

Es klopft an der Tür, dann tritt Maisie in mein Zimmer.

»Ich wollte nur sehen, ob Sie Hilfe brauchen, um sich für heute Abend fertig zu machen«, erbietet sie sich und wirft meinem Kleid einen anerkennenden Blick zu. »Das ist wie für Sie gemacht. Perfekt.«

»Vielen Dank, Maisie.« Ich lächele sie an und verspüre unwillkürlich eine innere Unruhe bei dem Gedanken, dass Sebastian mich darin sehen wird. »Du hast unheimlich schöne Sachen für mich ausgesucht. Ich kann dir gar nicht genug danken.«

Ihre Wangen erröten. »Es hat mir wirklich Spaß gemacht.«

»Nun, ich bin definitiv dankbar, vor allem wenn man bedenkt, dass ich nicht deinen Sinn für Mode habe. Woher hast du ihn?«

Ich winde mich innerlich, sobald ich die Worte ausgesprochen habe; ich wollte nicht so herablassend klingen. Aber ich frage mich dennoch, woher ein Mädchen, das als Dienstmädchen erzogen wurde, so viel über Edel-Designer weiß.

»Lady Lucia hat mir alles beigebracht, was ich weiß«, antwortet sie und sieht mir in die Augen.

»Oh. Natürlich.« Ich schlucke hörbar. »Fehlt – fehlt sie dir?«

Maisie antwortet nicht und dreht die Frage stattdessen um.

»Fehlt Sie Ihnen, Hoheit?«

»Nun, ich … ich habe leider den Kontakt zu ihr verloren, daher ist es Jahre her, dass ich sie wirklich gekannt habe«, gestehe ich ein. »Aber ich vermisse Lucia und unsere Freundschaft von früher schon. Ich habe jeden Sommer mit ihr verbracht, bis ich zehn war, und ich schätze …, sie war damals meine beste Freundin.«

»Sie hat Sie auch vermisst«, sagt Maisie mit ruhiger Stimme.

»Wirklich?« Mir stockt der Atem. »Das hat sie dir gesagt?«

Maisie nickt. Ich möchte mehr erfahren, aber bevor ich eine weitere Frage stellen kann, ergreift sie die Haarbürste auf meinem Schminktisch und bedeutet mir, mich hinzusetzen.

»Lassen Sie mich Ihnen die Haare machen. Ich habe Lady Lucia immer frisiert, bevor sie ausging, und dabei hat sie mir immer alles erzählt – wo sie hinging und was sie am Abend zuvor getan hat«, vertraut Maisie mir an.

»Sie hat dir alles erzählt?«, wiederhole ich wie ein Echo.

Maisies Blick begegnet meinem im Spiegel. »Es gab nichts, was sie vor mir verbergen konnte.«

Ich verstumme. Vielleicht interpretiere ich zu viel hinein, aber etwas an Maisies Ton lässt mich stutzen. Was für Geheimnisse könnte Lucia ihr anvertraut haben?

»Möchten Sie, dass ich Ihr Geschenk für die Stanhopes einpacke?«, fragt sie plötzlich, während sie mir mit der Bürste durchs Haar streicht.

»Welches Geschenk?«

Als sie meine Verwirrung bemerkt, erklärt sie: »Es ist eine Tradition auf dem Land. Bei einer Dinnerparty bringt der Ehrengast immer ein Geschenk für die Gastgeber mit.«

Ich sehe sie erschrocken an. »Oh nein. Ich hatte nur vor, eine Flasche Wein mitzubringen. Reicht das nicht?«

»Ich fürchte, nein, Hoheit«, antwortet sie ernst.

»Ich habe keine Zeit, einkaufen zu gehen«, entgegne ich nervös. »Was soll ich tun?«

Maisie zögert. Als sie wieder spricht, klingt ihre Stimme zögerlich.

»Meine Mutter und Oscar haben immer eine Reihe von Gastgeschenken griffbereit. Es gibt da eine schöne Statuette, die Mutter für einen solchen Anlass aufgehoben hat. Sie würde sich gut auf einem Schreibtisch oder Kaminsims machen. Soll ich sie für Sie einpacken?«

Ich stoße einen Seufzer der Erleichterung aus.

» Perfekt. Maisie, du hast mir das Leben gerettet.«

Eine Stunde später sitze ich auf der Rückbank des Aston Martin, während Alfie durch die nahe Stadt Great Milton in

Richtung Stanhope Abbey fährt. Ich bin schon einmal dort gewesen, um mit Sebastian und Theo zu spielen. Es ist schon lange her, aber meine Erinnerungen an ihr Haus sind noch verschwommener als die an meine frühen Jahre auf Rockford Manor.

Ich schnappe nach Luft, als wir durch das Tor biegen und der gewundenen Straße zu einem elisabethanischen Herrenhaus hinauf folgen, das vor einem Hintergrund aus ansteigenden Hügeln und einer üppigen grünen Parklandschaft steht.

»Wir sind da«, erklärt Alfie. »Stanhope Abbey.«

»Ist es seltsam, wieder zurück zu sein?«, frage ich schüchtern. »Sie müssen Lucia ständig hergefahren haben.«

»Nicht so oft. Nachdem sie den Führerschein und ihren eigenen Wagen hatte, war sie froh, mich los zu sein.« Alfie lächelt traurig.

»Das glaube ich nicht«, erwidere ich.

Alfies Gesichtsausdruck verändert sich.

»Der Wagen hat Lucia so unabhängig gemacht, dass sie vermutlich vergaß, dass ich für sie da war. Und ich frage mich oft … nun, wenn sie mich nur in jener Nacht meinen Job hätte machen lassen, dann hätte ich mich um sie gekümmert und sie überall hingefahren, wenn sie unbedingt weg wollte. Sie hätte nicht zu Fuß in diesen Sturm hinausgemusst, in dem man im strömenden Regen und vor lauter Wind nicht sehen konnte, wohin man …« Er bricht mitten im Satz ab. »Ich muss mich entschuldigen, Hoheit. Ich habe mich vergessen. Sie sollten nicht mit der Reue eines alten Mannes belastet werden.«

»Nein. Sie dürfen sich keine Schuld geben«, sage ich sanft und begreife, dass ich die Worte wiederhole, die man mir so oft nach dem Tod meiner Eltern gesagt hat. »Sie hätten unmöglich wissen können, dass sie vorhatte, in diesen Sturm hinauszugehen. Und wenn sie entschlossen war, allein zum Labyrinth zu gehen ... Na ja, ich wüsste nicht, wie Sie oder irgendjemand sonst sie hätten aufhalten können.«

»Danke, Hoheit.« Er hält inne. »Wenn mir die Bemerkung erlaubt ist, Sie ... sind ganz anders als Lady Lucia.«

»Nach allem, was ich mitbekommen habe, kann man wohl niemanden mit ihr vergleichen«, stimme ich zu. »Sie war unglaublich schön, und wenn ihre Persönlichkeit auch nur annähernd so war, wie ich sie in Erinnerung habe, dann war sie jemand, der sich zu behaupten wusste.«

»Bitte, verstehen Sie mich nicht falsch«, sagt Alfie schnell. »Ich habe keinen ungünstigen Vergleich angestellt. Ganz im Gegenteil. Ich habe Lady Lucia geliebt, das haben wir alle, aber – nun, sie hätte nie so mit mir gesprochen wie Sie gerade.«

Das bezweifele ich nicht. Selbst als kleines Mädchen hatte Lucia einen herrischen Zug und hat das Personal wie ihre Untergebenen behandelt. Aber es verwirrt mich, Kritik an meiner Cousine zu hören, die mir bis jetzt wie die perfekte Vorgängerin vorgekommen ist und deren zu große Fußstapfen ich kaum ausfüllen kann.

»Ich weiß, worauf Sie hinauswollen, und ... danke.«

»Ich wünsche Ihnen einen schönen Abend, Hoheit«, sagt er, als der Diener der Stanhopes die Autotür öffnet.

»Willkommen auf Stanhope Abbey, Hoheit«, begrüßt er mich und macht eine Verbeugung. »Die Familie erwartet Sie im Salon.«

Er führt mich die Vordertreppe hinauf und ins Haus. Es ist kleiner als Rockford Manor, doch die Wandfresken,

Deckengemälde und Flure, die von beeindruckenden Skulpturen und Familienporträts gesäumt werden, sind von der gleichen verschwenderischen Pracht. Mir wird langsam klar, dass für englische Adlige das Heim der Ort ist, an dem sie ihre ganzen kostbaren Besitztümer vorzeigen, und sie schmücken es bis in die letzte Ecke.

»Ihre Hoheit, die Herzogin von Wickersham«, meldet der Diener mich an, als wir uns der Salontür nähern.

Ich beobachte von der Tür aus, wie die Stanhopes und vier weitere Gäste sich erheben. Mein Blick begegnet sofort Sebastians. Er sieht toll aus in seinem dunklen Anzug, und ich verspüre ein vertrautes flaues Gefühl im Magen, als wir einander ansehen. Sein Blick ist freundlich, wie der des Sebastians, den ich von früher in Erinnerung habe, und ich frage mich, ob wir die Verlegenheit nach meiner Rückkehr überwunden haben – ob wir zu einem unausgesprochenen Einverständnis gekommen sind, als wir uns auf dem Friedhof begegnet sind.

Lord und Lady Stanhope treten vor, um mich zu begrüßen, gefolgt von ihren Gästen: Viscount Warren und seiner Tochter, Lady Cecily Warren, die ungefähr so alt zu sein scheint wie ich, und Mr und Mrs Blythe aus London. Sobald wir die Förmlichkeiten hinter uns haben, kommt Theo mit einem breiten Grinsen auf mich zu.

»Imogen, du siehst Bombe aus«, stellt er fest und legt mir einen Arm um die Schulter.

»Bombe?«, wiederhole ich zweifelnd.

»Er meint, dass du gut aussiehst«, sagt Sebastian mit einem flüchtigen Lächeln.

Seine Worte lassen einen Schwarm Schmetterlinge in meinem Bauch aufsteigen, aber dann rufe ich mir ins Gedächtnis, dass er nur wiedergibt, was sein Bruder gesagt hat. Falls hier einer mit mir flirtet – und das ist immer noch ein sehr großes *Falls* – ist es Theo, nicht Sebastian.

»Danke, Theo. Du siehst selber Bombe aus«, antworte ich, während meine Nerven sich allmählich beruhigen. Und als ich ihn genauer ansehe, wird mir klar, dass Theo verdammt süß ist. Jeder in diesem Raum würde von Sebastians Filmstaraussehen in den Schatten gestellt, aber Theo ist ein Schatz, genau der Typ, auf den Zoey abfahren würde.

Plötzlich erinnere ich mich an das Geschenk in meinen Händen, das Maisie perfekt eingepackt hat.

»Ich habe etwas für Sie alle. Lasst es mich eurer Mum geben.«

Zu dritt treten wir vor Lady Stanhope, die mit dem Viscount und seiner Tochter plaudert.

»Lady Imogen, Sie müssen Cecily kennenlernen«, sagt sie, als wir uns zu ihnen gesellen. »Sie werden sich sicher schnell anfreunden. Cecily fängt in diesem Herbst in Oxford an.«

»Oh, cool. Ich werde dort bald einen Sommerkurs im Christ Church College machen«, sage ich zu Cecily.

»Ich auch«, schaltet sich Sebastian ein und sieht mich überrascht an. »Welchen Kurs belegst du?«

»Klassische Literatur und Mythologie. Und du?« Ich halte den Atem an, während ich auf seine Antwort warte.

Er lächelt, aber seine Stimme klingt etwas gereizt, als er spricht.

»Denselben. Ich brauche noch ein paar zusätzliche Punkte für meinen Abschluss. Wie bist du auf die Idee gekommen, dieses Thema zu wählen?«

Einen Moment lang bin ich sprachlos, begeistert von der

Vorstellung, dass wir im selben Kurs sein werden, aber ich fange mich gerade noch rechtzeitig.

»Englisch ist mein bestes Fach, und mein Vormund in New York hat darauf bestanden, dass ich es diesen Sommer in Oxford versuche. Wenn ich mich einigermaßen gut schlage, werde ich mich für das nächste Herbstsemester bewerben.«

»Na, das ist ja herrlich!«, begeistert sich Lady Stanhope und lächelt strahlend. »Ihr alle drei in Oxford! Theo, du bist der Nächste.«

»Wir werden sehen.« Theo lacht.

Ich überreiche Lady Stanhope das Geschenk.

»Das ist für Sie.«

»Oh, das wäre doch nicht nötig gewesen«, erwidert sie, während sie das Päckchen auspackt. Ich sehe erwartungsvoll zu und hoffe, dass es ihr und den Stanhopes so gefallen wird, wie Maisie zu denken schien.

Lady Stanhope hält das ausgepackte Geschenk hoch, eine antike Porzellanfigur von einer schönen Frau. Theo wirft Sebastian einen nervösen Blick zu, der die Figur schockiert ansieht.

»Ähm, es ist ein dekoratives Stück«, erkläre ich unbeholfen, verwirrt von der Reaktion auf mein Geschenk. »Man kann es auf den Schreibtisch stellen oder auf einen Kamin …« Meine Stimme verliert sich, als mir bewusst wird, wie bleich Sebastian geworden ist, sodass seine grünen Augen dunkler aussehen, als ich sie je erlebt habe. Er kommt auf mich zu und ballt und öffnet wiederholt die Fäuste.

»Woher hast du das?«, fährt er mich an. Seine Stimme ist so scharf, dass ich beinahe zusammenzucke. »Warum bringst du sie her?«

»Was?« Ich sehe ihn verständnislos an. »Wovon redest du? Es ist nur ein Geschenk!«

»Ein Geschenk?« Er stößt ein kurzes, freudloses Lachen aus. »Ich hätte es wissen müssen.«

Theo springt zwischen mich und Sebastian. »Lass gut sein, Seb«, sagt er und sieht seinen Bruder besorgt an.

Theo nimmt seiner Mutter die Statue ab, aber gleichzeitig greift Sebastian danach und schlägt sie Theo aus der Hand.

Die Figur zerschellt auf dem Parkettboden, und Porzellanscherben fliegen in alle Ecken. Für eine schreckliche Sekunde erstarren alle. Dann stößt Lady Stanhope einen spitzen, erschrockenen Schrei aus. Theo eilt an meine Seite – und Sebastian verlässt ohne ein Wort den Raum.

X

Was ist gerade passiert?«, rufe ich aus. »Was ist los mit ihm?«

»Es tut mir leid«, murmelt Lady Stanhope, zuerst an mich gewandt und dann an ihre Gäste. »Es tut mir so leid ... Ich weiß nicht, was in ihn gefahren ist.«

»Ich bin gleich wieder da«, erklärt Lord Stanhope grimmig und folgt Sebastian zur Tür hinaus.

Lady Stanhope glättet sich nervös das Haar und macht ein paar flache Atemzüge.

»Gehen wir in die Bibliothek und lassen das Hausmädchen hier sauber machen.«

Sie geht in Richtung Flur voran, aber ich bleibe zurück, außerstande, den Blick von der zerschmetterten Figur loszureißen. Ich weiß nicht, was mich mehr verstört – die Tatsache, dass mein Geschenk eine solche Reaktion hervorgerufen hat oder dass mein lieber Kindheitsfreund sich in jemanden verwandelt hat, der zu einem Wutanfall fähig ist.

Ich spüre eine Hand auf der Schulter, und als ich mich umdrehe, sehe ich in Theos freundliche Augen.

»Ich ... ich verstehe nicht«, sage ich stockend.

»Natürlich nicht. Mein Bruder ist ein Arsch, dass er das Schlimmste von dir denkt«, erwidert Theo kopfschüttelnd. »Du hast nicht gewusst, was du mitgebracht hast, oder?«

»Wie meinst du das? Es war nur ein dummes Geschenk!« Tränen brennen mir in den Augen und ich kämpfe sie zurück.

Theo holt tief Luft.

»Es war eine Statuette von Lady Beatrice, der fünften Herzogin von Wickersham, aus dem frühen 19. Jahrhundert.«

Der Name ist mir vertraut.

»Ich denke, ich habe von ihr gehört. Mein Herzoginnentrainer hat eine Lady Beatrice erwähnt, die angeblich das Land der Rockfords zum Blühen gebracht hat. Aber warum sollte Sebastian wegen ihrer Statue so sauer sein?«

»Weil er sie vor zwei Jahren für Lucia gekauft hat. Ich bin mir nicht sicher, wie du daran gekommen bist, aber sie hat ihr gehört. Ich erinnere mich, dass Sebastian gesagt hat, sie sei ein Original.«

Ich kann es nicht fassen. Übelkeit überkommt mich, als mir klar wird, was Maisie getan hat.

»Ich – ich hatte keine Ahnung«, stoße ich mit erstickter Stimme hervor und starre Theo entsetzt an. »Maisie sagte, es sei ein ganz neues Geschenk, das Mrs Mulgrave und Oscar für einen besonderen Anlass aufgehoben hätten. Sie hat mich reingelegt. Aber *warum?*«

Theo wirkt nicht überrascht.

»Ist das nicht klar? Lucia war nicht nur Maisies Boss. Sie war ihre einzige Freundin und ihr ganzes Leben, wirklich. Ich schätze mal, dass sie einen gewissen Groll gegen dich hegt, weil du ihren Platz eingenommen hast.«

Ich sinke auf einen Stuhl und stütze den Kopf in die Hände.

»Ich habe um das alles nicht gebeten. Ich *wollte* nicht zurückkommen – es schien einfach das Richtige zu sein. Ich habe einen großen Fehler gemacht, oder?« Ich werfe ihm einen Seitenblick zu. »Meine Zofe hat es auf mich abgesehen, und der Freund, mit dem ich unbedingt wieder in Kontakt kommen wollte, hasst mich.«

Theo zieht einen Stuhl heran und legt mir sanft eine Hand auf die Schulter.

»Sebastian hasst dich nicht. Ich bin mir sicher, dass er sich wie ein richtiges Arschloch fühlen wird, wenn er erfährt, dass es nicht deine Schuld war. Und warum schmeißt du Maisie nicht einfach raus?«

Ich stöhne.

»Das würde ich ja gerne, aber ich kann es nicht. Ich habe einen Koregenten, der den Besitz bis zu meinem einundzwanzigsten Geburtstag mit mir zusammen verwaltet, und ich habe starke Zweifel, dass er bereit wäre, Maisie wegen eines unglücklich gewählten Geschenks zu feuern. Schließlich ist ihre Mum die Haushälterin und die beiden sind schon viel länger auf Rockford als ich.«

»Du hast wahrscheinlich recht«, räumt Theo ein. Er greift nach meiner Hand, und ich verspüre einen Anflug von Überraschung – sowohl über das, was er tut, als auch über die Art, wie ich darauf reagiere. »Hör mal, ich bin nicht dumm. Ich weiß, dass ich nicht der Bruder bin, auf den du dich heute Abend gefreut hast. Aber lass mich der Freund sein, den du brauchst. Ich möchte für dich da sein.«

Ich erröte vor Verlegenheit. Bin ich wirklich so durchschaubar?

»Ich – es ist nicht so, als wäre ich *nicht* aufgeregt gewesen, dich zu sehen. Ich war es, ehrlich. Aber als wir jünger waren, habe ich mehr Zeit mit Sebastian verbracht. Ich habe ihn besser gekannt …«

»Du brauchst dich nicht zu rechtfertigen«, unterbricht mich Theo. »Ich versteh schon. Ich habe nur … meine Absichten kundgetan, schätze ich.« Er grinst und sein niedliches Grübchen erscheint wieder.

Ich drücke gerührt seine Hand.

»Deine englische Direktheit ist *sehr* erfrischend. Ich denke nicht, dass ich jemals einen amerikanischen Jungen in unserem Alter etwas so Wortgewandtes … oder Nettes habe sagen hören.«

»Das höre ich gern«, antwortet Theo augenzwinkernd. »Na, dann gehen wir besser mal zu den anderen, bevor meine Mum sich noch mehr aufregt.«

Zusammen machen wir uns auf den Weg in die Bibliothek und unsere Hände streifen einander. Ich frage mich, ob ich wohl Gefühle für Theo haben könnte. Auf die Idee wäre ich früher nie gekommen, aber ich muss zugeben, dass er mich überrascht … auf eine angenehme Weise.

Bevor wir den Rest unserer Gruppe erreichen, stelle ich die Frage, die mich beschäftigt hat, seit mir Theo von der Statuette erzählt hat.

»Warum Lady Beatrice? Wieso hat Sebastian Lucia ausgerechnet eine Statuette von ihr geschenkt?«

»Lucia war … besessen von Lady Beatrice«, offenbart

Theo. »Es hat mit einer Hausarbeit begonnen, die sie und Sebastian für die Universität schreiben mussten, aber dann hat sie sich auf sie fixiert, besonders auf die Mythen, die sich um ihr Leben ranken.«

»Welche Mythen?«, frage ich, während mein Herzschlag sich beschleunigt.

Aber es ist zu spät. Lady Stanhope hat uns vor der Bibliothekstür entdeckt und winkt uns zu sich und den anderen. Meine Fragen werden warten müssen.

Trotz Lady Stanhopes besten Bemühungen ist das Dinner eine ziemliche Katastrophe. Lord Stanhope erscheint mit der Nachricht im Speisesaal, dass Sebastian nirgends zu finden ist. Sein leerer Platz am Tisch ist uns allen überdeutlich bewusst und führt zu einer gestelzten Unterhaltung und zu peinlichen Pausen während des Essens. Als der Tee nach dem Dinner beendet ist und die Blythes, der Viscount und seine Tochter aufstehen, um zu gehen, bekomme ich endlich die Gelegenheit für meinen Abgang.

»Haben Sie vielen Dank für das wunderbare Dinner«, sage ich und zwinge mich, die Stanhopes anzulächeln.

»Es tut uns so leid, was vorhin passiert ist«, sagt Lord Stanhope mit leiser Stimme. »Mein Sohn ist seit Lucias Tod nicht mehr er selbst.«

»Das verstehe ich«, beeile ich mich zu versichern.

Nach einer lieben Abschiedsumarmung von Theo eile ich in die Nacht hinaus, wo der Aston Martin bereits wartet. Es gelingt mir kaum, ein Gespräch mit Alfie zu führen, als er mich nach dem Dinner fragt. Meine Gedanken rasen hundert Meilen pro Minute, während ich überlege, wie ich Maisie mit der Sache konfrontieren werde.

Zorn strömt durch meine Adern, als ich die Eingangstüren von Rockford Manor aufreiße. Wo ist sie?

Ich durchsuche die zahlreichen Räume im Erdgeschoss, bis ich außer Atem bin, aber sie ist nirgends zu finden. Ich laufe zurück in die Marmorhalle und bleibe stehen, als ich Mrs Mulgrave die Treppe hinunterschleichen sehe.

»Wo ist Ihre Tochter?«, höre ich mich rufen.

Mrs Mulgrave zuckt zusammen.

»Sie hat mich reingelegt!«, schäume ich. »Wo ist sie?«

»Wie meinen Sie das, sie hat Sie reingelegt?«, fragt Mrs Mulgrave. Ihr Gesicht wird von einem silbernen Kerzenhalter an der Wand beschienen, der sie in ein gespenstisches Licht taucht.

»Sie hat mir ein *Geschenk* für die Stanhopes mitgegeben, von dem sich herausstellte, dass es Lucia gehört hat – es war ein Geschenk von Sebastian. Sie hat mich wie ein totales Miststück dastehen lassen und versucht, ihn zu verletzen, indem sie ihn an Lucia erinnert hat. Wer tut denn so was?« Ich schüttele angewidert den Kopf.

Mrs Mulgrave sieht mich scharf an.

»Ich glaube nicht, dass Maisie es böse gemeint hat. Ich bin mir ziemlich sicher, dass sie eine Erklärung haben wird. Und abgesehen davon, wenn ein Mann so liebt, wie Sebastian Lucia geliebt hat, kann und wird ihn alles an sie erinnern. Es hat keinen Sinn zu hoffen, dass er vergessen wird.« Mrs Mulgraves Stimme nimmt den sanften, verehrenden Ton an, in dem sie immer von Lucia spricht, und heute Abend bekomme ich davon eine Gänsehaut.

»Das Einzige, was ich *hoffe,* ist, dass die Menschen, mit

denen ich lebe, mir nicht in den Rücken fallen. Und wenn diese Art von Verrat jemals wieder vorkommt, werde ich ein ernstes Gespräch mit Oscar führen«, warne ich.

Mrs Mulgrave scheint sich nicht im Mindesten um ihre Tochter zu sorgen. Sie richtet einfach den Blick auf das obere Ende der Treppe.

»Warum sprechen Sie nicht selbst mit Maisie? Als ich sie zuletzt gesehen habe, wollte sie gerade Ihr Zimmer machen.«

»Danke«, murmele ich, bevor ich die Treppe hinaufdonnere.

Ich reiße die Tür zu meinem Schlafzimmer auf und finde dort Maisie vor, die wie ein Bild der Unschuld aussieht, als sie mein Bett aufschlägt.

»Wie konntest du nur?«, platze ich heraus und widerstehe dem Drang, sie zu würgen. »Wie konntest du mir das antun? Ich habe dir vertraut!«

Maisie steht vollkommen reglos da und sieht mich mit Rehaugen an.

»Und stell dich nicht dumm. Du hast selbst gesagt, dass Lucia dir alles erzählt hat. Du wusstest, dass diese blöde Figur ihr gehört hat. Dein Plan war ganz klar, mich als durch und durch verkommen hinzustellen und den ganzen Abend zu ruinieren.« Ich verschränke die Arme vor der Brust. »Also, warum sagst du mir nicht ins Gesicht, warum du mich so sehr hasst, dass du das tust?«

»Ich hasse Sie nicht«, entgegnet Maisie schlicht. »Ich habe es getan, weil ich es tun musste. Und Sie mussten es ohnehin erfahren.«

»Was musste ich erfahren? Dass Sebastian immer noch todunglücklich ist, nachdem er Lucia verloren hat? Das dachte ich mir schon. Es war nicht nötig, es mir so unmissverständlich klarzumachen und ihn so zu verletzen!«

»Nicht nur das. Sie mussten von Lady Beatrice erfahren.«

Ich werfe verärgert die Hände hoch. »Du hast eine schreckliche Szene verursacht, nur um mir eine Geschichtsstunde über eine Vorfahrin aus den 1830ern zu erteilen? Aber klar.«

»Hören Sie mir zu!« Maisie hebt die Stimme, und ich schweige erschrocken, als sie ihre gewohnte Unterwürfigkeit ablegt. »Warum war Lucia wohl so besessen von der Legende von Lady Beatrice? Was besagt die Legende denn?« Maisie beugt sich dichter zu mir vor, bis ich ihren kalten Atem an meinem Ohr spüren kann. »Es hieß, sie habe eine *Macht* besessen – die Macht, mit ihren Händen die Elemente zu beschwören. Sie konnte Feuer und Wasser erschaffen und Blumen wachsen lassen … einfach nur mit einer Berührung.«

Ich erstarre. Das ist nicht echt. Ich muss dieses Gespräch träumen; es kann nicht wahr sein.

»Das ist nur ein … ein dummer alter Mythos«, sage ich, doch meine zitternde Stimme verrät mich. »Lucia mag daran geglaubt haben, aber ich nicht. Lady Beatrice war nur eine Herzogin, die vor Ewigkeiten gestorben ist.«

Maisie fährt fort, als hätte sie mich nicht gehört. »Lady Beatrice' Ehemann, der fünfte Herzog von Wickersham, hat sie der Zauberei bezichtigt, und sie wurde durch den Strang hingerichtet. Als sie am Galgen stand, hat sie gedroht, eines Tages zurückzukehren … durch eine Nachfahrin.«

Ich wische mir die verschwitzten Hände am Kleid ab.

»Das ist eine ziemlich unheimliche Geschichte, aber ich verstehe nicht, was …«

»Ich habe Ihnen doch erzählt, dass Lucia nichts vor mir verborgen halten konnte?« Maisie sieht mich unverwandt an. »Sie hat mir von Ihnen erzählt, Imogen. Davon, was sie Sie hat *tun* sehen.«

Es zieht mir den Boden unter den Füßen weg. Und ich falle, falle, falle.

»Sie hat nicht gewusst, was sie redet«, flüstere ich.

»An Ihrer Stelle würde ich mit Sebastian Stanhope sprechen und herausfinden, was genau er und Lucia in Oxford über Lady Beatrice herausgefunden haben«, sagt Maisie. »Er könnte Ihnen auf eine Weise helfen, wie ich es nicht kann.« Sie wendet sich zur Tür und blickt dann wieder zu mir zurück. »Ist das dann alles? Meine Mutter wartet darauf, dass ich ihr unten helfe.«

Wie kann sie nur so ruhig dastehen, als hätte sie nicht gerade meine ganze Welt auf den Kopf gestellt und den dunklen Verdacht bestätigt, den ich nicht wahrhaben wollte?

»Warum hast du mir das alles nicht einfach *gesagt,* statt mein Dinner mit den Stanhopes zu ruinieren?«, frage ich verärgert.

Maisie hebt die Augen zur Decke.

»Ich hatte keine Wahl«, antwortet sie leise. »Ich war es ihr schuldig.«

»Wem warst du etwas schuldig?« Als sie nicht antwortet, füge ich ungläubig hinzu: »Lucia?«

Maisie nickt kaum merklich.

»Ähm, Entschuldigung? Lucia ist *tot.*« Meine Stimme bricht bei dem Wort.

Maisie schiebt das Gesicht näher an mich heran und ihre Miene ist plötzlich ängstlich.

»Doch Geister gehen nie wirklich fort, nicht wahr?«, flüstert sie. »Sie spüren sie hier doch auch, oder? Es steckt vielleicht mehr dahinter, warum Sie zurückgekommen sind, Imogen. Vergessen Sie das nicht.«

Ich schaudere, sowohl über ihre Worte als auch wegen ihres allzu vertraulichen Tons.

»Nein!« Ich weiche vor ihr zurück. »Ich habe keine Ahnung, wovon du redest. Geh einfach!«

Sobald Maisie fort ist, schließe ich die Tür ab und werfe mich aufs Bett. Meine Beine zittern heftig, und in meinem Kopf überschlagen sich die Gedanken an Geister und was geschehen könnte, wenn die Leute herausfinden, wozu ich fähig bin. *Bin ich wirklich wie Lady Beatrice?* Maisie muss sich irren; es kann nicht mehr hinter meiner Rückkehr stecken. Ich bin zurückgekommen, um meinen Titel zu übernehmen – sollte das nicht alles sein?

Ich kann morgen abreisen, denke ich und erinnere mich an mein Versprechen, nach Hause zu den Marinos zurückzukehren, falls hier irgendetwas schiefgeht. Aber wäre es überhaupt möglich, zu Hause Frieden zu finden, mit diesem schrecklichen Fragezeichen, das über meinem Kopf schwebt? So sehr mir davor graut, ich weiß, dass ich keine andere Wahl habe, als zu vollenden, was ich begonnen habe.

Meine Träume in dieser Nacht sind ein Kaleidoskop furchteinflößender Bilder, angefangen bei Mrs Mulgraves Totenkopfgesicht, das mich verächtlich angrinst, über Sebastian, der die Porzellanfigur zerschmettert, bis hin zu dem kalten, schönen Leichnam meiner Cousine in ihrem Sarg. Aus dem letzten Albtraum erwache ich mit dem Gefühl, dass mir jemand übers Bein streicht, und ich rutsche zum Kopfende hinauf. Der Schatten einer Frauengestalt steht vor meinem Bett.

Ein Schrei steigt in meiner Kehle auf, aber meine Stimmbänder sind wie gelähmt. Ich bringe keinen Laut heraus. Es gelingt mir, das Licht anzuknipsen ... aber es ist niemand da. Die Gestalt ist fort.

Danach versuche ich gar nicht erst, wieder einzuschlafen. Stattdessen nehme ich den Laptop vom Schreibtisch, setze mich im Bett auf und lehne mich in die Kissen. Skype öffnet sich automatisch und beim Anblick von Zoey Marinos Namen in leuchtend grüner Schrift schnürt sich mir das Herz zusammen. Sie ist online! Ich kann meine Schwester sehen und Geschichten von zu Hause hören, oder ich kann mich an meinen ursprünglichen Plan halten, Nachforschungen über eine beängstigende Vorfahrin anzustellen.

Ich klicke auf Zoeys Namen, aber genau in dem Moment wird die Schrift grau. Sie hat mich wohl nicht gesehen und sich ausgeloggt. Meine Entscheidung ist getroffen.

Ich logge mich bei Skype aus und tippe dann »Herzogin Beatrice Rockford« in das Suchfenster von Google. Meine Augen werden groß, als der Monitor sich mit Dutzenden von Links füllt, die meisten führen zu Websites, die sich mit übernatürlichen Verschwörungen beschäftigen. Sie sehen alle etwas zweifelhaft aus, daher entscheide ich mich für Wikipedia.

Lady Beatrice' linkes Auge starrt mich kühn durch eine Maske an, die sie sich vor das Gesicht hält. Ihr helles Haar ist zur Hälfte auf ihrem Kopf aufgetürmt, die andere Hälfte trägt sie um ihre Schulter gelegt. Ein ungewöhnlicher Ring schmückt ihre rechte Hand, und ich vergrößere das Porträt, um ihn deutlicher zu sehen. Der Ring ist ein Diamant in Form eines Eiszapfens.

Ich kehre zu dem Wikipedia-Artikel zurück und klicke auf das nächste Bild – ein Gemälde von Beatrice am Abend ihrer Hinrichtung. Auf diesem Bild ist sie älter, aber ihr blondes Haar ist genauso frisiert wie auf dem früheren, jugendlichen Bildnis. Das Gemälde zeigt schreiende Stadtbewohner, die nach den Röcken ihres schweren Gewandes greifen, als sie zu fliehen versucht. Blätter und Blumen stecken in ihrem Haar, und eine lange Girlande läuft quer über ihr Kleid und lässt sie aussehen wie die Natur selbst.

Ich schaue genauer hin. Es besteht kein Zweifel, dass ich ihr ähnlich sehe; unsere blauen Augen, hohen Wangenknochen und die elfenbeinfarbene Haut sind gleich. Wir könnten Schwestern aus verschiedenen Epochen sein.

Na schön, ich bin schließlich mit ihr verwandt. Es ist klar, dass wir uns ähneln, sage ich mir. *Hör auf, etwas hineinzuinterpretieren.*

Ich schließe das Bild und vertiefe mich in den Text des Artikels. Die Biografie streift ihre Kindheit und Jugend als New Yorker Erbin im frühen 19. Jahrhundert, ihre arrangierte Ehe mit dem fünften Herzog von Wickersham im Jahre 1830 und die Entdeckung ihrer »übernatürlichen Fähigkeiten« und ihres »Flirts mit dem Okkulten«.

> »Nach einem heftigen Streit beobachtete der fünfte Herzog angeblich, wie seine Frau nur mit der Kraft ihrer Hände den Schattengarten von Rockford Manor in Brand steckte. Anschlie-

ßend stellte sie den Garten innerhalb weniger Minuten aus dem Nichts wieder her. Der Herzog verfiel bei dem Anblick dem Wahnsinn und erlangte seinen Verstand nie wieder zurück. Die Herzogin von Wickersham wurde wegen Hexerei verurteilt und gehängt, obwohl sie wiederholt darauf bestand, keine Hexe zu sein. Sie nannte sich eine Elementarierin.«

Also hat auch sie sich im Schattengarten offenbart. Es ist eine weitere unerwünschte Verbindung zwischen Beatrice und mir. Könnte diese Verbindung der Grund dafür sein, dass meine Berührung nur dann eine Wirkung auf die Elemente zu haben scheint, wenn ich auf dem Gelände von Rockford Manor bin?

Ich lese den Artikel noch einmal durch und schaudere bei der Erkenntnis, dass mich das gleiche Schicksal wie Beatrice erwarten könnte, falls ich jemals erwischt werde oder Maisie weitersagt, was Lucia ihr über mich erzählt hat. Ich würde vermutlich nicht gehängt werden – ich bin mir ziemlich sicher, dass man *das* nicht mehr macht –, aber ich würde zweifellos irgendwo weggesperrt werden. Von jetzt an muss ich meine Fähigkeiten besser verbergen, egal wie.

Ich erreiche das Ende der Wikipedia-Seite, wo die Quellen des Artikels aufgeführt sind. In diesem Fall gibt es nur eine – *Die unheimliche Herzogin: Eine Biografie,* von Humphrey Fitzwilliam, veröffentlicht im Jahr 1865. Ein Adrenalinstoß durchfährt mich bei dem Gedanken, ein ganzes Buch über Lady Beatrice zu lesen, geschrieben von einem Zeitgenossen. Ich tippe schnell den Titel in das Suchfenster von Google ein – aber alle Links führen zu demselben Ort, der Bodleian Library in Oxford. Der Eintrag lautet:

> »Humphrey Fitzwilliams *Die unheimliche Herzogin: Eine Biografie* ist einer der historischen Schätze der Bodleian Library. Unser Exemplar ist die einzige bekannte erhaltene Druckausgabe. Aufgrund des schlechten Erhaltungszustandes und der historischen Bedeutung des Buches wird es im geschlossenen Magazin aufbewahrt. Wenn Sie diesen Titel einsehen möchten, müssen Sie eine Bestellung aufgeben. Das Buch wird Ihnen dann in den Lesesaal Ihrer Wahl gebracht. Bitte beachten Sie, dass die Bestellzeit drei bis fünf Werktage beträgt.«

»Drei bis fünf Tage?« Ich stöhne. Mutlos tippe ich meine Benutzerdaten ein und gebe die Buchbestellung auf, während ich mich die ganze Zeit frage, wie ich das Buch früher in die Hände bekommen kann. Und dann habe ich wieder Maisies Worte im Ohr. *An Ihrer Stelle würde ich mit Sebastian Stanhope sprechen und herausfinden, was genau er und Lucia in Oxford über Lady Beatrice herausgefunden haben.*

Die beiden haben sich mit der fünften Herzogin beschäftigt; sie müssen ihre Biografie gelesen haben. Ich weiß jetzt, dass ich Maisies Rat befolgen muss, welche Motive sie auch haben mag.

Ich muss mit Sebastian sprechen.

Um acht Uhr morgens bin ich angezogen und startklar. Ich verzichte auf meine eleganten britischen Kleider zugunsten von Jeans und einem grauen Kapuzenshirt. Zum Glück ist Sonntag, Alfies freier Tag, daher kann ich mir ein Taxi rufen, ohne Verdacht zu erregen.

Ich schleiche die Treppe hinunter und die Flure entlang und bete, dass ich weder Oscar noch einer der beiden Mulgraves begegne. Sobald ich an der Vordertür vorbei bin, renne ich los; ich jogge und sprinte den meilenlangen Weg vom Haus zum Eingangstor abwechselnd. Als ich es endlich keuchend und verschwitzt erreiche, wartet bereits das schwarze Taxi auf mich.

»Sind Sie Maisie?«, fragt der Taxifahrer, als ich auf den Rücksitz springe.

»Ja«, lüge ich mit britischem Akzent. »Ich muss nach Stanhope Abbey. Ich habe etwas für meine Herrin zu erledigen.«

»Natürlich.« Er dreht sich in seinem Sitz, um mich anzusehen. »Wie ist die neue Herzogin denn so, wenn ich fragen darf?«

»Sie ist ziemlich … normal«, sage ich. Schön wär's.

Da sonntagmorgens kein Verkehr ist, erreichen wir Stanhope Abbey im Handumdrehen – zu schnell für meinen Geschmack. Ich habe meine Nerven kaum unter Kontrolle, als wir vor dem Tor halten und der Taxifahrer mich über die Gegensprechanlage anmeldet: »Maisie Mulgrave auf einer Besorgung für Rockford Manor.«

»Soll ich nach hinten zum Dienstboteneingang fahren?«, fragt er mich, als die Tore aufgehen.

Uh-oh. Den Dienstboteneingang nicht zu kennen, würde meine Tarnung definitiv auffliegen lassen.

»Nein, sie haben mir gesagt, ich soll vorne reinkommen«, flunkere ich.

Nachdem ich dem Fahrer das Geld gegeben habe, steige ich aus dem Taxi und gehe langsam die Stufen von Stanhope Abbey hinauf. Ich kneife die Augen zu und hole tief Luft, bevor ich läute.

Der Diener, der die Tür öffnet, stutzt und sieht mich aus schmalen Augen an, als er von meinem Gesicht zu meinem lässigen Outfit schaut.

»Ich bin es, Imogen Rockford«, erkläre ich schnell. »Es tut mir leid, dass der Taxifahrer mich als Maisie angekündigt hat – das habe ich ihm nur gesagt, damit er keine Fragen stellt. Mein Fahrer hat heute frei.«

Der Diener sieht mich mit einer Mischung aus Verwunderung und Vergnügen an, als sei ich der saftigste Skandal, der ihm seit Langem untergekommen ist.

»Hoheit«, erwidert er und ein Lächeln breitet sich auf seinem Gesicht aus. »Wie schön, Sie so bald schon wieder hier willkommen heißen zu dürfen. Was kann ich für Sie tun?«

»Ich muss mit Sebastian sprechen. Können Sie ihm sagen, dass es dringend ist? Und bitte, belästigen Sie die anderen nicht. Ich weiß, es ist noch früh, und ich möchte wirklich nur mit Sebastian sprechen.«

Noch während ich es ihm erkläre, wird mir bewusst, dass ich ihm wahrscheinlich noch mehr Futter für seine Fantasie gebe. Aber das ist mir inzwischen egal.

»Natürlich«, antwortet der Diener aalglatt. »Wollen Sie vielleicht in der Bibliothek warten, während ich nach oben gehe und ihn wecke?«

Er führt mich durch das Haus, das ohne die Familie oder

Gäste kälter und dunkler wirkt. Wir erreichen die Bibliothek und der Diener knippst mit einem Schalter alle Lampen im Raum an.

Die Bibliothek der Stanhopes ist genau das Richtige, um mich von meiner Nervosität abzulenken, eine Oase voller ledergebundener Bücher in raumhohen Regalen, die von dunklen Holzmöbeln und einem blutroten Perserteppich hervorgehoben werden. Sie ist nicht so gigantisch und dekorativ wie die Bibliothek auf Rockford Manor, aber irgendwie tröstlicher. Als der Diener geht, um Sebastian zu holen, lasse ich den Blick auf der Suche nach meinen Lieblingsbüchern über die Regale wandern. Ich finde *Stolz und Vorurteil* mühelos und fahnde gerade nach *Das Haus der Freude*, als ich sich nähernde Schritte höre.

Sebastian steht vor mir und trägt Jeans und einen dunkelblauen Pullover, der das Grün seiner Augen betont. Sein goldbraunes Haar ist vom Schlaf zerzaust, und ich verspüre den plötzlichen Drang, mit den Fingern hindurchzufahren.

»Hallo, Hoheit«, sagt er leise.

»Sebastian.« Ich versuche zu lächeln. »Du brauchst mich so nicht zu nennen.«

Und dann sagen wir beide gleichzeitig: »Es tut mir leid.«

Ich sehe überrascht zu Sebastian auf.

»Ich hätte dich nicht so anbrüllen sollen«, fährt er fort. »Theo hat mir gesagt, dass du keine Ahnung wegen der Porzellanfigur hattest. Ich hätte wissen müssen, dass Maisie dahintersteckt. Es tut mir wirklich leid.«

Ich mache einen Schritt auf ihn zu.

»Mir tut es auch leid. Ich war entsetzt, als Theo mir gesagt hat, dass die Figur ... Lucia gehört hat. Ich verstehe total, warum du so aufgebracht warst.«

»Lass uns einfach vergessen, dass es passiert ist«, entgegnet Sebastian mit einem Lächeln, das nicht ganz bis zu seinen Augen reicht. »Okay?«

»Nun, das ist es ja gerade«, sage ich verlegen. »Ich kann es nicht vergessen. Denn zu Hause habe ich Maisie zur Rede gestellt, dass sie mich reingelegt hat, und sie hat mir ... einiges erzählt. Das ist der Grund, warum ich hier bin.«

Sebastian wendet den Blick ab.

»Ich erinnere dich nur ungern immer wieder an Lucia, aber ich muss wissen, ob es wahr ist, was Maisie gesagt hat.«

Er nickt schwach.

»Lass uns nach draußen gehen. Wir können dort reden.«

Als ich Sebastian aus der Bibliothek folge, bemerke ich unwillkürlich seine angespannten Muskeln, die sich durch seinen Pullover abzeichnen. *Nicht ablenken lassen, Imogen,* tadele ich mich.

Er verlässt das Haus und nimmt einen baumgesäumten Weg, der sich links um das Haus herumzieht.

»Es ist schön hier draußen«, versuche ich, das Eis zu brechen.

Sebastian scheint mich nicht zu hören.

»Was hat Maisie dir erzählt?«, fragt er mit einem ängstlichen Glitzern in den Augen.

Ich hole zittrig Luft. »Sie sagte, du und Lucia hättet in Oxford Nachforschungen über Lady Beatrice angestellt und Lucia sei wegen Beatrice' angeblicher *Kräfte* auf ihre Geschichte fixiert gewesen.« Ich versuche zu lachen, als fände ich die ganze Sache absolut lächerlich, aber mein Lachen klingt so falsch, wie es ist.

Sebastian hört schweigend und mit ausdrucksloser Miene zu.

»Maisie hat außerdem gesagt ...« Ich zögere einen Moment, zwinge mich aber weiterzusprechen. »Sie hat gesagt, Lucia habe ihr Dinge über mich erzählt, dass *ich* irgendwie mit Beatrice und ihren sogenannten ... Fähigkeiten in Verbindung stehen könne. Das Ganze scheint verrückt, aber Maisie wollte aus irgendeinem Grund, dass ich davon erfahre. Sie wollte, dass ich mit *dir* darüber rede. Ich weiß, dass ich ihr nicht vertrauen sollte, aber sie hat mich trotzdem panisch gemacht. Ich habe die letzte Nacht damit verbracht, mich online über Lady Beatrice zu informieren, und es scheint, dass es nur eine seriöse Biografie über sie gibt, die ich erst in ein paar Tagen in der Bodleian Library bekommen kann. Deshalb dachte ich, dass du sie vielleicht gelesen hast ...« Mir wird bewusst, dass ich zu viel rede und meine Stimme verliert sich.

Sebastian dreht sich abrupt um, während er krampfhaft zu überlegen scheint, was er sagen soll.

»Es stimmt«, antwortet er endlich. »In Lucias letztem Lebensjahr haben wir zusammen an einer Hausarbeit für unseren Mythologiekurs gearbeitet. Lucia hat Lady Beatrice als unser Thema gewählt, und dabei haben wir in der Bodleian Library ihre Biografie gelesen und entdeckt, dass sie angeblich eine Elementarierin war – jemand, der nur mithilfe seiner Hände jedes der vier Elemente erschaffen und kontrollieren kann. Lucia war am Ende wie besessen davon, sowohl von der Vorstellung dieser Macht als auch von Beatrice' letzten Worten an dem Abend, an dem sie gehängt wurde.«

»Was hat sie gesagt?«, frage ich mit trockener Kehle.

»Ihre letzten überlieferten Worte am Galgen waren: ›*Wenn meine wahre Nachfahrin sich zeigt, werden alle vor ihr hinweggefegt werden, bis sie und nur sie mein Haus beherrscht. Rockford Manor.‹«*

Mir schlägt das Herz bis zum Hals. »*... werden alle vor ihr hinweggefegt werden.*« Mein Großvater, meine Eltern, meine Tante, mein Onkel und meine Cousine – war es ein grausamer Zufall, dass sie alle so kurz hintereinander gestorben sind? Oder steckte mehr dahinter?

»Ich habe versucht, Lucia zu erklären, dass die ganze Sache Wahnsinn sei, dass die Geschichte den Mord des alten Herzogs an seiner Frau verzerrt und in eine blutige Legende verwandelt hat. Aber sie hat darauf bestanden, dass wir einen Beweis dafür hätten, dass der Mythos wahr sei. *Dich.*« Er sieht mir in die Augen, und ich weiche unwillkürlich zurück, als könne er durch mich hindurchsehen. »Sie hat beobachtet, wie du in jener Nacht mit deinen eigenen Händen eine Flamme erzeugt hast – und wir beide haben dich die Blume heraufbeschwören sehen. Ich habe versucht, eine andere Erklärung für Lucia zu finden, aber welche? Sie verfolgte die Idee weiter, entschlossen, alles über Beatrice herauszufinden, was es gab, um dich dann mit ihrem Wissen bewaffnet zur Rede zu stellen. Aber dazu kam es nicht mehr.« Sebastian schließt erschöpft die Augen.

Ich schüttele entsetzt den Kopf. All die Jahre habe ich mich zwar gefragt, ob irgendetwas mit mir nicht stimmt, aber an etwas Derartiges habe ich nie gedacht; ich habe mich nicht als eine Art übernatürliches *Etwas* gesehen.

»Aber du glaubst es nicht«, entgegne ich und meine Stimme ist kaum mehr als ein Flüstern. »Du würdest nicht hier neben mir stehen, wenn du mich für eine Elementarierin aus dem Jenseits halten würdest – oder wie auch immer du es nennst.«

Sebastian fährt sich mit der Hand durchs Haar und stößt frustriert den Atem aus.

»Ich weiß nicht, was ich denken soll. Ich habe dich *gesehen,* Imogen – ich habe nie vergessen, was ich an jenem Tag gesehen habe.«

»Aber im Garten hattest du keine Angst«, rufe ich ihm ins Gedächtnis. »Du hast mich nicht anders behandelt, und du hast versprochen, mein Geheimnis zu bewahren. Hat Lucia deine Meinung über mich so leicht verändert? Weswegen wollte sie mich überhaupt zur Rede stellen?«

Sebastian sieht mich nicht an, als er spricht. »Zuerst dachte ich, es liege daran, dass Lady Beatrice in unseren Nachforschungen als eine Anomalie, als eine Hexe beschrieben wurde. Die Dinge, zu denen sie fähig war ... Nun, damals haben die Menschen geglaubt, es bedeute, dass sie böse sei, dass man sie von unschuldigen Menschen fernhalten müsse, damit sie ihnen nicht schadet. Ich dachte, Lucia hätte Angst vor deinen Fähigkeiten gehabt. Aber je länger wir an der Hausarbeit gearbeitet haben, desto klarer wurde mir, was ihr wirklich zu schaffen machte. Es war die Vorstellung, dass *du* die wahre Nachfahrin bist – und dass man ihr nach der Erfüllung von Lady Beatrice' Prophezeiung Rockford Manor und ihr Erbe wegnehmen und dir geben könnte.«

»*Was?*«

Ich verspüre einen scharfen Stich im Magen, als mir klar wird, dass meine Cousine mich nicht vermisst und mich auch nicht gemocht hat. Sie hatte mich nur als Bedrohung empfunden.

Sebastian fasst mich am Arm.

»Aber hör zu – ich war nicht ihrer Meinung.«

»Sie war deine Freundin. Natürlich hast du dich auf ihre Seite geschlagen. Du warst wegen mir wahrscheinlich genauso panisch und hast gedacht, ich sei eine Art Elementarhexe, die vorhat, das Familiensilber zu verhökern. Das ist der Grund, weshalb du bei unserem Wiedersehen so kühl warst und dich überhaupt nicht gefreut hast, dass ich zurück war.« Ich blinzele gegen Tränen an, schwindlig vom Verrat meiner beiden ältesten Freunde.

»Nein. Das ist es nicht. Sicher, es ist kompliziert, aber so habe ich nie von dir gedacht. Ich habe sogar ...« Sebastian senkt den Blick. »Ich habe Lucia gesagt, wie ich empfand, dass ich überzeugt war, dass sie dich falsch einschätzt. Es war das Einzige, was zwischen uns stand.«

Mir stockt der Atem. Dann ... lag ihm also doch etwas an mir. Ich war ihm wichtig genug, dass er seiner schönen, mächtigen Freundin die Stirn bot.

»Ich dachte, dass das, was du damals im Schattengarten getan hast ... unglaublich war«, fährt Sebastian fort. »Es war Magie. Danach habe ich darauf gewartet, dass du zurückkommst. Ich wollte dich bitten, mir mehr zu zeigen, ... aber du bist nicht mehr gekommen.«

»Und jetzt?«, frage ich. Mein Kinn zittert. »Was denkst du jetzt, nach allem, was du gesehen und gelesen hast?«

Sebastian berührt mich kurz an der Schulter, und ich verspüre ein Beben, wo seine Hand war.

»Ich habe genug gesehen, um zu wissen, dass du immer noch die Ginny bist, an die ich mich aus unserer Kindheit erinnere. Offen, ehrlich und außerstande, irgendjemandem wehzutun. Vielleicht bist du eine Elementarierin, vielleicht auch nicht.« Er beugt sich vor, näher an mein Gesicht heran. »Aber ich habe keine Angst.«

Erleichterung durchflutet mich. Dankbar greife ich nach seiner Hand. Unsere Finger verschränken sich für eine Sekunde, und ich genieße seine Berührung, bis wir beide gleichzeitig die Hände fallen lassen.

»Also …« Ich hole tief Luft und fasse mich wieder. »Maisie hat etwas Rätselhaftes darüber gesagt, dass es einen anderen Grund gebe, warum ich hier sei, und dass ich dich danach fragen soll. Irgendeine Ahnung, was sie damit gemeint haben könnte?«

»Ich weiß nicht.« Sebastian schweigt. »Vielleicht – vielleicht wollte sie dich dazu bringen, das zu beenden, was Lucia und ich im Labyrinth begonnen haben.«

»Im Labyrinth?«, wiederhole ich. »Aber es ist seit dem Brand geschlossen. Max meinte, er findet sich dort nicht mehr zurecht.«

»Ja, das Feuer hat den Grundriss wohl irgendwie verändert – ich habe immer noch nicht herausgefunden, wie man bis ins Zentrum kommt. Aber ich habe es immer geschafft, den Weg zurück zum Anfang zu finden, wenn wir es verlassen mussten.«

»Und was habt ihr da drin gemacht?«, frage ich. Meine Nackenhaare sträuben sich, als mir die Worte meines Vaters wieder einfallen. *Da ist etwas versteckt im Labyrinth.*

»Lucia hat etwas gesucht, und sie hat mich überredet, ihr zu helfen«, antwortet Sebastian mit einem traurigen Lächeln. »Es nannte sich Wasserstein. Lady Beatrice' Biograf hat geschrieben, dass sie ihn dort versteckt hat, damit ihre auserwählte Nachfahrin ihn nach ihrem Tod finden würde. Natürlich hat niemand den Stein je gesehen.« Er verdreht die Augen. »Dieser Teil der Geschichte klang für mich immer wie völliger Quatsch – ein Vorwand, damit

Touristen Eintrittskarten kaufen, um in Rockford Manor auf Schatzsuche zu gehen. Aber ich frage mich, ob Maisie auch daran glaubt und ob das der Grund ist, warum sie dich gedrängt hat, mit mir zu sprechen. Lucia muss ihr gesagt haben, dass ich weiß, wie man durch das Labyrinth kommt.«

»Aber warum?«, frage ich mit rasendem Herzen. »Was ist so besonders an diesem Stein? Warum wollte Lucia ihn unbedingt haben, und warum sollte *Maisie* wollen, dass ich ihn finde?«

Er schüttelt den Kopf. »Bei Maisie bin mir nicht sicher, und ich weiß nicht einmal, ob der Stein überhaupt existiert. Aber ich denke, Lucia wollte ihn haben, weil sie Angst hatte, Rockford ... an dich zu verlieren.«

»Sie dachte, wenn sie den Stein fände, dann könnte *sie* irgendwie an meiner Stelle Lady Beatrice' Nachfahrin sein?«

»Etwas in der Art.« Er zögert. »Aber sobald ihr klar war, dass wir in dieser Sache nicht einer Meinung waren, hat sie aufgehört, mit mir darüber zu reden. Ich – ich kann nur vermuten, was in ihr vorging.«

»Mein Vater hat mir an seinem Todestag etwas anvertraut. Etwas, das ich noch nie jemandem erzählt habe.« Mein Herz schlägt laut in meiner Brust. »Er sagte, dass etwas im Labyrinth versteckt sei und dass es auf mich warte, wenn ich es wirklich brauche. Ich habe nie verstanden, was er meinte, und manchmal dachte ich, es müsse einfach eins seiner Spiele oder Rätsel gewesen sein. Aber jetzt frage ich mich ... ob er vom Wasserstein gesprochen hat?«

Sebastian sieht mich an.

»Wir gehen in dieses Labyrinth«, erklärt er. »Ich werde dir helfen, den Stein zu finden.«

»Nein, wirklich«, protestiere ich. »Ich kann selbst danach suchen. Ich habe keine Angst vor einem Gartenlabyrinth.«

»Das weiß ich«, entgegnet er. »Ich weiß, dass du mich da nicht brauchst. Aber ich möchte dabei sein.«

Ich schaue zu ihm auf und Röte steigt mir in die Wangen. »Wirklich? Aber wird das nicht zu schmerzhaft sein? Es ist immerhin der Ort, wo sie …?« Ich bringe es nicht über mich, das letzte Wort auszusprechen. *Starb.* Ich sehe, wie Sebastians Augen dunkel werden, und dann senkt er den Blick und mustert einen herabgefallenen Ast.

»Ich habe schon alles durchgemacht, was man sich nur vorstellen kann«, sagt er. »Ich schaffe das.«

XI

In dieser Nacht stattet Lucia mir in meinen Träumen einen Besuch ab.

Ich stehe oben an der großen Treppe und will gerade hinuntergehen, als ihre makellose Gestalt auf der untersten Treppenstufe erscheint. Ich erstarre und betrachte den Rücken ihres durchscheinend weißen Kleides und die Wolke blonden Haares. Der berauschende Duft von Jasmin erfüllt die Luft, als sie auf die Marmorhalle zuschwebt. Ihre Hände gleiten besitzergreifend über die Wände von Rockford Manor. Ein Frösteln überläuft mich, als ich den Klang ihrer hellen Stimme höre, mit der sie leise singt.

»I know dark clouds will gather round me,
I know the road is rough and steep.
But golden fields lie just beyond me,
Where weary eyes no more will weep …«

Sie hält inne, um ihre manikürten Fingern über ein Kunstwerk gleiten zu lassen, und ihr schön geschwungener Mund formt ein Lächeln. Ich kann den Blick nicht abwenden. Mir schlägt das Herz bis zum Hals und ich habe eine Gänsehaut. Wie ist es möglich, dass sie hier ist?

Plötzlich schwingen die Vordertüren auf. Als Sebastian sie durchschreitet, renne ich unwillkürlich die Treppe hinunter, als habe jemand anders die Kontrolle über meine Bewegungen. Niemand scheint mich zu hören oder zu sehen, daher schleiche ich mich als stille Beobachterin hinter eine der hohen Säulen in der Marmorhalle.

Ich sehe, wie ihre Lippen sich bei seinem Anblick teilen und ihre Augen lebendig werden. Den Ausdruck darin kann ich nicht erkennen. Und dann dreht sie den Kopf in meine Richtung. Ich bekomme keine Luft mehr, als sie ihre braunen Augen auf mich richtet. Ihr Blick ist voller Hass.

Dieser eine Blick reicht aus, damit ich verstehe. Lucia Rockford mag zwar tot sein, aber ihre Gegenwart dauert an. Das Haus – und Sebastian – gehören noch immer ihr. Ich bin nichts weiter als eine unwillkommene Nachfolgerin.

»Suchst du danach?«, flüstert sie und lässt ihre bleiche Hand vor mir herabbaumeln. Ein ungewöhnlicher eiszapfenförmiger Diamantring schmückt ihren Ringfinger. Und dann beginnt sie zu lachen, ein schrilles, freudloses Geräusch, das von den Wänden widerhallt, bis ihre Stimme sich zu vervielfachen scheint.

»Sebastian!«, schreie ich.

Aber er ist fort. Und nun gesellt sich ein weiteres blondes Mädchen zu Lucia, ein Mädchen, das ein bisschen so aussieht wie … ich. Der Blick ihrer blauen Augen bohrt sich in mich hinein, während sie näher heranschleicht.

»Wer bist du?«, frage ich mit zitternder Stimme. »Bist du … Lady Beatrice?«

Sie lächelt nur – ein seltsames, strahlendes Lächeln.

Ich schrecke mit rasendem Puls aus dem Schlaf hoch. Mit zitternden Händen greife ich nach der Lampe auf dem Nachttisch. Ich kann erst wieder atmen, als Licht den Raum durchflutet und keine Spur von Lucia oder dem anderen blonden Mädchen zu sehen ist.

Teddy reckt sich träge am Fußende des Bettes; er hat von meinem Albtraum nichts mitbekommen. Ich beuge mich vor, um ihm den Rücken zu kraulen, während ich darüber nachdenke, was der Traum bedeutet. Warum wurde meine Cousine als meine Feindin dargestellt? Fühlt sich mein Unterbewusstsein schuldig, weil ich immer noch Gefühle für Sebastian habe, und versucht es, Lucia zum Feindbild zu machen? Oder liegt es daran, dass ich jetzt von den dunklen Gedanken weiß, die sie gegen mich gehegt hat? Und wer war dieses zweite blonde Mädchen in meinem Traum – eine andere Version von mir? Oder war es Lady Beatrice?

»Imogen, reiß dich zusammen«, ermahne ich mich streng. »Fang lieber an, Nachforschungen anzustellen.«

Teddy schaut fragend zu mir auf.

»Ja, ich weiß, ich führe Selbstgespräche.« Ich seufze.

Teddy lässt sich unbeeindruckt auf die Seite plumpsen. So gern ich die ganze Sache auf sich beruhen lassen und wieder neben ihm einschlafen möchte, überschlagen sich meine Gedanken, und ich weiß, dass ich etwas unternehmen muss. Ich muss mehr über Lady Beatrice und über unsere angebliche Verbindung herausfinden, mehr als das, was Sebastian mir erzählt hat. Und plötzlich habe ich eine Idee, wo ich vielleicht die meisten Informationen finden könnte – noch mehr als im Internet oder in der Bodleian Library.

Ich war seit meiner Rückkehr nicht mehr in der Bibliothek von Rockford. Früher war es mein Lieblingsraum im Haus, und ich schätze, … ich wollte ihn nicht ohne den Menschen betreten, mit dem ich die meiste Zeit dort verbracht habe. Meine Mutter. Aber heute Nacht habe ich keine andere Wahl. Die Bibliothek von Rockford umfasst die umfangreichste Sammlung von Büchern über unsere Familiengeschichte, und ich habe das Gefühl, dass ich dort vielleicht das finden werde, wonach ich suche.

Ich ziehe den Bademantel fester um meine Schultern, während ich auf Zehenspitzen die große Treppe hinuntergehe und nervös eine Taschenlampe vor mich richte. Als ich durch die Dunkelheit schleiche, habe ich das schaurige Gefühl, dass Geister neben mir herschweben und die Porträts an den Wänden mir mit ihren Blicken folgen. In einem Anfall von Sehnsucht denke ich an das Apartment der Marinos, das viel zu hell und modern ist, um Platz für irgendwelche Geister zu lassen.

Ich erkenne die Tür zur Bibliothek an ihrer vertrauten hohen Marmoreinfassung. Einen Moment lang bin ich mir sicher, dass ich von innen Geräuschfetzen hören kann: Das besänftigende Summen einer Frau, die laut vorliest, das melodische Kichern zweier kleiner Mädchen. Aber ebenso schnell verklingen die Geräusche. Mit angehaltenem Atem öffne ich die Tür, knipse die Lichter an und betrete die riesige Bücheroase.

Ich habe vergessen, wie lang die Bibliothek ist; sie muss sich hinter der gesamten Westfassade von Rockford Manor entlangziehen. In diesem Raum mit seinen Stuckdecken, den dekorativen Fensterbögen, Statuen, Büsten und Gemälden früherer Herzöge und Herzoginnen gehen Literatur und Kunst nahtlos ineinander über. Ein Mahagoni-Sekretär aus dem 18. Jahrhundert lädt zum Schreiben ein, während die geschnitzten weißen Regale an den Wänden Tausende von Büchern beherbergen. Eine schmerzliche Nostalgiewelle überkommt mich, als ich weiter in den Raum hineingehe, aber meine Umgebung entlockt mir trotzdem ein Lächeln. Es ist der Traum eines Bücherfreundes.

Ich gehe an den Bücherregalen entlang, die nach Themen geordnet sind, bis ich *Familie und Geschichte der Rockfords* finde. Ich überfliege die Titel schnell und komme an zwei Regalen mit Bänden über den ersten Herzog und seine Schlachten vorbei, bis ich Lady Beatrice' Epoche erreiche. Aber während es Aufzeichnungen über fast jeden Herzog und jede Herzogin in der Familie bis zu meinem Großvater gibt, fehlen der fünfte Herzog und Lady Beatrice in den Regalen. Ich blättere drei verschiedene Bücher über die gesamte Dynastie der Rockfords durch, aber keins davon erwähnt Lady Beatrice auch nur. Und dann wird mir alles klar, als ich einen Bildband über die Gärten von Rockford aufschlage – nur um festzustellen, dass eine Seite herausgerissen wurde.

Irgendjemand hat eindeutig versucht, Lady Beatrice aus

unseren Familienunterlagen zu löschen. Und das verstärkt meinen dringenden Wunsch nur, mehr über sie zu erfahren.

Ungeduldig trommele ich mit den Fingern auf das Bücherregal und starre den Bildband zornig an. Ich bin so in Gedanken, dass es einige Momente dauert, bevor mir der Aufkleber auf dem Einband auffällt: »Eigentum des Rockford Archivs«.

Das Rockford Archiv ... Ich erinnere mich vage, den Namen auf der Karte des Herrenhauses gesehen zu haben, die Harry Morgan mir vor einigen Wochen gegeben hat. Das Archiv ist ein greifbarer Ort – und während es Lady Beatrice nicht gestattet worden ist, in der öffentlichen Bibliothek von Rockford präsent zu sein, muss es im Privatarchiv doch noch ein paar Zeugnisse ihres Lebens geben.

Ich stelle das Buch schnell wieder ins Regal, bevor ich die Treppe hinaufrenne, um die Karte und den Schlüsselring zu holen, den Oscar mir bei meiner Ankunft gegeben hat. Als ich die Schlüssel aus meiner Schreibtischschublade nehme, spreche ich ein stummes Gebet: dass einer von ihnen die Tür zum Rockford Archiv aufschließen möge.

Mit der Karte in der einen Hand und einer Taschenlampe in der anderen gehe ich leise zum Rockford Archiv, das sich in einem der vier Türme des Herrenhauses befindet. Die Karte führt mich zu einer Tür, die in der Wandvertäfelung der Marmorhalle verborgen ist, und mein Herz macht einen Satz, als ich sie öffne und vor einer steinernen Wendeltreppe stehe. Ich folge der Treppe höher und höher hinauf, und meine Oberschenkel beginnen, von dem Aufstieg zu ziehen, bis ich schließlich eine schmale Tür erreiche. Ich fummele mit den Schlüsseln am Schlüsselring und probiere jeden einzelnen, bis sich die Tür bei meinem vorletzten Versuch endlich mit einem Knarren öffnet.

Ich betrete das Turmzimmer und sehe mich staunend um. Es ist ein unscheinbarer kleiner Raum, gesäumt von identischen Aktenschränken und einer Handvoll brauner Kartons. Aber die Aussicht aus dem Fenster ist das Unglaublichste, was ich je gesehen habe. Sie gibt den Blick auf die meilenweite Parklandschaft von Rockford, den See und die Brücke frei, alles vom nächtlichen Sternenhimmel erhellt. Es ist wie ein zum Leben erwecktes Gemälde.

Das einzige Licht im Turm kommt von einer alten Tischlampe, die nur einen schwachen Schein von sich gibt, als ich sie einschalte. Daher halte ich meine Taschenlampe geradeaus gerichtet, während ich die Aktenschränke untersuche. Mich verlässt der Mut, als mir klar wird, dass sie ungeordnet sind. Es wird mich Monate kosten, um den ganzen Kram hier drin zu sichten.

Ich lasse mich zu Boden sinken und schlinge die Arme um die Knie. Es ist nach drei Uhr morgens, und ich bin seelisch und körperlich erschöpft und sehne mich nach dem Trost meines Bettes. Aber wie kann ich jetzt gehen, nach all der Anstrengung, die es mich gekostet hat, das Archiv zu finden?

Mir kommt ein Gedanke, und obwohl ich mir dumm vorkomme, es auch nur in Erwägung zu ziehen, fällt mir keine bessere Methode ein, um den Aktenberg vor mir zu bewältigen.

»Lady Beatrice«, flüstere ich. Ich räuspere mich und versuche es noch einmal, diesmal lauter. »Lady Beatrice.

Falls – falls Sie da draußen sind … irgendwo … bitte, zeigen Sie mir, wonach ich suche.«

Ich singe ihren Namen und wiederhole meine Bitte für gefühlte Stunden, bis meine Glieder taub geworden sind und die Worte ihre Bedeutung verloren haben. Und … nichts passiert.

Ich stemme mich vom Boden hoch. Das war einfach nur dumm. Niemand bei klarem Verstand würde einen lange verstorbenen Geist um Hilfe bitten. Langsam werde ich wirklich verrückt. Was kein allzu tröstlicher Gedanke ist.

Ein Windstoß fegt in den Turm und schlägt mir die Taschenlampe aus der Hand. Ich wirbele herum. Das Fenster ist geschlossen, woher also kam die Bö?

Und dann folge ich dem Schein der Taschenlampe mit dem Blick. Ihr Strahl richtet sich auf einen kleinen Karton, der zwischen zwei Aktenschränken steht und meinen Namen trägt. Ich schlage mir erschrocken die Hand vor den Mund.

Alles geschieht wie in Zeitlupe, als ich mich dem Karton nähere und den Deckel abnehme. Die Brust wird mir eng, als ich den Inhalt berühre und zu einem vergangenen Leben zurückkehre. Meine Klassenfotos aus der Grundschule, alte Zeugnisse und Babyfotos vermischen sich mit Briefen von Mum an Großvater, um ihn über meine letzten Meilensteine zu informieren. In meinem Hals bildet sich ein Kloß, während ich Mums handgeschriebene Worte lese.

5. Dezember 1998

Imogen hat heute ihr erstes Wort gesagt! »Dada«. Edmund freute sich wie ein Schneekönig!

Wir wussten einfach, dass sie ein Papakind werden würde …

23. Oktober 2006

Vielen Dank, mein Lieber, für Imogens schönes Armband. Sie liebt es. Geburtstag Nummer zehn war ein Erfolg! Ist es zu glauben, dass unsere Kleine schon so groß ist?

Ich lasse den Brief wieder in den Karton fallen und mein Blick verschwimmt. Das war mein letzter Geburtstag mit meinen Eltern. Ich erinnere mich an die Party, die Geschenke, und wie Mum und Dad strahlten, als sie für mich sangen, und keiner von uns wusste, dass wir bald für immer getrennt werden würden.

Nur zwei Blatt Papier sind noch in meinem Karton, der seit dem Feuer nicht mehr auf den neusten Stand gebracht worden zu sein scheint. Ich nehme sie heraus und stelle fest, dass es maschinengeschriebene Seiten im Layout eines Artikels sind. Schnell überfliege ich die Überschrift und den Namen des Verfassers.

The ISIS Magazine
Eine Veröffentlichung der Universität von Oxford
21. Mai 1988
Die Rockfords von Wickersham:
Wahrnehmung kontra Irrglaube
Von Lord Edmund Albert Rockford

Ich setze mich aufrecht hin, wachgerüttelt von dem Anblick des gedruckten Namens meines Vaters. Ich bin mir nicht sicher, was sein Zeitschriftenartikel in meinem Archiv zu suchen hat, aber es ist ein willkommener Fehler. Eifrig beginne ich, die Worte meines Vaters von vor sechsundzwanzig Jahren zu lesen.

> Jede Familie hat ihren Schandfleck. Den Missratenen, den Unruhestifter, den Gestrauchelten – jedes große Haus der englischen Aristokratie hat mindestens einen dieser Charaktere vorzuweisen. Wir kennen ihre Geschichten in- und auswendig; wir haben davon in Büchern gelesen, sie bei unseren Nachbarn und vielleicht sogar unter unserem eigenen Dach erlebt. Aber was geschieht, wenn dieser Schandfleck einer Familie alles übersteigt, was wir verstehen oder für möglich halten? Wie sollen wir entscheiden, ob etwas »gut« oder »böse« ist, das wir nie zuvor erlebt und von dessen Existenz wir nichts geahnt haben?
>
> Können wir so etwas überhaupt beurteilen?
>
> Als Ihre Hoheit, Beatrice, Herzogin von Wickersham, nach Rockford Manor kam, erregte das internationales Aufsehen. Ihre Heirat mit dem fünften Herzog im Jahr 1830 war die erste transatlantische Verbindung zwischen einem englischen Adligen und einer amerikanischen Erbin und die Vorstellung von einer neunzehnjährigen Amerikanerin als Herrin von Rockford Manor sorgte für großes Interesse. Aber weit-

aus größere Kontroversen sollten folgen. Es dauerte nicht lange, bevor Gerüchte in den Personalquartieren und überall im Dorf Wickersham umgingen. Im Haus käme es seit dem Einzug der schönen jungen Amerikanerin zu furchteinflößenden Vorkommnissen. Es war das erste Mal, dass man Beatrice mit dem »Okkulten« in Verbindung brachte.

Seit mehr als einem Jahrhundert gilt Lady Beatrice Rockford (1811–1850) nun als »diese verkommene Amerikanerin« und ihr Gemahl, der fünfte Herzog von Wickersham, als das Opfer, das gezwungen war, sie an den Galgen zu bringen. Aber diese Rollen sind auf groteske Weise vertauscht. Der tatsächliche dunkle Fleck in meiner Familiengeschichte ist mein Ahnherr, der Herzog, der seine Frau schlicht und ergreifend deshalb ermorden ließ, weil sie zu etwas fähig war, das er noch nie erlebt hatte. Er hatte Angst vor dem, was er nicht verstand, und ließ sich aus Angst zum Bösen hinreißen.

Ist es denn grundsätzlich falsch, ein paranormales Talent zu besitzen? Höchstwahrscheinlich hat sich Lady Beatrice ihre Gabe nicht ausgesucht oder gar gewünscht, und mit Ausnahme des verbrannten Gartens, den sie sofort wiederherstellte, gibt es keine Berichte darüber, dass sie ihre Fähigkeiten jemals eingesetzt hat, um Schaden anzurichten.

Wenn wir das, was wir nicht verstehen, als Furcht einflößend oder kriminell fehldeuten,

> dann sind wir verloren. Aber wenn wir diese Unterschiede als etwas Schönes oder Wunderbares erkennen – selbst oder ganz besonders so erstaunliche Unterschiede wie im Fall von Lady Beatrice –, dann werden wir am Ende alle davon profitieren.

Als ich den Artikel meines Vaters zu Ende gelesen habe, sind meine Wangen tränenüberströmt. *Er hat es gewusst.* Das ist der Grund, warum sein Text in meiner Akte gelandet ist. Er wollte, dass ich ihn finde.

Zum ersten Mal seit sieben Jahren kann ich die Anwesenheit meines Vaters bei mir im Raum spüren; ich kann beinahe seine Stimme hören. Ich schüttele staunend den Kopf über die Erkenntnis, dass Dad fast ein Jahrzehnt vor meiner Geburt genau die Worte geschrieben hat, die er gesagt hätte, wenn er jetzt vor mir stehen würde. Dass ich keine Angst zu haben brauche. Was mich von anderen unterscheidet, macht mich zu etwas Besonderem. Und es ist keine Schande, mit Lady Beatrice in Verbindung gebracht zu werden.

Das rätselhafte Gespräch, das ich mit Dad vor dem Labyrinth geführt habe, der Blick, den er und Mum in der Kirche gewechselt haben, die leisen Worte, die er ihr zugeflüstert hat … Jetzt begreife ich, was diese lang vergangenen Momente bedeutet haben. Er hatte die ganze Zeit über den Verdacht, dass ich anders war. Genau wie Beatrice.

Ich stehe auf und ein Lächeln breitet sich auf meinem Gesicht aus. Ich frage mich, was ich mit dieser Gabe anfangen kann, vor der ich keine Angst mehr habe. Wenn ich eine Elementarierin bin, wie Sebastian gesagt hat, dann bedeutet das, dass ich die vier Elemente kontrollieren kann. Also …

Ich entriegele das Fenster, und mein Herz rast erwartungsvoll. Den Blick auf die grünen Blätter an dem Baum mir gegenüber gerichtet, hebe ich die Arme. Eins der Blätter fällt sofort von seinem Ast, doch anstatt zu Boden zu schweben, treibt es durch die Luft auf mich zu. Mir stockt der Atem, als ein zweites Blatt folgt und dann ein drittes, bis ein grüner Wirbel durch das Fenster fliegt und mich umkreist.

Ich lasse die Arme sinken und die Blätter fallen zu meinen Füßen auf den Boden. Ein Hochgefühl durchströmt mich. Das war … unglaublich.

Ich bücke mich, um die Blätter aufzuheben und das Licht meiner Taschenlampe tanzt über einen anderen Karton. Ich erstarre, als ich sein Etikett lese: LADY LUCIA ROCKFORD.

Wage ich es, ihn zu öffnen? Ich weiß, dass ich es nicht tun sollte – sie würde es als Eindringen in ihre Privatsphäre empfinden. Aber ich habe keine andere Möglichkeit herauszufinden, was für ein Mensch sie geworden ist. Ihre Sachen sind alles, was ich noch habe.

Mit zitternden Fingern öffne ich den Karton. Ich finde eine ähnliche Mischung von Klassenfotos und Zeugnissen wie in meinem und muss ernüchtert feststellen, dass auch ihr Archiv nicht auf dem neuesten Stand ist. Großvater, oder wer sonst dafür verantwortlich war, hat es nach dem Feuer wohl nicht übers Herz gebracht, das Archiv weiterzuführen. Der einzige Unterschied zwischen ihrem und meinem Karton, den ich finden kann, ist der, dass ihrer einen Stapel Rechnungen enthält. Jene von 2007 liegen obenauf.

Port Regis Private Vorbereitungsschule
Kinderreitclub Cheltenham
Dr. Archibald Heron, Facharzt für Kinder- und Jugendpsychiatrie

»Ein Psychiater?«, frage ich mich vor Überraschung laut.

Ich halte die Rechnung vor die Taschenlampe. Vielleicht habe ich mich verlesen – schließlich ist es hier oben so dunkel. Aber nein, da steht es fettgedruckt. Die Rechnung ist von Juni 2007, einen Monat vor dem Feuer. In blauer Tinte steht darauf geschrieben:

Kämpft immer noch mit Wahnvorstellungen und Wutausbrüchen. Patientin sollte mich regelmäßiger aufsuchen.

Erschrocken lasse ich die Rechnung fallen. Ich erinnere mich an Lucias gelegentliche Wutanfälle, aber Wahnvorstellungen? Wenn das alles stimmt, wie hat sie es dann geschafft, ihre Probleme so gut zu verbergen?

Ich fühle mich plötzlich schmutzig, als sei ich zu weit gegangen. Von meinen eigenen Therapiesitzungen weiß ich nur zu gut, dass sie vertraulich bleiben sollten – und stattdessen wühle ich in den Unterlagen meiner Cousine. Ich lege die Rechnung in Lucias Schachtel zurück und mache sie schnell wieder zu.

Doch Geister gehen nie wirklich fort, oder? Bei Maisies Worten in meinem Kopf zucke ich zusammen. Falls sie tatsächlich recht haben sollte und Lucia uns wirklich beobachtet ... dann hat sie gerade gesehen, wie ich ihre Privatsphäre verletzt habe. Mit einem Schaudern schnappe ich mir den Artikel meines Dads und mache, dass ich aus dem Turm komme. Aber während ich die lange Treppe ins Erdgeschoss hinuntergehe, schwirrt mir der Kopf vor Fragen.

Dass Lucia nach dem Feuer psychiatrische Hilfe benötigte, wäre vollkommen verständlich, aber Dr. Herons Notizen stammten aus der Zeit *davor* – als ihre Welt noch in Ordnung war. Sie war privilegiert und wurde zu Hause geliebt, war beliebt in der Schule, gelassen und selbstbewusst in jeder Lebenslage, und sie hatte es sogar geschafft, die üblichen eigenartigen präpubertären Phasen zu überspringen. Was ging unter der Oberfläche in meiner Cousine vor, das Dr. Heron veranlasste, solche Dinge zu schreiben? Wie konnte ich die Anzeichen übersehen, dass sie Hilfe brauchte? Und wenn man bedenkt, wie nah wir uns damals gestanden haben … warum hat sie ihre Probleme vor mir verheimlicht?

Ich verspüre ein stechendes Schuldgefühl, als ich über das nachdenke, was ich nicht geahnt und nicht erraten habe. Mir wird schmerzhaft bewusst, dass unsere Kinderfreundschaft nicht so ehrlich war, wie ich gedacht hatte. Und ich frage mich langsam, ob ich Lucia überhaupt gekannt habe.

Ich brenne darauf, Sebastian den Artikel meines Vaters zu zeigen, aber zuerst wartet ein ganzer Tag voller Herzoginnenpflichten auf mich. Oscar, Mrs Mulgrave und ich haben nach dem Frühstück eine lange Besprechung, um das jährliche Rockforder Feuerwerkskonzert zu planen, und ich bin mehr als erleichtert, Oscar bei dem Treffen dabeizuhaben. Bei der Vorstellung, so lange allein mit Mrs Mulgrave zu sein, schaudert es mich. Die beiden beherrschen die Veranstaltung offensichtlich aus dem Effeff, daher dient das Treffen hauptsächlich dazu, mich ins Bild zu setzen.

Ich schiebe ein Skype-Gespräch mit den Marinos vor einem weiteren Termin mit Gemma ein, und wie immer tut es mir gut, sie zu sehen. Ich bin erleichtert, dass Carole und Keith nicht mehr so traurig und blass wirken und Zoey so quirlig ist wie immer. Sie wollen alles hören, und während ich ihnen eine stark zensierte Zusammenfassung des Polospiels, des Dinners bei den Stanhopes und der Ereignisse auf Rockford gebe, wird mir klar, wie viel ich dabei gezwungenermaßen auslasse.

Nachdem ich meinen »Veranstaltungskalender für den Sommer« mit Gemma durchgegangen bin und eine weitere Benimmstunde bei Basil Crawford über mich ergehen lassen habe, bin ich endlich frei. Sebastian hat mir bei unserem letzten Treffen seine Handynummer gegeben, und eine Welle der Nervosität überrollt mich, als ich seine Nummer eintippe. Ich grübele über die Formulierung der SMS nach und sende schließlich etwas ganz Einfaches:

Hi Sebastian. Hast du noch Lust aufs Labyrinth? – Imogen

Ich fange an, den Ausdruck »auf glühenden Kohlen sitzen« zu verstehen, als ich mein Telefon betrachte und mich frage, wann es mit einer Antwort läuten wird. Ich versuche es mit einem Buch, dann spiele ich ein hirnloses Spiel auf meinem iPad, aber nichts kann meinen Blick von dem schweigenden Telefon ablenken. Gerade als ich die Hoffnung auf eine Antwort aufgeben will, höre ich das Pling.

Tut mir leid, ich war beim Polotraining.
Soll ich jetzt vorbeikommen?

Mir stockt der Atem, als ich das Wort Ja tippe.

Ich stehe am Eingang des Labyrinths, einem gewaltigen Irrgarten aus grünen Hecken, die sich mindestens drei Meter in die Höhe recken. Das letzte Mal habe ich vor vielen Jahren mit meinem Vater an dieser Stelle gestanden, und für einen Moment ist mir, als sei die Zeit stehen geblieben. Alles sieht unverändert aus. Ich könnte wieder zehn Jahre alt sein und jeden Moment wird mein Dad durch die Hecke schlüpfen und vor mir stehen.

»Imogen!«

Ich drehe mich mit einem überraschten Aufschrei um. *Bin* ich in der Zeit zurückgegangen? Ist er es? Aber dann sehe ich Sebastian auf mich zukommen, und ich erlebe das äußerst verwirrende Gefühl, dass mir das Herz gleichzeitig bricht und aufgeht. Er ist nicht der Mann, den ich in diesem Moment zu sehen gehofft habe – dieser Mensch kommt nicht zurück. Aber bei Sebastians Anblick muss ich lächeln, bekomme Bauchkribbeln … und mir wird klar, dass meine Gefühle für ihn seit meiner Kindheit eine der wenigen Konstanten in meinem Leben sind. Selbst wenn es eine Schwärmerei ist, der ich nicht nachgeben sollte – selbst wenn es unerwidert ist –, wie kann es falsch sein, wenn es mich mit dem Menschen verbindet, der ich früher einmal war?

»Alles in Ordnung?«, fragt Sebastian, als er sich nähert.

»Ich habe nur an meine Eltern gedacht«, gestehe ich. »Das letzte Mal, dass ich am Labyrinth war, war … an jenem Tag. Mit meinem Dad.«

Sebastians Augen werden weich.

»Das ist wirklich hart. Es tut mir so leid.« Er schweigt. »Erinnerst du dich gut an sie?«

»Ja, aber leider stammen die meisten Erinnerungen von diesem letzten Tag – weil ich so oft davon geträumt habe«, vertraue ich ihm an.

Sebastian legt mir tröstend eine Hand auf die Schulter, und etwas an seiner Berührung weckt in mir den Wunsch, ihm noch mehr zu erzählen.

»Der Albtraum kommt alle paar Wochen. Er beginnt ganz harmlos und versetzt mich heimtückischerweise in einen Glückzustand. Und obwohl der Traum eine dunkle Wendung nimmt und ich panisch aufwache, möchte ich nicht aufhören zu träumen. Denn dadurch kenne ich mein letztes Gespräch mit meinem Dad auswendig. Dadurch erinnere ich mich an die Gesichter und das Lächeln meiner Eltern. Der Albtraum verhindert, dass ich sie vergesse.«

»Ginny.«

Plötzlich umarmt mich Sebastian und seine muskulösen Arme fühlen sich warm und fest an. Ich lehne den Kopf an seine Brust und genieße die Nähe. Ich weiß, dass es die tröstende Umarmung eines Freundes ist, nicht mehr. Aber in diesem Moment ist es alles, was ich brauche.

Wie aus dem Nichts sehe ich Lucias Gesicht klar vor Augen. Beschämt löse ich mich von Sebastian.

»Es tut mir so leid. Ich sollte in diesem Moment diejenige sein, die dich tröstet. Dies ist der Ort – der Ort, an dem sie …«, stammele ich und breche ab, bevor ich das letzte Wort sagen kann. *Gestorben ist.* »Für dich muss das viel schwerer sein.«

Sebastian wendet den Blick ab.

»Ich – ich möchte nicht darüber reden. Wie gesagt, ich komme damit klar, hier zu sein. Du brauchst dir keine Sorgen um mich zu machen.«

Ich beiße mir auf die Lippe und betrachte ihn.

»Okay. Wenn du sicher bist … ich muss dir nämlich etwas zeigen.«

Ich ziehe den Artikel meines Vaters aus der Pullovertasche und reiche ihn Sebastian. »Ich weiß nicht, ob er jemals veröffentlicht wurde, aber ich habe den Entwurf im Familienarchiv gefunden.«

Sebastians Gesichtsausdruck verändert sich beim Lesen, und als er mich wieder anschaut, sehe ich, dass er bewegt ist.

»Dein Dad war schon damals mein Held, als er mir Polospielen beigebracht hat. Nach diesem Text habe ich eine noch höhere Meinung von ihm.«

In meinen Augen brennen Tränen, aber ich lächele durch sie hindurch.

»Das bedeutet mir unheimlich viel.«

Sebastian grinst zurück und sieht dann zum Eingang des Irrgartens.

»Bist du bereit?«

Ich nicke. Er geht voran, und ich stoße einen gepressten Laut aus, als ich das Labyrinth zum ersten Mal betrete und die grünen Hecken sich um uns herum schließen. Der Irrgarten ist eine Welt für sich – sobald wir drin sind, ist es unmöglich, über seine Grenzen hinauszuschauen. Jetzt gibt es nur noch einen endlosen schmalen Pfad, der von hohen, immergrünen Wänden gesäumt wird, ein verschlungenes Labyrinth.

»Man merkt, dass Max seit Jahren nicht mehr hier war«, bemerke ich an Sebastian gewandt, nachdem ich beinahe über einen Ast gestolpert wäre. »Hier sieht es total verwildert und vernachlässigt aus.«

Ohne nachzudenken, bücke ich mich, um den Ast beiseite zu werfen. Als meine Hand die Erde berührt, lösen sich die herabgefallenen Äste und verwelkten Pflanzen in Luft auf. Sebastian stößt scharf den Atem aus.

»Tut mir leid.« Ich lache nervös. »Das war keine Absicht.«

Ich verspüre einen leichten Druck an meiner Hand und stelle erschrocken fest, dass er sie ergriffen hat.

»Es muss dir nicht leidtun. Es ist toll.«

Ich werfe ihm einen dankbaren Blick zu. Er kann nicht wissen, was für eine Erleichterung es ist, dass er mich bewundernd und nicht ängstlich ansieht, nachdem er Zeuge einer meiner geheimen Fähigkeiten geworden ist.

»Danke.« Ich lächele. »Ich muss zugeben, dass mich meine Gabe immer mehr fasziniert.«

»Das sollte sie auch! Übrigens, ich denke nicht, dass ich die Gärten von Rockford jemals so … lebendig gesehen habe.«

»Ja, anscheinend sind meine Talente seit meiner Ankunft in den Boden gesickert«, antworte ich. »Max hat letzte Woche das Gleiche gesagt. Vermutlich hat er einen Verdacht.«

Sebastian sieht mir fest in die Augen.

»Kannst du ihm vertrauen?«

»Ich denke schon«, antworte ich langsam. »Ich meine, ich werde ihm nichts sagen. Aber ich glaube, er ist in Ordnung.«

»Gut.« Sebastian nickt und seine Beschützerhaltung macht mich seltsam schwindlig.

Wir gehen zusammen weiter. Unsere Schuhe rascheln in dem wuchernden Unkraut auf dem Weg. Alle paar Minuten bücke ich mich, um die Erde zu berühren, und die Hindernisse vor uns verschwinden.

»Was ist das für ein Gefühl, wenn du das tust?«, erkundigt sich Sebastian und mustert mich neugierig.

»Mal sehen, ob du es selbst fühlen kannst. Wenn du möchtest, versteht sich.« Ich nehme seine Hand so beiläufig, wie ich kann, und lege sie über meine. Gemeinsam berühren wir eine der Heckenwände. Ich höre, wie sein Atem schwerer wird; mein eigener gerät ins Stocken, als unsere verschränkten Finger sich auf die Hecke legen. Und dann knistert das elektrische Gefühl durch meine Fingerspitzen, durch meinen ganzen Körper, stärker, als ich es je zuvor verspürt habe. Ich höre Sebastian erstaunt aufjauchzen und wirbele herum. Plötzlich sind die Heckenwände nicht mehr grün, sondern haben einen leuchtend violetten Farbton angenommen. Es ist die schönste Farbe, die ich je gesehen habe.

Sebastian und ich drehen uns gleichzeitig zueinander um und prallen bei der schnellen Bewegung beinahe zusammen. Er streckt die Hand nach mir aus, um mir Halt zu geben. Hitze steigt mir in die Wangen. Seine Berührung weckt etwas in mir, das noch stärker ist als meine Elementarkraft. Ich schaue zu ihm auf und stelle fest, dass er mich ansieht. Wir nähern uns einander, und es ist, als könne alles geschehen …

Über uns kracht ein Donnerschlag. Wir springen auseinander. Der Bann ist gebrochen.

»Wir sollten besser von hier verschwinden, bevor es anfängt zu schütten«, sagt Sebastian und schaut zum Himmel. Ich nicke und fühle mich etwas entmutigt.

Er hat sich den Weg zum Eingang gemerkt und ich folge ihm schweigend. Wir erreichen das Tor zur Außenwelt gerade, als es zu regnen beginnt. Sebastian zieht seine Jacke aus und legt sie mir um die Schultern.

»Danke«, murmele ich. »Und danke, dass du mit mir da reingegangen bist. Du bist ein echter Freund.«

Er lächelt kurz. Gemeinsam gehen wir am Labyrinth vorbei und vermeiden den Blick auf den verschlossenen Schattengarten, der nur wenige Schritte entfernt mit all seinen quälenden Erinnerungen wartet. Als wir den Hintereingang von Rockford Manor erreichen, lade ich Sebastian zu Tee und Gebäck ins Haus ein.

»Danke, aber ich sollte mich auf den Rückweg machen«, antwortet er. »Ich habe vor dem Tor geparkt, daher werde ich in diese Richtung gehen.«

»Okay. Es tut mir leid, dass du in dem Regen noch eine Meile laufen musst.« Ich schlüpfe aus seiner Jacke und gebe sie ihm zurück. »Warum hast du nicht einfach vor dem Haus geparkt?«

»Oh, ich …« Er zögert. »Ich schätze, ich fühlte mich einer Begegnung mit dem Personal noch nicht gewachsen.«

»Natürlich«, antworte ich hastig. »Ich verstehe.«

Es ist eine Sache, mit mir in den Irrgarten zu gehen, aber

das Haus zu betreten, in dem Lucia früher gelebt hat, und ihrer Zofe, ihrer Haushälterin und ihrem Butler zu begegnen und zu erklären, was er dort tut … Ich verstehe, dass das zu schmerzhaft wäre und mein schlechtes Gewissens versetzt mir einen Stich.

Bevor wir uns voneinander trennen, sagt Sebastian: »Wir können wieder ins Labyrinth gehen, wann immer du bereit bist. Sag einfach Bescheid.«

XII

Als ich zum Haupteingang des Herrenhauses zurückkehre, bemerke ich, dass im ersten Stock zwei Fensterläden aufstehen – Läden, die seit meinem Einzug geschlossen geblieben sind. Kalte Furcht überkommt mich, als ich zu dem Fenster hinaufblicke. Irgendjemand ist in Lucias Schlafzimmer.

Beklommen gehe ich die Treppe hinauf und ins Haus. Oskar ist in der Marmorhalle und ich verspüre bei seinem Anblick eine Welle der Erleichterung.

»Guten Abend, Hoheit«, begrüßt er mich.

»Hi, Oscar. Ähm, ich weiß nicht, wie ich es sagen soll, aber …« Ich halte inne. »Ich glaube, ich habe jemanden in Lucias Zimmer gesehen. Das Fenster ist offen.«

Oscar verzieht das Gesicht.

»Das wird sicher Mrs Mulgrave sein. Ich hoffe, sie hat Sie nicht erschreckt.«

»Mrs Mulgrave?«, wiederhole ich. »Was macht sie da drin?«

»Sie hat Lady Lucia schrecklich gern gehabt«, antwortet Oscar verlegen. »Lucias Mutter starb so jung, dass Mrs Mulgrave die Mutterrolle übernommen und Lucia wie ihre eigene Tochter geliebt hat. Es ist ihr ein Trost, Lucias Zimmer jeden Tag herzurichten, als habe sich nichts verändert.«

Mir ist leicht übel.

»Wie meinen Sie das? Sie geht in das Zimmer und tut so, als würde Lucia noch leben?«

Oscar senkt den Blick.

»Ich – ich nehme es an. Ich gebe zu, dass mir nicht ganz wohl dabei ist, aber ich möchte nicht unnötig grausam sein. Ich glaube, sie hat von uns allen am meisten gelitten, als Lucia starb.«

»Kein Wunder, dass sie mich nicht mag«, begreife ich mit einem flauen Gefühl. »Sie hasst die Tatsache, dass ich hier lebe und nicht Lucia.«

»Bitte, so dürfen Sie nicht denken«, sagt Oscar besorgt. »Ich bin mir sicher, dass sie Sie mag.«

»Ist schon gut, Sie brauchen nicht so zu tun«, erwidere ich. »Zumindest verstehe ich jetzt.«

Die folgenden Tage sind eine seltsame Mischung aus Traum und Schrecken. Sebastian und ich sind noch dreimal ins Labyrinth zurückgekehrt, und obwohl wir den Weg ins Zentrum immer noch nicht finden können, habe ich das Gefühl, dass ich mich annähere – sowohl dem Wasserstein als auch Sebastian. Doch wenn es Nacht wird, plagen mich

Albträume, die immer lebhafter und bedrohlicher werden. Die Lucia, die in meinen Träumen zu mir kommt, ist zornig und rachsüchtig, und jedes Mal, wenn ich aus einem der Albträume hochschrecke, schwöre ich mir, mich von Sebastian fernzuhalten – aber meine Entschlossenheit dauert nur wenige Minuten an, wenn ich wach bin. Wir können nur Freunde sein, das weiß ich, aber ich kann ihn nicht ganz aufgeben.

Während meine Gefühle für Sebastian trotz meiner Bemühungen, sie zu unterdrücken, immer stärker werden, mache ich mir mehr und mehr Gedanken über ihn und Lucia. Wie war ihre Beziehung? Hat er von ihren Problemen gewusst oder hat sie sie vor ihm genauso gut verborgen wie vor mir? Denkt er jedes Mal an Lucia, wenn er mich ansieht? Verfällt er in dieses dunkle Schweigen, weil er Lucia vermisst und sich wünscht, er wäre mit ihr zusammen? Aber ich werde mich natürlich nicht dazu durchringen, ihm diese Fragen zu stellen.

Zwei Tage vor dem Rockforder Feuerwerkskonzert stehe ich früh auf, um zum Windsor Great Park zu fahren, wo Sebastian an einem Wohltätigkeitspolospiel teilnimmt und Theo und ich seine Gäste sein werden. Gemma war völlig aus dem Häuschen, als ich ihr am Telefon von der Einladung erzählt habe. »Das ist Prinz Philips Poloclub! Vergessen Sie nicht den königlichen Knicks, den Basil Ihnen beigebracht hat.«

Diesmal habe ich eine bessere Vorstellung davon, was ich anziehen soll, und wähle ein sportliches weißes Sommerkleid mit idiotensicheren schwarzen Ballerinas. Nachdem ich mich angezogen habe, schlüpfe ich lautlos aus dem Herrenhaus und hoffe mit angehaltenem Atem, dass ich nicht

Mrs Mulgrave oder Maisie über den Weg laufe. Die beiden sind die Letzten, die wissen sollen, wohin ich gehe, und zum Glück schaffe ich es, aus dem Haus zu gelangen, ohne dass mich jemand außer Oscar sieht.

Alfie wartet bereits im Aston Martin, als ich nach draußen trete. Ich lasse mich auf der Rückbank nieder und lehne den Kopf gegen das Fenster, während wir die einstündige Fahrt nach Windsor antreten. Wir fahren südlich an der Themse entlang, bis wir eine Stadt erreichen, die aussieht, als wäre sie direkt aus einem Märchen der Brüder Grimm entsprungen. Eine gewaltige, mittelalterliche Burg ragt hoch über den gepflasterten Straßen und alten Ladenfronten auf.

»Das ist Windsor Castle«, erklärt Alfie ehrfürchtig. »Würden Sie glauben, dass es über neunhundert Jahre alt ist?«

»Das ist echt alt.« Ich stoße einen leisen Pfiff aus. »Ist die Königin gerade da?«

»Nein, sie verbringt den Sommer in Sandringham. Aber Windsor liegt ihr sehr am Herzen.«

Alfie fährt weiter in den Windsor Great Park, eine atemberaubende grüne Rasenlandschaft, die sich meilenweit zwischen Reitwegen und Seitenstraßen erstreckt und voller alter Eichen, Steincottages und vornehmer Häusern hinter hohen Toren ist. Endlich erreichen wir Smith's Lawn, die beeindruckende Heimat des Guards Polo Club. Alfie besteht darauf, mich bis zu den Tribünen und zu Theo zu begleiten, und obwohl es mir ein wenig peinlich ist, erhebe ich keinen Einspruch. Das Gelände ist so riesig, dass ich mir gut vorstellen kann, mich zu verlaufen.

Alfie geht voran und leitet mich die Tribünen hinauf zu Theos Reihe, und ich halte den Kopf gesenkt, als ein Blitzlichtgewitter in unsere Richtung losbricht. Ich hätte damit rechnen sollen – Alfies Uniform mit dem Rockford-Logo ist verräterisch. Aber ich entspanne mich, sobald ich Theos Grübchengrinsen sehe.

»Hi, Imogen!«, ruft er und steht bei meiner Ankunft auf.

»Hey, Theo.« Ich umarme ihn schnell.

»Dann überlasse ich Sie beide dem Spiel«, sagt Alfie mit einer Verbeugung. »Es war schön, Sie wiederzusehen, Mr Stanhope.«

Nachdem wir uns von Alfie verabschiedet haben, lassen Theo und ich uns auf unseren Plätzen nieder.

»Lange nicht gesehen«, bemerkt er und legt einen Arm über die Rückenlehne meines Sitzes. »Du hast deine Freizeit mit meinem Bruder verbracht, wie ich höre.«

Ich senke verlegen den Blick.

»Ich weiß. Wir – wir belegen denselben Sommerkurs in Oxford.«

»Der hat noch nicht angefangen«, ruft Theo mir ins Gedächtnis. Er klingt etwas ärgerlich, aber er schenkt mir ein breites Lächeln, als wolle er sagen: *Entspann dich. Das ist nur harmloses Geplänkel.*

»Stimmt, aber Sebastian hilft mir mit dem Lehrstoff«, lüge ich. »Da der Lehrplan in Amerika anders war.«

Ich bin mir nicht sicher, was mich dazu verleitet, diese Geschichte zu erfinden; sie rutscht mir einfach so heraus.

»Darf ich dich etwas fragen?« Theo mustert mich prüfend. »Wie geht es Sebastian?«

»Wie meinst du das?«, antworte ich überrumpelt. »Solltest du das nicht besser wissen als ich?«

»Ja, ich habe mich nur … gefragt, was du denkst. Ich schätze, weil – nun, es war ein schweres Jahr.«

Ich blicke zu Boden.

»Natürlich. Er scheint das aber alles ziemlich gut zu verkraften.«

Theo nickt, einen erleichterten Ausdruck in den Augen. Ich warte darauf, dass er mehr sagt, aber er wechselt das Thema, plaudert über das gegnerische Team und setzt mich über deren High-Goal-Spieler ins Bild. Ich höre nur halb zu, während der Rest von mir sich fragt, worum es bei diesem Gespräch eigentlich gegangen ist.

Das Spiel beginnt. Mein Magen fährt Achterbahn, als Sebastian aufs Feld geritten kommt. In seiner Oxford-Uniform ist er attraktiver denn je. Ich höre bewundernde Pfiffe und Jubel von einer Gruppe von Mädchen auf der Tribüne unter uns und tausche einen belustigten Blick mit Theo.

»Pologroupies«, erklärt er lachend.

»Oh.« Ich schaue wieder zu den Mädchen hinüber und bemerke plötzlich, was für perfekte Figuren sie haben und wie glamourös sie in ihren eng anliegenden Ensembles aussehen. Sebastian könnte jede von ihnen haben. Es ist ein deprimierender Gedanke, obwohl ich bereits weiß, dass er für mich tabu ist.

Aber dann sehe ich, dass er den Blick über die Menge gleiten lässt und nach jemandem sucht. Unsere Blicke treffen sich und auf seinen Lippen zeichnet sich ein Lächeln ab. Ich erwidere sein Grinsen und die Röte schießt mir in die Wangen. Ich spüre, dass Theo mich beobachtet, und ich weiß, dass ich mir mein Interesse nicht anmerken lassen sollte, aber ich scheine mein Lächeln nicht unterdrücken zu können – nicht einmal nach Spielbeginn.

Theo schlägt vor, dass wir in der Old Ticket Hall, einem nahen Musikpub, auf Sebastians siegreiches Spiel anstoßen, als es Letzterem ein paar Stunden nach dem Spiel endlich gelingt, sich von seinem Team, der Presse und den bewundernden Pologroupies loszueisen. Als ich ihn ansehe, wie er in seinen schwarzen Jeans und dem Hemd unter seiner dunklen Weste auf uns zukommt, wünsche ich mir, dass er nicht so unverschämt gut aussehen würde. Wenn ihm wenigstens die Augenbrauen zusammenwachsen würden oder er *irgendetwas* tun würde, damit ich ihn nicht mehr so anziehend finde.

Wir drei springen in ein schwarzes Taxi, und nach einer schnellen Fahrt durch den Windsor Great Park und in die Stadt erreichen wir die Old Ticket Hall, die in einer malerischen Straße liegt. Feierwütige Pubbesucher quellen aus den Türen. Sebastian geht als Erster hinein und sichert uns wie durch ein Wunder den letzten freien Tisch. Ich gleite neben ihm auf einen Stuhl und Theo folgt meinem Beispiel.

»Was willst du trinken?«, fragt Sebastian.

»Na ja, angesichts der Tatsache, dass man in meinem Teil der Welt erst viel später Alkohol trinken darf, habe ich da nicht viel Erfahrung«, gestehe ich. »Wie wäre es, wenn ihr etwas für mich aussucht?«

»Dann trinken wir Pils«, beschließt Sebastian. »Das ist ein gutes Anfängerbier.«

Als er mit unseren Getränken kommt, hebe ich mein Glas.

»Auf einen weiteren Sieg für Oxford«, sage ich und lächele die beiden Jungen an. »Und auf alte Freunde.«

Wir stoßen mit unseren Biergläsern an und ich nehme

meinen ersten Schluck. Das Pils schmeckt bitterer, als ich gedacht hätte, und ich verziehe unwillkürlich das Gesicht.

»Wasser, bitte!«, rufe ich, während Sebastian und Theo in Gelächter ausbrechen.

»Gib das Pils noch nicht auf«, sagt Theo mit einem sanften Stoß. »Wenn du dich daran gewöhnt hast, schmeckt es besser.«

»Brrr. Okay, lasst es mich noch mal versuchen.« Ich nehme einen weiteren Schluck, der genauso ekelhaft schmeckt wie der erste. Aber als ich bei meinem vierten Schluck angelangt bin, schmeckt es beinahe … süß.

»Es schmeckt nach Keksen!«, rufe ich aus und lasse mein Glas auf den Tisch krachen, wie ich es in Filmen gesehen habe.

»Oh, da ist jemand schon beschwipst«, kichert Sebastian. »Gut, dass ich nur ein halbes Pint bestellt habe.«

Eine halbe Stunde später ist mein Glas fast leer und mir ziemlich schwummrig. Das Gespräch fließt leicht dahin und ich bekomme immer wieder Lachanfälle wegen Sebastians und Theos trockenem britischen Humor.

Als ich höre, wie eine Jazzband die Instrumente stimmt, richte ich mich aufgeregt auf.

»Kommt. Lasst uns auf die Tanzfläche gehen!«

Theo rümpft die Nase.

»Aber es ist Jazzabend.«

»Musik ist *Musik«,* erkläre ich ihm so ernst, als würde ich etwas äußerst Tiefgründiges sagen. Ich greife nach ihren Händen und ziehe sie beide auf die Füße. »Los, kommt schon!«

Die Musiker des Jazztrios schenken uns ein dankbares

Lächeln, als wir uns der Bühne nähern. Wir scheinen ihr einziges Publikum zu sein – alle anderen Clubbesucher ignorieren die Musik standhaft. Sie reden weiter und lachen laut miteinander.

»Wer will tanzen?«, frage ich beschwipst.

Theo tritt zurück und lächelt verlegen. »Ich bin kein großer Tänzer.«

»Dann du.« Ich ergreife Sebastians Hand.

»Wie tanzt man überhaupt zu Jazz?«, überlegt er laut.

»So.«

Ich lege seine Arme um meine Taille und schlinge ihm meine um den Hals. Seine Berührung verstärkt meinen Rausch, und es kostet mich meine ganze Selbstbeherrschung, nicht an Ort und Stelle mit meinen Gefühlen herauszuplatzen, während wir zu den rhythmischen Klängen von Saxofon, Klavier und Gitarre tanzen.

»Bis jetzt habe ich gar nicht gewusst, dass ich Jazz mag«, flüstere ich Sebastian ins Ohr. Er grinst auf mich herab.

Als das Trio sich immer mehr ins Zeug legt und zu einem schwungvolleren Teil des Song überleitet, legen auch wir mit unseren amateurhaften Tanzversuchen einen Zahn zu. Sebastian wirbelt mich herum, wir versuchen sogar eine Pose, und dann tanzen wir erhitzt und lachend enger zusammen.

Der Song endet und der Saxofonist legt sein Instrument beiseite und greift stattdessen nach einem Akkordeon.

»Ooh. Was hat er denn damit vor?« Ich versetze Sebastian einen Stoß in die Rippen.

Der Gitarrist beugt sich über das Mikrofon und beginnt langsam zu singen.

»The falling leaves drift by the window,
The autumn leaves of red and gold.
I see your lips, the summer kisses,
The sunburned hands I used to hold.«

Die eindringliche Reibeisenstimme des Sängers berührt mich tief. Sebastian legt mir wieder die Arme um die Taille, und ich lehne mich an ihn, während wir uns langsam zu der Musik bewegen. Das Akkordeon fällt in den Refrain ein, und es ist so schön, so herzzerreißend, dass ich alles um mich herum vergesse, bis es nur noch mich, Sebastian und das Lied gibt.

»Since you went away, the days grow long,
And soon I'll hear old winter's song.
But I miss you most of all, my darling,
When autumn leaves start to fall.«

Mein Blick begegnet Sebastians, und ich weiß, dass wir beide dasselbe denken. Dieser Song könnte von *uns* handeln, von dem Sommer, in dem wir uns voneinander verabschiedet haben. Er beugt sich näher vor und mein Herz setzt einen Schlag aus. Wird er ... mich küssen? Aber dann sehe ich, dass er eine Stelle hinter mich fixiert und sein Kiefer spannt sich an.

»Mein Bruder wirkt nicht besonders glücklich. Ich frage mich, ob er sich wünscht, jetzt an meiner Stelle zu sein.«

»Oh – aber er ist der falsche Bruder.«

Die Worte rutschen mir heraus, bevor ich begreife, was ich sage, und dann schlage ich mir entsetzt die Hand vor den Mund. Habe ich gerade meine Gefühle eingestanden?

Mitten in einer Bar? Sebastian sieht mich groß an. Anscheinend habe ich genau das getan.

Der Song endet, und ich eile mit brennenden Wangen zu Theo zurück. Für den Rest des Abends unternehmen Sebastian und ich den tapferen Versuch, so zu tun, als hätte ich nichts gesagt. Aber die Worte stehen zwischen uns im Raum.

Als ich in dieser Nacht nach Hause zurückkehre, finde ich Teddy wild bellend vor meiner Schlafzimmertür.

»Was ist los, Teddy?« Ich bücke mich, um ihn zu streicheln. Er springt hoch, die Pfoten auf meinen Beinen, und zeigt mit der Schnauze auf mein Zimmer. Und dann rieche ich Rauch.

Sofort nüchtern, reiße ich meine Schlafzimmertür auf. Der Papierkorb neben meinem Schreibtisch brennt. Flammen steigen an seinen Seiten empor und drohen, auf den Teppich überzugreifen und den Raum in Brand zu stecken. Ich wirbele panisch herum und suche nach einem Glas Wasser. Aber da ist keins und mir bleibt keine Zeit.

Ich nähere mich dem Korb. Teddy zerrt am Saum meines Kleides und versucht, mich zurückzuziehen, aber ich scheuche ihn weg. Ich habe noch nie etwas Derartiges getan – aber wenn es einen Zeitpunkt gab, an dem sich meine Elementarfähigkeiten als nützlich erweisen könnten, dann jetzt.

Ich lege die Handflächen über das Feuer und konzentriere mich auf das Bild von Wasser. Aber nichts passiert, und Teddys Gebell wird immer verzweifelter, während ich mit den Händen über dem Papierkorb wedele wie eine Art Möchtegernzauberer. Was mache ich anders? Warum funktioniert die Gabe nicht? Was *übersehe* ich diesmal?

In Gedanken kehre ich in den Schattengarten zurück, als mich vor vielen Jahren beim Anblick von Sebastian und Lucia die Eifersucht durchzuckte, bevor ich mit meinen Händen eine Feuerlilie wachsen ließ. Ich erinnere mich an die überwältigende Trauer in jener Nacht, in der ich den Feuerball erschaffen habe, an die verzweifelte Sehnsucht nach meiner Mutter vor einigen Wochen, als ich eine Rose wachsen ließ, und an mein Verlangen nach Sebastian, als ich die Farben des Labyrinths verändert habe. *Ein starkes Gefühl.* Das muss der Auslöser für meine Gabe sein.

Ich kneife die Augen zusammen und zwinge mich, nicht an das Feuer in diesem Raum, sondern an den Nachtclub in Windsor zu denken. Wie ich mich in Sebastians Armen wiege, den Kopf unter sein Kinn geschmiegt, wie unsere Gesichter sich beinahe begegnen ...

Ich reiße die Augen auf, als das kribbelnde Gefühl in meine Hände zurückkehrt. Dann beobachte ich bewundernd, wie sich kleine Risse in meinen Fingerspitzen bilden – und Wasser aus ihnen herausspritzt.

Teddy jault erschrocken auf, während ich die Hände über den Papierkorb halte und das Wasser aus meinen Fingern das Feuer löscht, bis nur noch Rauch übrig ist. Teddy springt mir auf den Arm und leckt mir erleichtert das Gesicht.

»Alles okay, Kumpel. Alles okay.« Ich drücke seinen kleinen felligen Körper an mich, dann setze ich ihn ab und blicke staunend auf meine Hände. Sie sind wieder normal, die Risse sind verschwunden. Was ich gerade getan habe, ist vollkommen irre ... aber auch ein Wunder.

Ich beuge mich vor, um in den Korb zu spähen, in dem jede Menge Papiermüll liegt – und ein Streichholz. Bei seinem Anblick überfällt mich Panik. Ich habe das Streichholz bestimmt nicht dort hineingetan. Hat jemand absichtlich versucht, mein Zimmer in Brand zu stecken?

Ich höre ein Klopfen an der Tür, erwarte Maisie und versteife mich. Aber zu meiner Erleichterung steht Oscar vor der Tür, bekleidet mit einem Bademantel und Pantoffeln.

»Es tut mir sehr leid, Sie zu stören, Hoheit, aber ich habe das Bellen gehört, und ich dachte …« Er bricht ab. »Ist das *Rauch?*«

»Ja.« Ich führe Oscar zu dem Papierkorb und bin mir bewusst, dass ich zittere. »Ich glaube, jemand hat versucht, hier drin Feuer zu legen. Ich schlage vor, dass Sie sofort Mrs Mulgrave und Maisie befragen.«

Aber Oscar kann keinen Beweis dafür finden, dass die Mulgraves etwas mit dem Feuer zu tun hatten. Am nächsten Tag kommt Betsy, eins der Hausmädchen, mit verweintem Gesicht beim Nachmittagstee zu mir.

»Hoheit, ich kann Ihnen gar nicht sagen, wie leid es mir tut! Ich habe gestern Abend den Kamin in ihrem Zimmer angemacht, damit es schön warm ist, wenn Sie nach Hause kommen, und ich – ich muss wohl das Streichholz fallen lassen haben, ohne es zu merken. Ich hatte keine Ahnung, und es tut mir so schrecklich leid. Nicht auszudenken, was hätte passieren können …« Sie verstummt, als sie erneut in Tränen ausbricht.

»Ist schon gut, Betsy«, versichere ich ihr. »Es war nicht deine Schuld.«

Ich bin ohnehin nicht davon überzeugt, dass sie diejenige war, die das Streichholz fallen ließ; ich setze immer noch auf Mrs Mulgrave oder Maisie. Eine von ihnen könnte leicht hineingegangen sein und das brennende Streichholz in den Papierkorb geworfen haben, wohl wissend, dass man Betsy die Schuld geben würde. Aber ohne Beweise kann ich nichts unternehmen. Ich bin gezwungen, bei den Vorbereitungen für das Rockforder Feuerwerkskonzert mit Mrs Mulgrave zusammenzuarbeiten, während mein Misstrauen wächst.

Als ich am Morgen vor dem Konzert aufwache, ist mir übel vor Nervosität. Meine erste Veranstaltung als Gastgeberin bedeutet, dass ich unzählige neue Leute kennenlernen werde, während alle mich beobachten und darüber urteilen, ob ich als das neue Gesicht von Rockford tauge oder nicht. Gleichzeitig haben Sebastian und Theo vor, mit ihren Eltern teilzunehmen, und ich möchte unbedingt, dass Sebastians Rückkehr nach Rockford reibungslos verläuft – und dass mein bierbedingtes Geständnis in Vergessenheit gerät.

Von dem Moment an, in dem ich aufstehe, herrscht im Haus emsige Betriebsamkeit. Die Caterer sind eingetroffen und haben die Küche übernommen. Auch das Orchester ist bereits da, um draußen die Bühne aufzubauen. Auf dem Südrasen unter der Brunnenterrasse sind Handwerker dabei, eine Tanzfläche auf dem Gras auszulegen, während Diener im Garten lange Buffettische sowie kleinere Esstische und Stühle aufstellen. Die Brunnenterrasse und der Rosengarten sind mit Lichtern geschmückt, während die Feuerwerker auf der Rückseite des Sees ihre Abschussrampen aufstellen. Oscar und Mrs Mulgrave halten das Heft in der Hand, überwachen die Arbeiten und geben Anweisungen.

»Kann ich irgendetwas tun?«, biete ich an.

Mrs Mulgrave sieht mich nur an, und ihr dunkler Blick gibt mir das unbehagliche Gefühl, dass sie weiß, dass ich sie wegen des Feuers beschuldigt habe. Ich richte meine Aufmerksamkeit schnell auf Oscar.

»Vielen Dank, Hoheit, aber ich glaube, wir haben alles im Griff«, erwidert Oscar freundlich.

»Dann werde ich mich jetzt fertig machen«, sage ich und komme mir ein wenig nutzlos vor. »Es sieht alles wunderbar aus.«

Ich nehme mir Zeit für meine Frisur und das Make-up, weil ich mir nur allzu bewusst bin, dass heute Abend viele Fotos gemacht werden. Maisie klopft und bietet mir ihre Hilfe an, aber ich sage ihr, dass ich mich lieber allein fertig mache. Seit dem Dinner bei den Stanhopes vertraue ich ihr nicht mehr.

Während ich in mein erstes Haute-Couture-Kleid schlüpfe, eine rote, knielange Kreation von Alexander McQueen, habe ich plötzlich das unerwartete Gefühl, in diese Rolle zu gehören. Mit einem Blick in den Spiegel wird mir klar, dass ich aussehe wie eine echte Herzogin – und zum ersten Mal fühle ich mich auch so.

Die ersten Gäste treffen um vier Uhr ein, und es dauert nicht lange, bis sich der Rasen und die Gärten mit Einheimischen aus Wickersham füllen. Die Kinder spielen im Rosengarten betreute Spiele, während ihre Eltern an Champagner nippen und Horsd'œuvres knabbern. Ich stehe unter einem Blumenbogen, den Max eigens für diesen Anlass gebaut hat, und begrüße jeden Gast, schüttele Hände und lächele, bis mir die Wangen schmerzen. Obwohl es definitiv ermüdend ist, stelle ich fest, dass ich glücklich bin. Alle sind so freundlich und aufgeregt, mich kennenzulernen, dass ich ein Gefühl der Demut und der Dankbarkeit verspüre, hier sein zu dürfen.

Als es sechs Uhr wird, entdecke ich eine vertraute Gruppe, die auf mich zukommt. Mein Magen flattert, als ich sehe, wie selbstbewusst sich Sebastian bewegt. Er sieht toll aus in seinem Anzug und ich muss an einen von Carole Marinos Lieblingssätzen denken: »Er sieht so gut aus, dass es wehtut.«

»Sie haben wunderbare Arbeit geleistet«, sagt Lady Stanhope, nachdem wir uns begrüßt haben. »Rockford sieht großartig aus.«

»Oh, ich hatte nicht viel damit zu tun«, gestehe ich. »Es ist schön, Sie alle zu sehen.«

Ich werfe Sebastian einen Blick zu, und er schenkt mir ein breites Lächeln, bei dem mein Herz einen Satz tut. Vielleicht haben meine Worte im Pub doch nicht alles zwischen uns ruiniert.

Das Dinner wird um sieben Uhr serviert, und ich bin endlich in der Lage, meinen Füßen eine Pause zu gönnen. Ich setze mich zu den Stanhopes an den Tisch und unterhalte mich schüchtern mit Sebastians Eltern und scherze mit Theo – aber Sebastian schweigt. Vermutlich verfolgen ihn Visionen von Lucia bis in den letzten Winkel des Anwesens und er erinnert sich an vergangene Feuerwerkskonzerte hier an ihrer Seite. Bei dem Gedanken schmerzt mein Herz.

Irgendwann gehen Mrs Mulgrave und Maisie zusammen über den Rasen, und ich beobachte, wie sie beide stehen bleiben und Sebastian anstarren. Rufen auch sie sich Bilder von ihm und Lucia ins Gedächtnis zurück?

Schließlich ist es Zeit für das Hauptereignis. Die Gäste strömen zum See, um einen guten Blick auf das Feuerwerk zu erhalten, während die Band zu einer schwungvollen Version von *Rule Britannia* ansetzt. Und in diesem Moment spüre ich, wie Sebastian sanft meine Hand ergreift.

Ich drehe mich um, plötzlich atemlos, als ich zu ihm aufschaue.

»Kommst du mit?«, fragt er.

Ich kann nur nicken. Niemand scheint zu bemerken, dass wir uns von der Menge entfernen und ein Versteck unter einer hohen Eiche auf der anderen Seite des Sees finden. Wir sind nah genug, um das Feuerwerk zu sehen, aber zu weit entfernt, als dass man uns hören könnte.

»Ich bin mir nicht sicher, wo ich anfangen soll«, sagt er, und das Mondlicht lässt seine grünen Augen schimmern. »Ich habe jetzt zwei Tage darüber nachgedacht, und ich musste einfach herkommen und dich fragen ... hast du das ernst gemeint, was du neulich Abend gesagt hast?«

Ich schlucke hörbar.

»Ähm. Gott, das ist peinlich ...«

»Es braucht dir nicht peinlich zu sein.« Sebastian nimmt wieder meine Hand und sieht mir eindringlich in die Augen. »Du kannst wahrscheinlich erraten, warum ich frage.«

Ich schüttele den Kopf.

»Du weißt es schon, nicht wahr?« Ich bringe ein nervöses Lächeln zustande. »Du weißt es, seit wir Kinder waren. Ich konnte meine Gefühle noch nie gut verbergen.«

»Ich habe damals geahnt, wie du empfunden hast«, sagt er leise, »aber jetzt bin ich mir nicht so sicher.«

»Ich habe dich geliebt, seit ich ein kleines Mädchen war«, flüstere ich. »Ich habe nie damit aufgehört. Aber ich weiß, dass du niemals dasselbe empfinden kannst, und ich verstehe es. Lucia war die eine für dich, und ich könnte niemals ihren Platz einnehmen – das weiß ich.«

Mir wird bewusst, dass ich den Tränen nahe bin, und ich drehe mich um, um mein Gesicht vor ihm zu verbergen, leicht schockiert über mein eigenes Geständnis.

Ich spüre seine Hand auf meiner Wange, wie er sanft meinen Kopf zu sich herumdreht.

»Ich muss dir etwas sagen«, beginnt er mit leiser Stimme. »Meine Beziehung zu Lucia ... sie war nicht so, wie alle dachten.«

»Wie meinst du das?«, frage ich. Mein Gesicht brennt noch immer von meiner großen Enthüllung.

»Ich – ich habe sie nicht geliebt.«

Ich sehe ihn verständnislos an. Ich muss mich verhört haben.

»Sie hat sich verändert, oder vielleicht habe auch ich mich verändert, aber ... es stellte sich heraus, dass sie nicht das Mädchen war, mit dem ich zusammen sein wollte. Ich habe wegen der Verbindung, die wir als Kinder hatten, an der Beziehung festgehalten, aber es war einfach nicht mehr dasselbe, als wir älter wurden. Jedes Mal, wenn ich versucht habe, es zu beenden, hat sie mich an unsere Vergangenheit erinnert und mir das Gefühl gegeben, ein Arschloch zu sein, weil ich versuchte, sie zu verlassen. Auch meine Eltern waren völlig besessen von der Idee, dass wir zusammenbleiben und dass unsere Familien sich vereinen würden. Ich war in unserer Beziehung gefangen, außerstande, sie zu beenden, ohne Menschen zu verletzen, die mir am Herzen lagen. Dann, als sie starb und alle so viel Mitleid mit mir hatten, konnte ich … konnte ich mich selbst nicht ertragen. Ich fühlte mich wie ein Betrüger. Denn die Wahrheit ist, dass wir lange vor ihrem Tod aufgehört hatten, ein echtes Paar zu sein.«

Er stößt einen tiefen Seufzer aus, als sei eine Last von seiner Brust gehoben worden.

»Du hast sie … nicht geliebt?«, wiederhole ich ungläubig.

»Das habe ich nie getan.« Sebastian rückt näher heran. »Aber ich glaube, ich bin dabei, mich in dich zu verlieben.«

Verblüfft öffne ich den Mund, um zu sprechen. Aber bevor ich ein Wort sagen kann, sind seine Lippen auf meinen, unsere Münder bewegen sich zusammen. Ich habe nie zuvor etwas Ähnliches gespürt. Er zieht mich enger an sich, während er das Gesicht in meinem Haar vergräbt und mit den Lippen meinen Hals streift. Ich stoße ein wohliges Seufzen aus.

Wie aufs Stichwort explodiert die erste Feuerwerksrakete in der Luft. Die Menge jubelt, und Sebastian und ich drehen uns um und wenden noch immer eng umschlungen den Blick zum Himmel. Mein Herz fließt über, während ich in Gedanken seine Worte wiederhole: »Ich glaube, ich bin dabei, mich in dich zu verlieben.« Es ist alles, was ich mir erträumt habe, aber nie zu hoffen gewagt habe.

Unser Moment des Glücks wird von den Geräuschen und dem Anblick einer plötzlichen Unruhe unten am See unterbrochen. Zwei Männer drängen sich rücksichtslos durch die vielen Gäste, schwenken etwas in der Luft und hinterlassen eine Schneise in der Menge. Das Orchester hört schlagartig auf zu spielen.

»Was ist los?«, frage ich Sebastian.

Er schüttelt den Kopf.

»Keine Ahnung.«

Und dann sehen wir Theo, der keuchend und mit wildem Blick auf uns zugerannt kommt.

»Sebastian!«, zischt er und ignoriert mich vollkommen. »Du musst sofort von hier verschwinden.«

»Warum? Was ist los?«, fragt Sebastian.

»Die Polizei sucht nach dir«, antwortet Theo, dessen Stimme vor Panik zittert.

»Die Polizei? Warum sollten sie nach *dir* suchen?« Ich sehe Sebastian verwirrt an.

Aber es ist zu spät. Die beiden Männer, die wir auf der anderen Seite des Sees gesehen haben, sind Polizeibeamte, und das Ding, mit dem sie in der Luft wedeln, ist ein Haftbefehl – und sie haben uns gerade gefunden.

Alles bewegt sich wie in Zeitlupe, als die Polizisten Sebastian packen und ihm Handschellen anlegen.

»Das können Sie nicht machen!«, höre ich mich schreien. »Dies ist mein Haus – Sie sollten nicht hier sein! Er hat nichts getan. Lassen Sie ihn gehen!«

Aber die Beamten beachten mich nicht, und als ich Sebastian voller Entsetzen anschaue, wird mir bewusst, dass *er nicht überrascht wirkt.* Was könnte er getan haben?

»Sebastian Stanhope, Sie sind festgenommen wegen des Mordes an Lucia Rockford.«

»Was?«, schreie ich. *»Was?«*

Sebastian sieht mich an und schüttelt den Kopf.

»Ginny, ich kann es erklären ...«

»Es war ein Unfall!«, kreische ich die Beamten an. »Sie ist nicht ermordet worden.«

»Ich fürchte, wir haben neue Indizien, die das Gegenteil beweisen«, sagt der erste Beamte, bevor er sich wieder an Sebastian wendet. »Alles, was Sie sagen, kann vor Gericht gegen …«

Und plötzlich verschwimmt alles vor meinen Augen und meine Beine geben nach, während Sebastian meinen Namen ruft.

TEIL III

THE SUNDAY TELEGRAPH

Heute Abend kam die dunkle Seite der britischen Aristokratie ans Licht. Um halb neun wurde Lord Sebastian Stanhope von Great Milton verhaftet. Ihm wird vorgeworfen, seine Freundin Lucia Rockford, die Marquise von Wickersham, ermordet zu haben. Stanhope wurde in das Bezirksgefängnis von Oxford gebracht, und es ist unklar, ob ihm Kaution gewährt wird. Die Verhaftung fand während des Feuerwerkskonzerts auf Rockford Manor statt, woraufhin die Gastgeberin, Herzogin Imogen Rockford, einen Schock erlitt.

Ein Sprecher der Familie Stanhope betont: »Dies ist ein schwerwiegender Fehler. Wir sind davon überzeugt, dass Sebastian Stanhope unschuldig ist und dass seine Unschuld bewiesen werden wird.« Gleichzeitig erklärt der Sprecher von Rockford: »Die Herzogin von Wickersham und ihr Personal kooperieren mit den Behörden.«

Dies ist für alle Beteiligten eine schreckliche und verstörende Angelegenheit. Man kann sich nur fragen, wie die siebzehnjährige Herzogin – die Stanhope angeblich nähergekommen ist – die Enthüllung über den Tod ihrer Cousine verkraften wird.

XIII

Hoheit? Ich habe mit dem Polizeibeamten gesprochen. Er ist einverstanden, wegen Ihrer Aussage morgen noch einmal zu kommen.«

Oscars Stimme reißt mich aus meinen Gedanken und in die Gegenwart zurück.

»Wie – wie lange waren Sie fort?«, frage ich mit heiserer Stimme, weil ich sie so lange nicht benutzt habe.

»Nur zwanzig Minuten, Hoheit.«

Ich schüttele den Kopf. Es scheint unmöglich, dass er den Salon gerade erst verlassen hat, während ich in der kurzen Zeit, die er fort war, in Gedanken Tage, Monate und Jahre durchlebt habe.

Ich drehe mich um und blicke aus dem Fenster. Das Hauspersonal räumt draußen auf, entfernt sämtliche Spuren des Festes, das durch Sebastians Verhaftung ein so abruptes Ende gefunden hat. Aber zwei Schlüsselfiguren fehlen.

»Sind Sie sicher, dass ich nicht doch den Arzt rufen soll?« Oscar betrachtet mich besorgt. »Sie scheinen in einer schrecklichen Verfassung zu sein.«

»Ich brauche keinen Arzt – ich muss wissen, warum das alles geschieht.« Ich schaue bestürzt zu Oscar auf. »Er hat sie nicht getötet. Dazu wäre er niemals fähig. Warum sollten sie es ihm anhängen? Wie kommen sie überhaupt auf die Idee, dass Lucia ermordet wurde, wo doch jeder weiß, dass es ein Unfall war?«

Oscar holt tief Luft und blickt zu Boden.

»Falls Sie etwas wissen, Oscar, müssen Sie es mir sagen«, flehe ich. »Jetzt. Bitte.«

Er lässt sich schwer auf den Sitz neben mir fallen, das Gesicht aschfahl.

»Es ging alles so schnell. Wir genossen gerade das Konzert, als plötzlich die beiden Beamten da waren und an die Tore hämmerten. Sie hatten einen Haftbefehl für Lord Stanhope in der Hand, und ich hatte keine andere Wahl, als sie hereinzulassen. Anscheinend …« Er räuspert sich. »Scheinbar hat sich ein anonymer Zeuge gemeldet – jemand, der vorher zu große Angst hatte, etwas zu sagen, der behauptete, familiärer Druck habe ihn daran gehindert, den Mund aufzumachen. Der Zeuge hat sich daran erinnert, gesehen zu haben, wie Lucia in der Nacht ihres Todes zum Labyrinth ging – aber es sei jemand bei ihr gewesen. Sebastian Stanhope. Und es habe so geschienen, als stritten sie. Laut Autopsiebericht wurde Lady Lucia durch einen Schlag mit einem stumpfen Gegenstand auf den Kopf getötet, und bis heute Abend hat man angenommen, dass sie mit dem Kopf gegen die Steinsäule geschlagen ist, wo man ihren Leichnam gefunden hat«, fährt Oscar grimmig fort. »Aber angesichts der neuen Beweislage, nach der Sebastian angeblich in jener Nacht mit Lucia gesehen wurde, hat die Polizei heute Nachmittag einen Durchsuchungsbeschluss für Stanhope Abbey erwirkt. Im Gartenschuppen der Stanhopes haben sie einen Poloschläger gefunden, an dem sich Blut von Lucia und Sebastians Fingerabdrücke befanden.«

Ich beginne heftig zu zittern und meine Knie schlagen aneinander. Sebastians Worte von heute Abend, die mich so erleichtert hatten, verfolgten mich jetzt. *»Ich habe sie nicht geliebt ... das habe ich nie getan.«*

»Es muss eine andere Erklärung geben. Er kann es unmöglich gewesen sein. Sebastian ist *gut.* Er könnte niemandem etwas zuleide tun ...«

Ich breche ab, als ich mich an den Zwischenfall mit der Statuette vor einigen Wochen erinnere, an die Art, wie er urplötzlich ausgerastet ist. Und sein Interesse daran, mir durch den Irrgarten zu helfen ... Könnte er selbst nach etwas gesucht haben? Nach einem Beweis, der auf ihn als Lucias Mörder hingedeutet hätte?

Habe ich Sebastian vollkommen falsch eingeschätzt – und mich in ein Monster verliebt?

Gegen meinen Willen vermischen sich vor meinem geistigen Auge Bilder von heute Abend mit Szenen aus der Vergangenheit, untermalt von der Musik, zu der wir im Pub getanzt haben. *Since you went away, the days grow long ...*

Ich schließe die Augen und denke wieder daran, wie mir Sebastian als Kind die Wange geküsst hat und wie er mich heute Abend leidenschaftlich auf die Lippen geküsst hat. Wie wir als Kinder zusammen in den Gärten gespielt und so viele Jahre später zusammen in Windsor getanzt haben. Seine Hand auf meiner Hüfte im Labyrinth, sein Blick voller

Wärme. *But I miss you most of all, my darling, when autumn leaves start to fall.*

Ich stehe auf, ermutigt von meinen Erinnerungen. Sebastian ist kein kaltblütiger Killer. Es steckt mehr hinter dieser Geschichte. Ich weiß es. Und so, wie er vor all jenen Jahren an mich geglaubt hat, als ich ihm mein Geheimnis anvertraut habe ... bin ich nun an der Reihe, an ihn zu glauben.

»Ich gehe auf mein Zimmer«, sage ich zu Oscar. »Ich muss allein sein.«

Ohne ihm eine Gelegenheit zu einer Erwiderung zu geben, drehe ich mich um und eile zur Tür hinaus. Als ich die Marmorhalle erreiche, erstarre ich beim Anblick von Mrs Mulgrave, die die große Treppe herunterkommt. Ihr sonst so bleiches Gesicht ist rot und fleckig, ihre Augen grotesk geschwollen. Sie hat geweint.

Ich schlüpfe hinter eine Statue, um Mrs Mulgrave unbemerkt zu beobachten. Es kann nur einen Grund geben, warum diese respektgebietende Frau zusammenbricht: die Nachricht, dass Lucia vielleicht ermordet wurde. Ich bin hin- und hergerissen, während ich sie beobachte, einerseits fühle ich mit ihr wegen ihrer Bindung an meine Cousine, aber andererseits schaudere ich beim Anblick dieser besessen wirkenden Frau, deren Gesichtsausdruck so finster ist, als könne sie töten. Und dann kommt mir ein Gedanke.

Ich habe noch nie erlebt, dass sich Mrs Mulgrave ihrer eigenen Tochter gegenüber so liebevoll gezeigt hätte. Ich zermartere mir das Hirn und versuche, mich an einen Moment der Wärme zwischen ihnen zu erinnern, eine Umarmung oder ein freundliches Wort – aber mir fällt nichts ein. Mrs Mulgrave scheint ihr gegenüber beinahe gleichgültig zu sein. Ist Maisie aus irgendeinem Grund eine Enttäuschung für ihre Mutter? Hat Mrs Mulgrave Lucia mehr geliebt? Und wusste Maisie, dass sie im Herzen ihrer Mutter nur den zweiten Platz einnimmt?

Ein flaues Gefühl breitet sich in meinem Magen aus, als ich mich frage ... ob es möglich ist, dass *Maisie* diejenige sein könnte, die es die ganze Zeit über auf Lucia abgesehen hatte.

Ich warte, bis Mrs Mulgrave die Halle durchquert hat und im nächsten Zimmer verschwunden ist, bevor ich die Treppe zu meinem Schlafzimmer hinaufdonnere. Ich bin mir sicher, dass die Mulgraves irgendeine Rolle bei dem gespielt haben, was Lucia zugestoßen ist – und jetzt ist es an mir herauszufinden, welche.

Statt in dieser Nacht schlafen zu gehen, sitze ich an meinem Schreibtisch und warte darauf, dass die Haushaltsgeräusche verstummen und ich mir sicher bin, dass niemand mehr wach ist. Endlich, um drei Uhr nachts, schleiche ich auf Zehenspitzen aus meinem Schlafzimmer, durch die Flure und an der Treppe vorbei und betrete den Westflügel.

Mit klopfendem Herzen gehe ich langsam zu Lucias Schlafzimmer; ich habe Angst – gerade als würde ich gleich den Deckel ihres Sarges öffnen. Beinahe erwarte ich, dort auf ihren Geist zu treffen, der deutlich sichtbar auf dem Bett sitzt oder in den Spiegel schaut. Aber als ich schließlich ihr Zimmer betrete und meine zitternden Finger das Licht einschalten, ist der Raum leer. Das Schlafzimmer sieht ruhig und vollkommen normal aus, als sei seine Besitzerin nur im Urlaub und würde jeden Tag zurückkehren.

Ihr Bett steht in der Mitte des Raumes. Es ist perfekt gemacht, mit frischer Wäsche und Kopfkissenbezügen mit Monogramm. Ein weißes Nachthemd und ein passender Satinbademantel liegen gefaltet auf ihrem Kissen, ein Paar Pantoffeln stehen vor dem Bett auf dem Boden. Alles sieht ganz so aus, als würde die Bewohnerin dieses Raumes noch unter den Lebenden weilen. Auf Lucias Nachttisch, auf dem Kamin und auf ihrem Schreibtisch stehen frische Blumen in Kristallvasen. Ich schaudere bei der Erkenntnis, dass Mrs Mulgrave die Blumen jeden Tag gewechselt haben muss. Was für ein makabres Ritual.

Lucias Haarbürste, ihr Parfüm und Make-up sind ordentlich auf ihrem Schminktisch arrangiert, und da erkenne ich den Jasminduft, der während der letzten Wochen oft in mein Schlafzimmer geweht ist. Der Duft ist *ihr Parfüm.*

Ich schaue mich in dem schönen, aber unheimlichen Schlafzimmer um, und meine Beine zittern, während ich überlege, wo ich mit der Suche beginnen soll. Dank Oscar weiß ich, dass Mrs Mulgrave Lucias Zimmer genauso erhält, wie es vor ihrem Tod war, und ich bin mir sicher, dass sie nichts weggeworfen hat. Also ist die Frage: Wo werde ich den entscheidenden Beweis finden?

Ich sehe zuerst in den Schreibtischschubladen nach, aber sie enthalten überraschend wenig Persönliches. Stattdessen sind sie mit ihren Oxforder Lehrbüchern und Ordnern gefüllt. Als Nächstes versuche ich es mit ihrem begehbaren Kleiderschrank, aber alles, was ich finde, sind Bügel um Bügel muffig riechende, teuer aussehende Kleider.

Denk nach, Imogen, befehle ich mir. *Wo würde ich meinen persönlichsten Besitz verstecken?*

Und plötzlich erinnere ich mich: An die elfjährige Lucia

im Sommer 2006, die mir anvertraute, wo sie ihr Tagebuch aufbewahrte, als sie es aus seinem Versteck zog, um mir die Stelle über den Jungen vorzulesen, der ihr auf dem Schulhof nachgelaufen war, um sie zu küssen.

Ich renne zurück zum Bett und schiebe die Hand zwischen die Matratze und das Bettgestell. Da ist kein Tagebuch mehr versteckt, aber meine Finger schließen sich um einen kleinen, kalten Gegenstand. Gerade als ich meine Mission für vollendet betrachten will, stößt meine Hand auf ein Bündel Papiere. Adrenalin strömt durch meine Adern, als ich die Sachen unter der Matratze hervorziehe.

Das kalte Ding erweist sich als ein Bronzemedaillon. Ich öffne es, und als ich sehe, was es enthält, stoße ich einen erschreckten Schrei aus.

Ich kenne das Paar auf dem Foto. Der Mann ist Lucias Vater, mein Onkel Charles. Aber die Frau auf dem Foto, die ihn auf die Wange küsst, ist nicht Tante Philippa. Es ist niemand anders als – *Mrs Mulgrave.* Eine viel jüngere, erheblich besser aussehende Mrs Mulgrave, aber es lässt sich nicht leugnen, dass sie es ist.

Ich kann den Blick nicht von dem Foto lösen; es verblüfft mich, dass sie ganz anders aussieht. Dies ist nicht die schaurige, mürrische Mrs Mulgrave, die ich kenne, sondern eine attraktive junge Frau mit strahlenden Augen und rosigen Wangen.

Was hat sie so furchtbar verändert? Könnte sie in meinen Onkel Charles verliebt gewesen sein? Ist sie an seinem Tod zerbrochen? Und warum sollte Lucia dieses belastende Foto von der Affäre ihres Vaters in einem Medaillon versteckt aufbewahren? Es sei denn …? Bei dem Gedanken stockt mir der Atem, aber genauso schnell verwerfe ich ihn wieder. Lucia kann unmöglich das Ergebnis dieser Liaison sein. Als wir klein waren, war sie Tante Philippa wie aus dem Gesicht geschnitten, und meine Tante hat sie so geliebt wie jede Mutter ihre Erstgeborene. Hatte Lucia also das Medaillon als eine Art Waffe gegen ihren Vater behalten? Nichts davon ergibt Sinn.

Ich lege das Medaillon verwirrt beiseite und greife nach dem Stapel Papiere. Als ich sie mir genauer anschaue, sehe ich, dass es Briefe sind, alle in derselben Handschrift. Ich beginne mit dem obersten, datiert vor einem Jahr – zwei Tage vor Lucias Tod.

23. Oktober 2013

Liebe Lucia,

was ich gestern wegen dir durchmachen musste, macht mich noch wahnsinnig. Ich glaube nicht, dass ich es noch länger ertragen kann. Ich kann mich nicht mehr verstellen. Ich werde die Wahrheit sagen.

Du hast mich gebeten, meine Liebe zu dir zu beweisen, und ich habe es wieder und immer wieder getan. Ich würde alles tun, um mit dir zusammen zu sein. Wirklich alles. Jetzt bist du an der Reihe.

Dein Theo

»Theo?«, schreie ich auf.

Das kann nicht stimmen. Ich überfliege hektisch den

Rest der Briefe, die alle aus Lucias Todesjahr stammen, und einer ist besessener als der andere. Sie enden alle mit der gleichen Unterschrift, gekennzeichnet durch ein schwungvolles T.

Meine Gedanken überschlagen sich und die Puzzleteile setzen sich in meinem Kopf zusammen. Lucia und Theo haben sich hinter Sebastians Rücken getroffen. Theo hat ihr eine ganze Reihe flehender, liebeskranker Briefe geschrieben. Und plötzlich scheint Maisie nicht mehr die Hauptverdächtige zu sein.

Wenn tatsächlich jemand Lucia umgebracht hat ... War es *Theo?* Waren diese Briefe eine Art Drohung? Oder könnte Sebastian herausgefunden haben, dass seine Freundin ihn mit seinem eigenen Bruder betrog, und in tödlichen Jähzorn geraten sein?

Eine eisige Faust schließt sich um mein Herz, als mir klar wird, dass es wahrscheinlich einer von ihnen war – der Junge, den ich liebe, oder der Freund, den ich schätze. Einer von ihnen hat sie getötet. Und ich schulde es meiner Cousine, die Wahrheit herauszufinden.

Ich schrecke am Morgen aus dem Schlaf hoch, geweckt vom lauten Klingeln meines Handys. Theos Briefe an Lucia sind auf meinem Bett verstreut und ich trage immer noch mein elegantes Kleid von dem unseligen Fest. Ich erinnere mich nicht einmal daran, eingeschlafen zu sein.

»Hallo?«, antworte ich benommen.

»Imogen, Liebes!«, erklingt Caroles panische Stimme. »Gott sei gedankt, dass es dir gut geht!«

»Warum sollte es das nicht?«

»Es ist hier überall in den Nachrichten gewesen – der Mörder deiner Cousine ist auf deiner Feier verhaftet worden!« Carole schluchzt. »Ich wusste, dass ich dich nie hätte nach Rockford zurückkehren lassen dürfen. Keith und ich haben gerade unseren Flug gebucht. Wir werden morgen da sein, um dich nach Hause zu holen.«

»Ihr habt *was?«* Ich sitze kerzengerade im Bett. »Moment mal – ihr habt das alles völlig falsch verstanden. Sebastian hat niemanden getötet. Zumindest wissen wir es nicht sicher. Ich muss hierbleiben, ich will nicht zurück.«

»Nun, die Polizei wertet Lucias Tod jetzt als Mord. Wenn Sebastian es also nicht gewesen ist, dann bedeutet das, dass ihr Mörder noch auf freiem Fuß ist. So oder so, wie könntest du dort bleiben wollen?«, fragte Carole besorgt.

»Weil – weil ...« Ich suche nach Worten, um zu erklären, dass ich mit allen drei Spielern in diesem Chaos verbunden bin, genau wie mit dem Herrenhaus und dass ich nicht gehen kann, bevor bis ich weiß, was wirklich geschehen ist und warum. »Ich kann jetzt nicht alles erklären, aber ich verspreche dir, dass ich sicher bin. Du brauchst dir keine Sorgen zu machen.«

»Das werde ich beurteilen, wenn ich dich morgen sehe. Unser Flug geht um zehn Uhr vormittags.«

»Oh ... okay.«

Ich schließe die Augen und lehne mich an das Kopfbrett. Ich vermisse Carole und Keith wirklich, aber jetzt könnte kein schlechterer Zeitpunkt für einen Besuch sein. Es wird schwer genug werden, das Rätsel um Lucias Tod zu lösen, aber unter ihren wachsamen Augen wird es nahezu unmöglich sein.

»Nach allem, was du durchgemacht hast, war dies das Letzte, was du gebraucht hast«, fährt Carole fort. »Laurens Mutter hat mir den Namen einer neuen Therapeutin gegeben, von der sie nur Gutes gehört hat, und ich möchte wirklich, dass du ihr eine Chance gibst …«

»Bitte, keine Therapeuten mehr«, stöhne ich. Und dann stockt mir der Atem, als ich mich an den Hinweis erinnere, den ich vollkommen vergessen habe.

Lucia war zu einem Psychiater gegangen. Wie hieß er doch gleich? Doktor … Doktor Heron! Sie ist vielleicht bis zum Ende zu ihm gegangen. Und wenn ja, könnte er die Antwort kennen.

»Ich muss Schluss machen«, sage ich atemlos zu Carole. »Wir sehen uns dann, wenn ihr hier seid.«

Sobald ich aufgelegt habe, renne ich zu meinem Computer und googele: »Dr. Heron, Londoner Psychiater«. Mit angehaltenem Atem wähle ich die Nummer, die auf dem Bildschirm erscheint.

»Dr. Herons Büro«, antwortet eine energische Frauenstimme.

»Kann ich bitte mit ihm sprechen?«, platze ich heraus. »Es ist dringend. Echt dringend.«

Ihre Stimme nimmt einen langsamen und süßlichen Ton an, als rede sie mit einer Geistesgestörten.

»Darf ich fragen, wer da spricht?«

»Imogen Rockford.« Dann, als mir klar wird, dass ich vielleicht schweres Geschütz auffahren muss, füge ich hinzu: »Die Herzogin von Wickersham.«

»Ach, tatsächlich?«, fragt sie skeptisch.

»Ich schwöre es. Sie können die Nummer auf der Website von Rockford Manor wählen und jemand vom Personal wird mich an Telefon holen, falls Sie einen Beweis brauchen.«

»Das wird nicht nötig sein ... Hoheit«, räumt sie ein. »Aber ich fürchte, Dr. Heron ist gerade im Patientengespräch.«

Ich möchte schreien.

»Bitte, können Sie nicht irgendetwas tun, um – um seine Aufmerksamkeit zu bekommen? Glauben Sie mir, es ist dringend. Sie haben doch bestimmt in den Zeitungen von meiner Cousine gelesen.«

»Ja«, antwortet sie ernst. »Ihr Verlust tut mir sehr leid. Aber es ist mir unter keinen Umständen gestattet, den Doktor während einer Sitzung zu stören. Er sollte jedoch in zehn Minuten fertig sein, und ich werde dafür sorgen, dass er Sie sofort zurückruft.«

Ich verbringe die nächsten fünfzehn Minuten damit, im Raum auf und ab zu gehen, und verfalle in meine alte Gewohnheit, an den Nägeln zu kauen, bis mein Handy mit einer unbekannten englischen Nummer klingelt.

»Hallo?« Ich brülle praktisch ins Telefon.

»Spreche ich mit Ihrer Hoheit, Imogen Rockford?«, erklingt eine angenehme Männerstimme.

»Ja! Sind sie Dr. Heron?«

»Der bin ich. Was kann ich für Sie tun, Hoheit?«

Es gibt keine glatte Einleitung in ein solches Gespräch. Ich komme ohne Umschweife zur Sache.

»Ich weiß, dass meine Cousine Lucia Ihre Patientin war. Und jetzt sagt die Polizei, sie sei ermordet worden, was mir – was mir einfach nicht in den Kopf will. Bitte, können Sie mir ... alles sagen, was Sie wissen? Hatte Sie irgendwelche Geheimnisse, irgendwelche Feinde?«

Dr. Heron räuspert sich.

»Ihre Cousine wird durch die ärztliche Schweigepflicht geschützt. Ich fürchte, ich darf Ihnen nichts über meine Sitzungen mit ihr erzählen.«

»Aber – aber – jemand wird des *Mordes* angeklagt!«, stottere ich. »Gibt es keine Regel, dass Sie sprechen müssen, wenn es um Leben und Tod geht?«

»Ich versichere Ihnen, wenn ich etwas wüsste, hätte ich die Polizei schon längst kontaktiert«, erwidert Dr. Heron. »Aber es ist so, dass ich Lucia seit sieben Jahren nicht gesehen habe. Ich denke nicht, dass irgendwelche Informationen, die ich habe, jetzt noch von Nutzen wären.«

Ich erstarre.

»Sie haben im Jahr des Feuers aufgehört, mit ihr zu arbeiten? Hat sie Sie da nicht am dringendsten gebraucht?«

»Ich würde Ihnen in diesem Punkt recht geben, Hoheit, aber sie hat sich dafür entschieden, die Sitzungen nach dem Brand zu beenden. Und weil keine Eltern mehr da waren, die darauf hätten bestehen können, dass sie ihre Behandlung fortsetzt, gab es keine Möglichkeit, sie dazu zu zwingen.«

»Aber was ist mit meinem Großvater?«, frage ich erstaunt. »Hat er sie nicht ermutigt, weiter zu Ihnen zu gehen?«

Dr. Heron seufzt schwer.

»Ihr armer Großvater war von seiner eigenen Trauer überwältigt. Er hat beschlossen, Lucia auf ein Schweizer Internat zu schicken.«

Mir klappt der Unterkiefer herunter.

»Er hat sie einfach im Stich gelassen, nachdem sie ihre *Eltern* verloren hat?«

»Nicht ganz. Er hat die Haushälterin als Betreuerin und

deren Tochter als eine Art Gefährtin mitgeschickt.« Er hält inne. »Sollten Sie das nicht alles wissen?«

»Ich – wir haben den Kontakt verloren«, murmele ich, während mir von seinen Worten immer noch der Kopf schwirrt. Unser Großvater hat Lucia mit den Mulgraves in die Schweiz geschickt ... Warum hat das mir gegenüber nie jemand erwähnt?

»Vielen Dank, Dr. Heron«, sage ich zittrig. »Rufen Sie mich bitte an, falls Ihnen irgendetwas einfällt.«

Sobald ich aufgelegt habe, schicke ich Oscar eine SMS.

Bitte weisen Sie Mrs Mulgrave und Maisie an, mich in fünf Minuten in der Bibliothek zu treffen.

Fünf Minuten vergehen und dann zehn – ohne eine Spur von Mrs Mulgrave oder Maisie. Aber als ich aufstehe, um die Bibliothek zu verlassen und selbst nach ihnen zu suchen, geht die Tür auf. Mrs Mulgrave und eine Maisie mit versteinerter Miene treten ein.

»Sie wollten uns sprechen?«, fragt Mrs Mulgrave mit emotionsloser Stimme.

»Ja. Bitte nehmen Sie Platz.« Ich warte, bis beide steif auf dem unbequemen Sofa sitzen. »Sie haben die Neuigkeiten über Sebastian gehört.«

»Scheußliche Sache«, murmelt Maisie und senkt den Blick.

»Es ist nur so, dass ich es nicht glaube. Und wenn Sie Sebastian so gut kennen, wie ich vermute, dann würden Sie es auch nicht glauben.«

»Ich habe gesehen, wie er sich gestern Abend mit Ihnen *vergnügt* hat«, zischt Mrs Mulgrave. »Verhält sich so ein trauernder Freund?«

Ich bin so verblüfft, dass es mir für einen Moment die Sprache verschlägt.

»Vergessen Sie bitte nicht, dass Sie in meinem Haus arbeiten«, sage ich, als ich meine Stimme wiederfinde und selbst von deren scharfem Ton überrascht bin. »Sie haben kein Recht, so über mich oder meine Freunde zu sprechen.«

»Und was sagen Sie zu den Beweisen, die in Stanhope Abbey gefunden wurden?«, fragt Mrs Mulgrave herausfordernd, als hätte sie mich nicht gehört. »Können Sie ihn danach noch verteidigen?«

»Beweise können gefälscht und untergeschoben werden. Haben Sie nie *Law and Order* gesehen?«

Mrs Mulgrave sieht mich verständnislos an.

»Wie dem auch sei, ich habe Sie aus zwei Gründen hergebeten. Erstens, fällt Ihnen irgendjemand ein, der es auf Lucia abgesehen haben könnte?« Ich mustere Maisie prüfend. »Irgendjemand, dem sie nahestand und der gefährlich gewesen sein könnte?«

Maisie schüttelt den Kopf.

»Nur Sebastian Stanhope«, sagt Mrs Mulgrave scharf.

Ich stoße frustriert den Atem aus.

»Und was ist mit der Reise in die Schweiz, die sie nach dem Feuer mit Lucia unternommen haben?«

Ihre Reaktion auf meine Frage ist förmlich mit Händen zu greifen und überrumpelt mich. Mrs Mulgraves Gesicht verzerrt sich zu einem Ausdruck, den ich noch nie zuvor gesehen habe, ganz anders als ihre übliche hochmütige, beherrschte Haltung. Sie wirkt beinahe … ängstlich. Und

Maisies Hand fliegt an den schlichten Anhänger um ihren Hals, als wolle sie sich davon überzeugen, dass er noch da ist.

»Nun?«, beharre ich. »Seit wann nimmt eine Schülerin eine Haushälterin und eine Gefährtin mit ins Internat? Sie müssen doch zugeben, dass das ungewöhnlich ist. Und warum habe ich nie davon erfahren?«

»Ist das ein Trick?«, platzt Maisie heraus und ihr Blick eilt zu ihrer Mutter.

»Wie meinst du das, ein Trick?«, frage ich verwirrt.

Mrs Mulgrave wirft Maisie einen mahnenden Blick zu und holt dann tief Luft.

»Es steckt nichts weiter dahinter, Hoheit.« Sie nimmt ihren kühlen Ton wieder auf. »Wir haben Lady Lucia lediglich auf Ersuchen Ihres Großvaters begleitet, damit sie nach dem Tod ihrer Eltern nicht so einsam war. Und Sie werden sich wohl sicher erinnern, dass Sie nach dem Brand keinen Anteil mehr am Leben ihrer Cousine genommen haben. Wie konnten Sie erwarten, informiert zu werden?«

»Wir waren noch nicht so lange getrennt, als Sie in die Schweiz gereist sind. Sie wollte, dass ich auf Rockford Manor bleibe, dass ich sie besuche – sie hätte es mir gesagt, wenn sie fortgegangen wäre«, lasse ich nicht locker.

»Nun, ich möchte meinen, dann haben Sie ihre Wünsche missverstanden«, erwidert Mrs Mulgrave schroff.

»Was hast du vorhin gemeint, Maisie?«, frage ich und richte meine Aufmerksamkeit auf sie. »Weißt du etwas, das mir helfen könnte herauszufinden, was mit Lucia passiert ist?«

Maisie zögert für den Bruchteil einer Sekunde, bevor sie energisch den Kopf schüttelt.

»Nein, Hoheit.«

»Das wäre dann alles.«

Ich sehe den Mulgraves nach, wie sie den Raum verlassen, erschöpft von dem Versuch, ihnen Antworten zu entlocken. Mir schwirrt der Kopf von den Namen der Verdächtigen. Theo. Maisie. Mrs Mulgrave … Sebastian.

Ich kann nicht umhin, mich zu fragen, was Sebastian weiß oder nicht weiß, was er getan oder nicht getan hat. Ich muss mit ihm reden.

XIV

Ich halte den Blick auf den Boden gerichtet und ziehe den Kragen meines Trenchcoats hoch, während ich etwas mehr als eine Meile von Rockford Manors Eingangstür bis zu den Toren zurücklege. Jedes Mal, wenn die Blätter oder der Kies unter mir knirschen, zucke ich innerlich zusammen, vor Panik, dass meine Tarnung auffliegen könnte. Dass ich mich umdrehe, um Oscar – oder schlimmer noch, eine der Mulgraves – hinter mir finde, um mich daran zu erinnern, dass ich das Haus nicht verlassen darf, weil die Polizei später kommt, um meine Aussage aufzunehmen.

Ich versuche, den nagenden Gedanken abzuschütteln, dass ich etwas Unrechtes tue. Schließlich heißt es jetzt oder nie. Wenn die Marinos mit ihrem ausgeprägten Beschützerinstinkt morgen ankommen, werde ich keine Gelegenheit mehr haben, mich allein zu dem Haus eines mutmaßlichen Mörders davonzuschleichen.

Mörder. Ich schaudere bei dem Wort. Es kann einfach nicht Sebastian sein. Bei dem Gedanken an die vor mir liegende Konfrontation wird mir übel. Werden er oder Theo ausrasten, wenn ich ihnen die Briefe zeige? Werde ich das nächste Opfer sein? Aber kaum, dass ich mir Sebastians Hände vorstelle, die sich um meinen Hals schließen und mir die Luft abdrücken, erinnere ich mich an den Hauch seiner Lippen auf meiner Wange und daran, wie weich seine Arme um meine lagen. Und ich weiß, dass er mich nicht verletzen wird, was auch immer er getan haben mag.

Ich konnte ihn nicht auf seinem Handy erreichen, aber die Website des *Telegraph* hat berichtet, dass er auf eine astronomisch hohe Kautionssumme freigelassen und bis zu einem anstehenden Gerichtstermin unter Hausarrest gestellt wurde. Ich kann nur hoffen, dass der Reporter recht hat – und dass ich es heute schaffe, Sebastian zu sehen.

Ich gebe dem Taxifahrer die Adresse eines der Nachbarn der Stanhopes und jogge dann den ganzen Weg zum Tor von Stanhope Abbey. Der Diener, der die Tür öffnet, wirkt bleich und erschöpft, als habe er in der vergangenen Nacht ungefähr genauso viel Schlaf gefunden wie ich.

»Hoheit«, sagt er dumpf. »Ich fürchte, die Lords Sebastian und Theo dürfen zu dieser Zeit keine Besucher empfangen.«

»Bitte«, flehe ich. »Können Sie es nicht einfach ... versuchen? Ich bin den ganzen Weg hierhergekommen und es ist dringend.«

»Ich werde mit Ihrer Ladyschaft sprechen und sehen, was ich tun kann«, erwidert er seufzend.

Eine gefühlte Ewigkeit warte ich nervös in der Eingangshalle. Schließlich kommt nicht Sebastian oder Theo zu mir, sondern Lady Stanhope. Ich habe sie noch nie anders als makellos erlebt, und mich überläuft ein Schauer, als ich ihre gebeugte Haltung und ihre rot geränderten Augen sehe.

»Hoheit«, murmelt sie, außerstande, Blickkontakt herzustellen. »Was kann ich für Sie tun?«

»Ich hatte gehofft, Sebastian und Theo sprechen zu können.« Ich schenke ihr einen flehentlichen Blick. »Ich versuche zu helfen, ehrlich.«

»Das ist sehr freundlich von Ihnen, meine Liebe, aber unser Anwalt hat uns angewiesen, dass keiner von uns mit irgendjemandem sprechen darf.«

»Aber …«

»Es tut mir leid«, sagt sie entschieden. »Wartet Ihr Fahrer, oder möchten Sie, dass ich Ihnen einen Wagen rufe?«

Ich sehe, dass sie nicht mit sich reden lässt, und denke schnell nach.

»Nein, ich – er kommt mich abholen. Ich werde einfach draußen warten.«

»Danke«, sagt sie leise. »Auf Wiedersehen, Lady Imogen.«

Ich verlasse das Haus und zermartere mir das Hirn, was ich tun soll. Ich kann jetzt nicht einfach umkehren und nach Hause gehen. Langsam laufe ich vorn am Haus entlang und blicke zu den Fenstern hinauf. Und dann sehe ich sein Gesicht an der Scheibe, in einem der Räume im ersten Stock. Sebastian beobachtet mich durch einen Spalt in den Vorhängen. Sein Gesichtsausdruck ist finster, als er die Hand zum Gruß hebt.

Ich bemerke die hohe Buche, die über sein Fenster ragt – und mir kommt eine etwas verrückte Idee. Ich war nie der sportliche Baumklettertyp, aber vielleicht kann ich es jetzt mit meiner Elementarkraft schaffen?

Ich hole tief Luft, laufe auf den Baum zu und springe auf seinen untersten Ast. Erst als ich mich zentimeterweise den Stamm hinaufarbeite, wird mir klar, dass meine Gabe wahrscheinlich nur mit dem Land von Rockford verbunden ist. Schließlich hatte ich in New York auch keinen Zugang zu meinen Kräften.

Sebastian reißt das Fenster auf und streckt die Hand nach mir aus. In dem ungraziösesten Manöver, das man sich nur vorstellen kann, falle ich von meinem unsicheren Platz auf dem Baum auf ihn zu, und er packt mich um die Taille und zieht mich durch das Fenster. Ich purzele ins Zimmer und auf ihn drauf.

»Autsch«, stöhne ich, als meine Stirn gegen die Wand schlägt. Ich schaue hinab und sehe, dass er unter mir liegt – was ziemlich heiß wäre, wenn mir nicht tausend Ängste durch den Kopf wirbeln würden. Ich kämpfe mich auf die Füße. »Es tut mir leid. Ich – ich musste einfach mit dir reden.«

»Das sehe ich«, erwidert er und versucht zu lächeln, als er aufsteht.

Ich sehe mich um. Ich bin in Sebastians Zimmer, das für einen Collegejungen überraschend ordentlich ist. Die dunklen Holzmöbel wirken sehr maskulin und die Wände sind mit einer Mischung aus moderner Kunst und gerahmten Erinnerungsstücken von Polospielen geschmückt. Eine Woge der Traurigkeit überrollt mich. Zu jeder anderen Zeit wäre ich begeistert gewesen, hier zu sein. Aber jetzt ist alles anders.

»Bist du gekommen, um zu fragen, ob ich schuldig bin?«, fragt er leise.

Ich schaue zur Tür und überlege, wie viel Zeit wir haben,

bevor sein Vater oder seine Mutter hereinkommen, um nach ihm zu sehen.

»Ich weiß nicht mal, wo ich anfangen soll. Aber letzte Nacht habe ich Lucias Zimmer nach irgendetwas durchsucht, was deine Unschuld beweisen könnte. Ich habe etwas gefunden, aber ich bin mir nicht sicher, ob du schon davon weißt. Und wenn nicht, wirst du es vielleicht nicht hören wollen.«

»Was hast du herausgefunden, Ginny?«, erkundigt er sich drängend.

Ich ziehe den Stapel Papiere aus meiner Handtasche, die ich quer über die Brust trage.

»Briefe von Theo an Lucia. Sie haben sich hinter deinem Rücken getroffen. Und nach dem Ton der Briefe zu urteilen, kann ich – nun, könnte jeder ein Motiv erahnen.«

Sebastian greift nach den Briefen. Alle Farbe weicht aus seinem Gesicht, während er sie durchblättert, und dann hält er inne und sieht benommen auf das oberste Schreiben.

»Sebastian? Bitte, sag etwas.«

»Ich wusste davon«, erwidert er. »Ich weiß es schon lange. Aber du musst mir versprechen, dass du niemandem etwas sagen wirst.«

»Was?«, stoße ich hervor. »Dein Bruder hat dich hinter deinem Rücken mit deiner Freundin hintergangen und sie vielleicht sogar *getötet,* und du willst den Kopf für ihn hinhalten?«

Sebastian steht so still wie eine Statue da und schweigt für eine gefühlte Ewigkeit.

»Alles, was ich dir gleich erzählen werde, bleibt unter uns«, sagt er schließlich.

»Okay…« Ich setze mich aufs Bett und er setzt sich neben mich.

»In den Monaten vor Lucias Tod gab es Gerüchte, dass sie mich betrügt«, beginnt er zu sprechen. »Ich habe sie deswegen zur Rede gestellt, als ich versucht habe, mit ihr Schluss zu machen. Ich habe sie gefragt, warum sie überhaupt mit mir zusammenbleiben will, wenn sie jemand anderen hat – aber sie hat es immer geleugnet, und ich hatte nie einen Beweis. Aber ich kannte jemanden, der früher in sie verliebt war. Jemanden, der verletzt war, als sie und ich zusammenkamen.«

»Theo?«, rate ich.

Sebastian nickt.

»Ich habe seine Gefühle nicht ernst genug genommen. Ich dachte, sie sei einfach eins der vielen Mädchen, auf die er stand. Erst – erst nach ihrem Tod wurde mir klar, dass er sie wirklich geliebt hat. Oder dass er zumindest dachte, er würde sie lieben.«

»Was ist passiert?«

Sebastian seufzt tief.

»Am Tag von Lucias Tod hat sie mir und Theo eine SMS geschickt. Sie schrieb, dass sie uns beiden etwas sagen müsse und dass wir sie an diesem Abend um neun vor dem Labyrinth treffen sollten. In dem Moment wurde mir klar, dass sie mich mit meinem eigenen Bruder betrogen hat. Ich vermutete, dass sie mir an diesem Abend ein Geständnis machen und uns dann sagen wollte, mit wem sie zusammen sein möchte. Unsere Beziehung war zu diesem Zeitpunkt nur noch Show, wir empfanden schon eine Ewigkeit nichts mehr füreinander –, und ich fühlte mich erleichtert bei dem Gedanken, frei zu sein. Um ehrlich zu sein, ich bin an diesem Abend nur wegen Theo zum Labyrinth gegangen – ich wollte ihn unterstützen, falls sie ihm auf irgendeine Weise wehtun würde.«

»Du meinst, du warst nicht sauer auf ihn?« Ich sehe Sebastian fassungslos an. »Er hat ja nicht gewusst, dass es im Grunde aus war zwischen euch, richtig? Er hat dich trotzdem betrogen.«

Sebastian schüttelt den Kopf.

»Das Gleiche könntest du über mich sagen. Ich bin mit dem Mädchen ausgegangen, das mein kleiner Bruder mochte. Mir war nicht bewusst, dass ich ihn verletzte. Und die Wahrheit ist, dass Theo in unserer Familie immer den Kürzeren gezogen hat. Seit seiner Geburt hat er gewusst, dass sich alles um den Erben dreht. Um mich.« Sebastian verzieht das Gesicht. »Und dann hat das Polospielen, das Einzige, was ich leidenschaftlich gern tat, noch mehr Aufmerksamkeit auf mich gelenkt und Theo wurde noch weniger beachtet. Ich denke, es hat ihn alles einfach … fertiggemacht. Und ich habe es zugelassen.«

Ich ergreife seine Hand.

»Es ist nicht deine Schuld. Nichts davon ist deine Schuld.«

Sebastian wendet den Blick ab.

»An diesem Abend ist ein gewaltiger Sturm losgebrochen und machte das Fahren sehr anstrengend. Ich war spät dran, als ich in Oxford losfuhr, und als ich am Labyrinth ankam …« Er schließt die Augen.

»Was?«, dränge ich ihn. »Was hast du gesehen?«

»Ich habe Lucia dort liegen sehen, leblos und in ihrem eigenen Blut«, flüstert er. »Theo beugte sich über sie und weinte hysterisch. Mein Poloschläger lag neben ihm auf dem Boden.«

Ich schlage mir entsetzt die Hand vor den Mund. Lucia tut mir so unendlich leid – und die Brüder, von denen ich immer geglaubt habe, sie seien die Guten.

»Er – er hat also *geplant,* ihr etwas anzutun?«, frage ich mit zitternder Stimme. »Warum hätte er sonst deinen Poloschläger mitnehmen sollen?«

»Nein!«, sagt Sebastian heftig. »Theo hat es ganz sicher nicht geplant. Das war ein ausgemusterter Poloschläger, den ich signiert und Lucia am Anfang unserer Beziehung geschenkt hatte – in besseren Tagen. Theo muss ihn in Rockford Manor gefunden haben, und als er wütend wurde, ... ist daraus eine Waffe geworden.«

»Dann – dann hat er sie also wirklich getötet? Was hat er gesagt? Warum hat er es getan?«

»Er hat nichts gesagt; er brauchte auch nichts zu sagen. Mir war klar, was geschehen war. Und ich kannte Lucia. Sie war nicht mehr das Mädchen, an das du dich erinnerst, Ginny. Als sie aus dem Internat zurückkam, hatte sie diese, ich weiß nicht, ... *dunklere* Seite an sich. Sie konnte unglaublich bissige, grausame Dinge sagen«, erzählt Sebastian mir. »Ich denke, dass Lucia irgendetwas gesagt hat, um Theo wahnsinnig zu verletzen – und er hat sie geschlagen, ohne zu begreifen, was er tat. Mein Bruder ist kein gewalttätiger Mensch. Er war in jener Nacht ein vollkommenes Wrack. Ich konnte ihm nur immer wieder sagen, dass es in Ordnung sei, dass es – wie ein Unfall aussah, und wenn irgendjemand herausfinden sollte, dass es keiner war, würde ich die Schuld auf mich nehmen.« Sebastian senkt die Stimme, und einen Moment lang klingt es so, als versuche er, sich selbst zu überzeugen. »Er ist kein Mörder. Es war ein – ein schrecklicher Unfall.«

»Aber wie konntest du es nur vertuschen? Warum hast du der Polizei nicht gleich erklärt, was geschehen war? Dann würdest du jetzt nicht in dieser Klemme sitzen.« Ich sehe ihn hilflos an.

»Weil ich meinen Bruder liebe«, antwortete Sebastian schlicht. »Ich konnte nicht zulassen, dass er ins Gefängnis muss. Nicht, wenn sich das alles hätte vermeiden lassen können, wenn ich nur besser auf ihn aufgepasst hätte und wenn ich mich gar nicht erst mit Lucia eingelassen hätte.« Er sieht mir fest in die Augen. »Ich weiß, dass ich Fehler gemacht habe, Ginny. Denkst du, du kannst mir jemals verzeihen? Für das, was deiner Cousine zugestoßen ist?«

»Ich mache dir keine Vorwürfe«, entgegne ich. »Und ich kann es nicht ertragen, dass du die Schuld für das auf dich nimmst, was Theo getan hat.«

»Ich weiß, aber das musst du«, sagt Sebastian. »Versprich mir, dass du niemandem von Theo erzählen wirst.«

»Ich glaube nicht, dass ich einen anderen Menschen kenne, der so loyal ist«, antworte ich und sehe ihn an. »Du bist wirklich bereit, für Theos Verbrechen ins Gefängnis zu gehen?«

»Ich weiß, es klingt verrückt, aber ... wenn du einen jüngeren Bruder oder eine jüngere Schwester hättest, würdest du es vielleicht verstehen.«

Zoeys lächelndes Gesicht erscheint vor meinem inneren Augen. Wenn es sein müsste, würde ich vor ein Auto springen oder eine Kugel abfangen, um sie zu retten. Ist das etwas anderes?

»Ich verstehe«, murmele ich und Tränen schießen mir in die Augen. »Ich wünschte, ich könnte es dir ausreden, aber ich verstehe es.«

Er verschränkt die Finger mit meinen.

»Für den Fall, dass ich dich lange nicht sehe …« Er schluckt vernehmlich. »Würdest du etwas für mich tun?«

»Alles«, antworte ich.

»Küss mich«, flüstert er.

Tränen laufen mir über die Wangen, als ich ihm die Arme um den Hals lege. Ich küsse ihn erst sanft auf die Lippen, dann hungrig, während er mich auf sein Bett drückt. Sein Mund streift meinen Hals, und er küsst mir die Tränen vom Gesicht, während ich die Umarmung verstärke.

»Ich liebe dich, Ginny«, murmelt er mir ins Haar. »Ich hätte wissen müssen, dass es immer du sein würdest.«

»Ich liebe dich auch.« Ich beuge mich vor und schaue ihm in die Augen. »Ich habe nie damit aufgehört und ich werde es auch nie tun.«

Vor der Tür werden Schritte laut und Sebastian zieht mich hastig auf die Füße. Er führt mich zum Fenster, und wir küssen uns ein letztes Mal, bevor er mir auf den Baum hinaushilft. Als wir uns voneinander verabschieden, sehe ich wie zahllose Gefühle auf seinem Gesicht gegeneinander ankämpfen. Ich weiß nicht, ob ich jemals wieder etwas so Schönes sehen werde … oder etwas so Schmerzliches.

Während der Taxifahrt zurück nach Rockford wiederhole ich stumm wieder und wieder: *Theo hat Lucia getötet,* damit es realer wird. Aber irgendetwas nagt an mir; eine Stimme in meinem Hinterkopf sagt mir, dass das alles nicht zusammenpasst, dass ich etwas übersehe. Doch ich komme nicht darauf, was es ist.

Mein Telefon summt mit einer neuen Nachricht. Ich nehme es aus meiner Handtasche und sehe, dass ich eine E-Mail von der Bodleian Library habe.

> Wir freuen uns, Ihnen mitzuteilen, dass das Buch, das Sie bestellt haben *[Die unheimliche Herzogin: Eine Biografie, von Humphrey Fitzwilliam]*, jetzt verfügbar ist und unter Ihrem Namen im Lesesaal der Sondersammlung für Sie bereitliegt.

»Sir«, rufe ich dem Taxifahrer zu. »Planänderung. Können Sie mich bitte an der Bodleian Library rauslassen?«

Murrend nimmt der Fahrer die Abfahrt nach Oxford. Ich schaue auf die Uhr auf meinem Handydisplay und beiße mir nervös auf die Unterlippe. Es sind bereits zwei Stunden vergangen, seit ich Rockford Manor verlassen habe, und in der Bibliothek werde ich vermutlich genauso lange brauchen, da ich das Buch nur vor Ort einsehen darf. Ich werde es so schnell wie möglich überfliegen müssen – und hoffen, dass ich rechtzeitig wieder zu Hause bin, bevor die Polizei eintrifft, um meine Aussage aufzunehmen.

Der Taxifahrer setzt mich vor einem gewaltigen, festungsähnlichen Gebäude mitten in Oxfords grünen Collegehöfen ab. Ich dränge mich an den Touristengruppen vorbei, die laute Ohs und Ahs von sich geben und mit ihren Handys und iPads Fotos machen. Ich eile hinein und folge den Schildern zum Lesesaal der Sondersammlung.

Hinter der geschlossenen Tür wartet ein schlicht eingerichteter Raum, durch den sich lange Holztische mit Pultlampen an jedem Platz ziehen. Bücherregale reichen bis unter die Decke, und eine Bibliothekarin mittleren Alters sitzt an einer Theke hinter den Lesetischen und überwacht die Handvoll Studenten, die Lehrbücher durchgehen und sich eifrig Notizen machen.

»Hallo«, sage ich, als ich vor die Bibliothekarin trete. »Ich bin Imogen Rockford. Hier sollte ein Buch auf mich warten, *Die unheimliche Herzogin.*«

Die Bibliothekarin zieht die Augenbrauen hoch, während sie mich mustert.

»Ah. Willkommen in der Bodleian Library, Hoheit.« Sie greift in ein Regal hinter ihrem Schreibtisch und reicht mir einen dünnen Band, der in einem Schutzeinband steckt, und eine Lupe. »Die Schriftgröße ist viel kleiner, als wir es heute gewohnt sind. Nun, ich muss Sie daran erinnern, dass Sie diesen Raum nicht verlassen dürfen, ohne zuvor das Buch zurückzugeben. Ich muss außerdem Ihren Ausweis sehen. Das ist bei uns das Standardverfahren für alle wertvollen Bücher und Manuskripte.«

Nachdem ich ihr meinen Ausweis gegeben und versprochen habe, die vielen Regeln zu beherzigen, lasse ich mich auf einem Stuhl in einer leeren Ecke an einem der Lesetische nieder. Mit erwartungsvoll angehaltenem Atem öffne ich das Buch.

Die Seiten sind hauchdünn, die Schrift so klein, wie die Bibliothekarin es gesagt hat. Ich halte die Lupe an die erste Seite und bin überrascht von der Wärme, die meine Brust durchflutet, als ich anfange, über meine Vorfahrin zu lesen. Es ist ein Gefühl, als hätte ein unbekannter Teil von mir die ganze Zeit über nach ihr gesucht.

»Stellen Sie sich vor, eine junge Frau aus Amerika zu sein, die dazu auserwählt ist, Herzogin zu wer-

den. Die Anpassung allein wäre eine große Anstrengung, aber wenn man dem noch eine übernatürliche Gabe hinzufügt, ist es kein Wunder, dass Ihre Hoheit Lady Beatrice in ihrer Zeit in Wickersham unendlich zu kämpfen hatte.«

Mein Rückgrat versteift sich. Das klingt schrecklich vertraut. Der Biograf hätte ... über mich schreiben können.

Ich blättere schnell zum Inhaltsverzeichnis und überfliege die Kapitelüberschriften. Das Buch behandelt Lady Beatrice' ganzes Leben, so kurz es auch war, und hat Kapitel mit so aufgeblasene Überschriften wie »Skandale und ländliche Schrecken.« Aber das Kapitel, das mich am meisten interessiert, ist Kapitel sieben: »Die Elementarier«.

»Lady Beatrice bestand darauf, keine Hexe zu sein, sondern eine Elementarierin. Dieser Ausdruck ist den meisten von uns unbekannt, aber keine Erfindung der verstorbenen Herzogin. Hinweise auf Elementarismus finden sich bereits in der griechischen Mythologie und in altägyptischen Schriften.

Elementarier sind als Naturkinder bekannt. Im Gegensatz zu normalen Menschen sind sie eins mit den vier Elementen. Sie sind imstande, die Luft, die Erde, das Wasser und das Feuer in ihrer Umgebung zu beeinflussen. Manch einer findet das erschreckend, aber ich habe zwei Bekannte der verstorbenen Herzogin befragt, die erklären, dass sie ihre Gabe zum Guten genutzt habe. Ein Pachtbauer aus Wickersham, der verarmte, weil das Getreide nicht gedieh, erinnert sich daran, dass Lady Beatrice sein Land besuchte. Kurz nachdem sie wieder gegangen war, erwachte die Erde zu neuem Leben und wurde fruchtbar. Ich habe den betreffenden Mann natürlich gefragt, warum er sich mit seiner Aussage nicht gemeldet habe, als Lady Beatrice am Galgen stand. Er beharrt darauf, dass er es versucht habe, aber niemand habe sich für die Worte eines Kleinbauern interessiert, die gegen das Wort des zornigen Herzogs standen …«

Ich hebe den Blick von der Seite und Erleichterung wallt in mir auf. Mein Vater hatte recht. Lady Beatrice war keine Verbrecherin. Und das bedeutet … dass ich auch keine bin.

»Die verstorbene Herzogin trug einen Ring mit einem Diamanteiszapfen am Finger, der in der Elementarmythologie als Wasserstein *bekannt ist. Man weiß nicht, wie Lady Beatrice in Besitz des Wassersteins kam, doch der Legende nach erscheint der Stein jenen, die zu ihm gehören – den Elementariern. Meine Studien des Elementarismus deuten darauf hin, dass das Tragen des Rings eine Form der Kommunikation mit der Natur ist.*

Aristoteles hat vor langer Zeit bemerkt, dass ›man mit dem Wasserstein auf der Haut und den Händen auf dem Land die Antworten auf alle Fragen finden wird‹. Der Wasserstein arbeitet angeblich mit der Hand eines Elementariers zusam-

men, um die vier Elemente zu seinem oder ihrem Vorteil zu nutzen. Und da die Elemente die Wahrheit unserer Welt sind, offenbart der Wasserstein die Wahrheit.«

Der Wasserstein offenbart die Wahrheit … Was genau bedeutet das?

»Das einzige Mal, dass man Lady Beatrice ohne ihren Wasserstein gesehen hat, war in der Nacht, in der sie gehängt wurde. Sie erklärte, ihn an einer Stelle vergraben zu haben, wo nur ihre wahre Nachfahrin ihn finden könne. Wenn man ihr Glauben schenken mag, und es eine ›wahre Nachfahrin‹ gibt, dann werden wir bald die Wiederkehr der Lady Beatrice erleben.«

Ich stoße langsam den Atem aus, während mir der Kopf schwirrt. Ich weiß, was ich tun muss.

Ich werde nach Rockford zurückkehren und mich um die Polizei und den Besuch der Marinos kümmern – aber bei der ersten Gelegenheit gehe ich wieder ins Labyrinth. Es wird Zeit, den Wasserstein zu finden.

XV

Ich habe in dieser Nacht Mühe einzuschlafen, da mir immer wieder mein Besuch bei Sebastian und mein gekünsteltes Gespräch mit der Polizei durch den Kopf gehen. Habe ich ihnen irgendetwas gesagt, das ich nicht hätte sagen sollen? Haben sie meine Aussage geglaubt? Die Beamten hatten solche Pokergesichter, dass es schwer zu sagen war, was sie wirklich gedacht haben.

Gerade als ich endlich beginne wegzudämmern, wecken mich am frühen Morgen vertraute Stimmen unten in der Marmorhalle. Es klingt, als unterhalte sich Oscar mit Carole und Keith – und *Zoey?*

Ich springe aus dem Bett, werfe mir einen Bademantel über und renne die Treppe hinunter.

»Zo!«, kreische ich, sobald ich ihr wunderbar vertrautes Gesicht sehe. »Ich wusste gar nicht, dass du auch mitkommst!«

Sie schlingt die Arme um mich.

»Ich hätte sie niemals ohne mich fahren lassen«, erklärt sie und grinst schelmisch. »Ich habe buchstäblich ihre Pässe versteckt, bis sie ein Ticket für mich gebucht haben.«

»Du wieder!«, lache ich. Ich wende mich zu Carole und Keith um und wir drei versinken in eine enge Gruppenumarmung.

»Du hast uns gefehlt«, sagt Carole und berührt mich an der Wange. »Gott sei Dank geht es dir gut.«

»Natürlich geht es mir gut.« Ich hake mich mit einem Arm bei Carole und mit dem anderen bei Keith unter. »Kommt. Ich zeige euch alles.«

Stunden später kuschele ich mich in einen Sessel in meinem Zimmer und sehe voller Zuneigung zu, wie Zoey auf meinem Bett liegt und schläft. Dass ich meine Beinaheschwester hier habe, ist genau das Richtige, und nachdem ich den Tag mit ihr verbracht, Neuigkeiten ausgetauscht und ihr mein neues Zuhause gezeigt habe, fühle ich mich so leicht wie seit Tagen nicht mehr. Aber jetzt, da sie Jetlag sei Dank tief schläft, bin ich wieder allein mit meinen Sorgen. Wird man Sebastian tatsächlich wegen Mordes anklagen? Wann werde ich ihn wiedersehen? Und warum habe ich immer noch das Gefühl, dass die Mulgraves etwas mit der ganzen Sache zu tun haben?

Die Worte aus Lady Beatrice' Biografie gehen mir durch den Kopf, und ich schaue wieder zu Zoey hinüber, um mich davon zu überzeugen, dass sie immer noch friedlich schläft. Dann schleiche ich mich auf Zehenspitzen aus dem Raum und ziehe die Tür hinter mir zu. Wenn sie aufwacht, werde ich zurück sein.

Ohne Sebastian an meiner Seite ist das Labyrinth bedrückend und einsam. Ich schleiche durch den grünen Irrgarten und merke mir den Weg, damit ich den Rückweg finde. Mir fällt auf, wie weit ich vom Haus entfernt bin, dass niemand mich hören wird, wenn ich schreie, und ich erschaudere in dem unnatürlich heftigen Wind.

Eine halbe Stunde verstreicht und dann noch eine, bis ich frustrierten Tränen nahe bin. Ich gehe im Kreis und bin dem Zentrum des Labyrinths nicht näher, und es ist nichts zu sehen, was auch nur entfernt einem Ring ähnelt.

Und dann trifft mich der Gedanke so offensichtlich wie die Windstöße im Labyrinth. *Falls Lady Beatrice den Ring für ihre Nachfahrin hinterlassen hat ... würde sie einen Beweis brauchen, eine Möglichkeit, sich Gewissheit zu verschaffen, dass es die Richtige ist.*

Ich strecke die Arme seitlich aus und streiche mit den Händen über die Heckenwände, genau wie ich es vor zwei Wochen zusammen mit Sebastian getan habe. Die Hecken wechseln wieder die Farbe und tauchen meine Hände in einen leuchtend lavendelblauen Farbton. Aber diesmal erglüht auch der Weg unter meinen Füßen in einem ätherischen, gelben Licht. Ich schnappe nach Luft, als das Licht unter mir nach vorn strebt ... und mich *führt.*

Ich laufe schneller und drücke dabei die Hände links und rechts an die Hecken, während ich den Biegungen und Wendungen des leuchtenden Pfades vor mir folge. Und endlich bin ich an einem Ort, an dem ich noch nie gewesen bin – einer runden Biegung des Labyrinths mit einem Hortensienbeet, den einzigen Blumen, denen ich im Irrgarten begegnet bin. Dads Worte von damals fallen mir wieder ein.

»... denk einfach an die Hortensien. Wenn du sie siehst, bist du nahe dran.«

Mir stockt der Atem. Dies muss das Zentrum des Labyrinths sein.

Ich möchte die Hortensien berühren und ein Druck erfüllt meine Hand. Die Blumenbeete erbeben, und ich beobachte, wie sich etwas aus der Erde schiebt, während mir das Herz in die Hose rutscht. Der *Wasserstein?*

Ich reiße erstaunt die Augen auf. Es ist zweifellos der Ring aus meinem Traum, der Ring, den Lady Beatrice auf ihrem Porträt getragen hat – mit dem Diamanteiszapfen, der in einen alten Silberring gefasst ist. Der Wasserstein ist das Außerordentlichste, was ich je gesehen habe, und ich schaudere, ängstlich und ehrfürchtig zugleich. Jetzt gibt es kein Zurück mehr. Ich streife mir den Ring über den Ringfinger.

Der Boden unter mir erzittert heftig. Ich schreie und klammere mich an die lilafarbenen Hecken, dann weiche ich ängstlich vor ihnen zurück, als sie höher und immer höher werden, über mir aneinanderstoßen und eine Kuppel bilden.

»Hilfe!«, schreie ich, obwohl ich weiß, dass es nichts bringt. Ich bin gefangen und niemand kann mich hören.

Plötzlich raschelt es in den Hecken – und dann erklingt Geflüster, unzusammenhängend bis auf ein Wort.

»Imogen.«

Ich mache einen Satz.

»Lady Beatrice?«, flüstere ich zurück.

Es kommt keine Antwort, aber der Wind weht zu heftig.

»W-was ist das?«

Rings um mich hallt gedämpftes Flüstern, und ich habe Mühe, es zu verstehen. Endlich gelingt es mir, die Worte auszumachen.

»Du hast es in die Flüstergalerie geschafft. Du wirst mich nicht sehen, weil ich auf der anderen Seite bin. Aber du kannst mich hören.«

Zitternd blicke ich zu der Kuppel über mir hinauf. Es ist unglaublich, wie in einem beängstigenden Traum, und doch ist es echt. Ich bin die wahre Nachfahrin von Lady Beatrice; ich bin eine Elementarierin. Und jetzt besitze ich den Wasserstein. *Mit dem Wasserstein auf der Haut und den Händen auf dem Land wirst du die Antwort auf alle Fragen finden.* Diese Worte aus meinen Nachforschungen im Ohr, halte ich den Blick auf die Kuppel über mir gerichtet und flüstere nervös meine Frage.

»Warum bin ich hier? Was ist wirklich mit Lucia geschehen?«

Die Flüsterstimmen verstummen, aber da ich den Stein trage, weiß ich plötzlich, was zu tun ist. Ich werde wie ein Magnet von den Wänden aus immergrünen Pflanzen angezogen, bis ich die violette Hecke mit dem Wasserstein berühre.

Licht und Schatten tanzen zuckend über die Hecken. Ich stolpere zurück und unterdrücke einen Aufschrei, als die Schatten deutlich Gestalt annehmen und anfangen, sich vor den Wänden des Labyrinths zu bewegen, als führten sie ein makabres Puppenspiel auf.

Zwei Schatten verwandeln sich in das Bild von zwei

Mädchen, die nebeneinander gehen. Das Mädchen links bleibt plötzlich stehen und beugt sich zu dem Mädchen auf der rechten Seite vor – bis beide die Seiten gewechselt haben. Vollkommen die Plätze getauscht.

Ich beobachte das Ganze mit einem Stirnrunzeln. Sollen das ich und Lucia sein?

Der Schatten eines dritten Mädchens gesellt sich zu ihnen und überragt die beiden anderen. Seine Finger schließen sich um das Handgelenk eines Mädchens. Leiser Gesang weht durch die Hecken, vertraut und schrecklich zugleich.

»I know dark clouds will gather round me,
I know the road is rough and steep …«

Plötzlich unterbricht eine Stimme den Gesang – die Stimme der zwölfjährigen Lucia, die aus dem Nichts kommt und doch so klar ist, als käme sie aus Lautsprechern. Sie sagt etwas, das ich bereits an jenem lang vergangenen Tag im Schattengarten gehört habe:

»Wo ist ihre Blume hergekommen? Ist das ein Trick?«

Ich zucke erschrocken zusammen, als meine *eigene* Stimme durch das Labyrinth hallt, aber mein Mund bewegt sich nicht. Dies sind Worte, die ich gestern gesagt habe.

»Seit wann nimmt eine Schülerin eine Haushälterin und eine Gefährtin mit ins Internat? Sie müssen doch zugeben, dass das ungewöhnlich ist. Und warum habe ich nie davon erfahren?«

Und dann stimmt eine dritte Stimme in die Echos in der Flüstergalerie ein und antwortet genauso, wie Maisie mir geantwortet hat.

»Ist das ein Trick?«

Sie stellt die gleiche Frage wie Lucia. Aber das ist nicht die einzige Ähnlichkeit. Als ich sie kurz hintereinander höre, fällt mir an den beiden Stimmen etwas auf.

»Ist das ein Trick?«

Ist das *alles* ein Trick?

Und dann stockt mir der Atmen, als mir schlagartig alles klar wird.

Ich weiß, warum Mrs Mulgrave von Lucia regelecht besessen scheint und ihr Maisie, ihre eigene Tochter, anscheinend gleichgültig ist. Ich weiß, warum die Lucia, von der Sebastian erzählt hat, plötzlich ganz anders war als die Cousine, an die ich mich erinnere. Die Cousine, die mich geliebt hat. Ich weiß, was seit meiner Ankunft an mir nagt und welche Teile nicht gepasst haben.

Etwas Unglaubliches ist geschehen und endlich kenne ich die Wahrheit.

Ich renne keuchend zum Haus zurück. Erschüttert von meiner Entdeckung. Als ich in die Marmorhalle trete, verlangsame ich mein Tempo, zwinge mich, die Hausmädchen anzulächeln, und gebe mir Mühe, mich normal zu verhalten, als hätte sich die Welt, wie ich sie kenne, nicht gerade um 180 Grad gedreht.

Ich eile die Treppe hinauf und schaue nach links und rechts, um nach ihr zu suchen. Und dann erstarre ich. Das Lied, das ich im Labyrinth gehört habe – Lucias Lied –, dringt aus meinem Schlafzimmer. Und jetzt weiß ich, dass ich es seit meiner Rückkehr nach Rockford gehört habe.

Das alles war also doch kein Geist oder meine Fantasie, die mir einen Streich gespielt hat.

Aber was macht sie in meinem Zimmer, wenn Zoey allein dort ist und schläft? Ich laufe zu meiner Tür und reiße sie auf.

Zoey ist nirgends zu sehen. Maisie macht in aller Ruhe mein Bett und dreht mir den Rücken zu, während sie leise vor sich hin summt.

»Wo ist sie?«

Maisie dreht sich um.

»Guten Tag, Hoheit. Wo ist wer?«

»Zoey.« Ich kann mich nur mit Mühe beherrschen. »Sie hat in diesem Zimmer geschlafen, als ich gegangen bin.«

»Der Raum war leer, als ich hereinkam. Sie muss nach unten gegangen sein, um sich umzusehen. Ich kann Mutter fragen ...«

»Ich weiß, dass sie nicht deine Mutter ist«, enthülle ich. »Ihr beide habt mich die ganze Zeit belogen – ihr habt alle belogen.«

Die Farbe weicht aus ihrem Gesicht.

»Ich – ich weiß nicht, was Sie meinen«, stammelt sie.

Ich überrumpele »Maisie«, indem ich sie am Arm packe und ihre dicke Armbanduhr öffne.

»Nicht!«, ruft sie und versucht, sich loszureißen und ihr Handgelenk zu bedecken. Aber ich bin stärker. Ich zerre die Uhr herunter und sie fällt zu Boden. Und dort, auf der Innenseite ihres Handgelenks, ist Lucias pikförmiges Geburtsmal.

»Lucia.« Meine Stimme zittert und der Raum dreht sich um mich, als meine unglaubliche, unvorstellbare Entdeckung bestätigt wird. Meine Cousine *lebt* und schaut

mich aus ihrer Tarnung an. »Maisie Mulgrave ist diejenige, die starb. Nicht du.«

»Nein«, keucht sie. »Sie sind wahnsinnig. Ich bin Maisie. Lucia ist tot. Ich bin *Maisie!*«

Ein hysterisches Lachen sprudelt aus ihm Mund, ein Lachen, das zu einem krampfhaften Schluchzen wird. Und dann bricht sie auf dem Boden zusammen und würgt beinahe, während sie sich müht, den Namen zu wiederholen. »Maisie – ich bin *Maisie.* Lucia ist tot!«

Ich beobachte sie voller Entsetzen. Dr. Herons Notizen fallen mir wieder ein.

Kämpft immer noch mit Wahnvorstellungen und Wutausbrüchen. Patientin sollte mich regelmäßiger aufsuchen.

Irgendetwas stimmt mit meiner Cousine nicht – etwas, das so ernst ist, dass es zu einem Identitätswechsel dieser Größenordnung führt. Ich kauere mich neben sie und lege ihr nervös eine Hand auf den Arm.

»Sprich mit mir, Lucia.« Ich versuche, einen beruhigenden Ton anzuschlagen, aber meine Stimme ist schrill vor Schreck. »Sag mir, was passiert ist. Warum hast du das getan? Wie konntest du das zulassen?«

Sie stößt ein weiteres beängstigendes Heulen aus und schlägt mit den Fäusten auf den Teppich. Mein Blick schweift panisch von ihr zur Tür. Sollte ich Hilfe holen? Ich muss die Wahrheit erfahren, aber ich weiß nicht, was ich tun soll, mir fehlen die Kenntnisse, um mit ihrem Nervenzusammenbruch fertigzuwerden.

»Lucia, ich bin es«, versuche ich es noch einmal. »Deine Cousine, Imogen. Früher waren wir enge Freundinnen. Erinnerst du dich nicht?«

Sie hebt den Kopf. Ihr Gesicht ist rot und geschwollen,

aber das wilde Tier in ihr scheint sich beruhigt zu haben. Erleichterung vermischt sich mit Verzweiflung zu einem Ausdruck, den ich noch nie zuvor gesehen habe.

»Du wirst mich hassen«, flüstert sie.

»Das werde ich nicht«, versichere ich ihr, obwohl ich weiß, dass ich es ihr nicht versprechen kann.

Lucia zögert und ihr Blick fährt nervös hin und her. »Ich denke nicht, dass ich es sagen kann. Aber ...« Sie greift nach dem Anhänger an ihrem Hals. Ich beobachte erstaunt, wie sie ihn öffnet ... und einen winzigen USB-Stick herausholt.

»Was ist das?«

»Wenn ich sterbe, möchte ich als ich selbst begraben werden«, sagt sie stockend. »Als mein wahres Ich. Also habe ich meine Geschichte aufgeschrieben und darin aufbewahrt. Auf diese Weise würde derjenige, der meine Leiche findet, diesen Stick entdecken und erfahren, was wirklich passiert ist. Ob in naher Zukunft oder in späteren Jahren ...«

Ich strecke die Hand aus und Lucia lässt den Stick hineinfallen. Dabei kneift sie die Augen zu, als litte sie Schmerzen.

»Ich – ich hoffe, du wirst danach nicht allzu schlecht von mir denken«, flüstert sie, als ich hastig den Stick in meinen Computer schiebe.

XVI

Lucia
August 2007

Ich kauere in meinem Zimmer auf dem Fußboden und betrachte das gerahmte Foto in meinen Händen. Im Zimmer herrscht totales Chaos; überall liegen Klamotten und Bücher herum und neben der Tür steht eine Reihe unberührter Essenstabletts. Jeder würde annehmen, dass ich mich seit Tagen nicht aus diesen Mauern hinausgewagt habe. Und er hätte recht.

Ich bin so auf das Foto meiner Eltern fixiert, dass ich es nicht bemerke, dass jemand eingetreten ist, bis ich die Stimme höre.

»Da haben Sie ja ein ganz schönes Chaos angerichtet«, sagt Maisie.

Ich springe auf und drücke mir das Foto schützend an die Brust.

»Was machst *du* hier drin?«, frage ich und werfe dem

verhassten Dienstmädchen feindselige Blicke zu. »Geh sofort wieder raus!«

»Ich komme mit einer Lösung für Ihr Dilemma«, erwidert Maisie glatt.

»Hast du mich nicht gehört?« Ich richte mich zu meiner vollen Größe auf, bis wir uns Nase an Nase gegenüberstehen. »Ich sagte. Geh. Raus.«

»Oh, ich denke nicht, dass du noch in der Position bist, mir Befehle zu erteilen«, sag Maisie hochmütig. »Nicht nach dem, was du getan hast.«

Ich erstarre.

»Wovon redest du?«, frage ich eine Spur zu laut. »Ich habe gar nichts getan.«

»Vielleicht muss ich dein Gedächtnis ein wenig auffrischen.«

Maisie zieht ein Handy aus der Tasche, das gleiche Spitzenmodell, das mein Vater hat.

»Wie kommst du an so ein Handy?«, frage ich. Mein Puls rast vor Wut bei dem Gedanken, dass sie es meinem Vater gestohlen haben könnte.

»Dad hat es für meine Mum gekauft«, antwortet Maisie und scrollt suchend durch das Telefon.

»*Mein* Dad. Nicht deiner«, blaffe ich.

»Es ist etwas spät, um die Augen vor der Wahrheit zu verschließen«, gibt Maisie zurück. »Hier, sieh selbst.«

Widerstrebend blicke ich auf das Telefon. Auf dem Display ist … ein Video der Gärten von Rockford zu sehen. Ein Schrei entfährt meinen Lippen, als ich mich selbst ins Bild kommen sehe, bekleidet mit einem Schlafanzug und einer Laterne in der Hand. Ich bleibe vor dem Tor des Schattengartens stehen.

»Du hast mich gefilmt – hast mir *nachspioniert*«, keuche ich. »Wie kannst du es wagen! Warum solltest du etwas so Krankes tun?«

»Es hat sich herausgestellt, dass es ziemlich klug von mir war«, prahlt Maisie. »Ich musste wissen, ob du Imogen die Neuigkeit bei deiner kleinen Pyjamaparty erzählen würdest, also bin ich dir in einigem Abstand gefolgt. Als ich dich dann mitten in der Nacht fortgehen sah, wusste ich, dass du nichts Gutes im Schilde führst.«

Ich pralle zurück, als mein Vater auf dem Bildschirm erscheint. Mein Verderben, meine schrecklichste Tat, ist auf Film gebannt worden.

»Was machst du so spät noch hier draußen, Schatz?«, fragt Dad und hält leicht schwankend ein Martiniglas hoch. »Solltet ihr nicht im Bett sein, du und Imogen?«

»Sie ist im Bett. Aber ich habe den Lärm gehört, den ihr alle hier draußen gemacht habt«, antworte ich verächtlich, »und ich konnte nicht schlafen. Wo sind Mum, Onkel Edmund und Tante Laura?«

»Sie nehmen einen Schlummertrunk im Schattengarten. Ich sollte bei ihnen sein, und du, mein Liebes, solltest im Bett liegen. Komm, ich bringe dich zurück …«

»Nein.« Die Heftigkeit in meiner Stimme überrascht meinen Vater. »Willst du den wirklichen Grund wissen, warum ich nicht schlafen kann? Es ist wegen dem, was unser widerliches kleines Zimmermädchen mir gestern erzählt hat.«

»Was hat sie gesagt?« Dad scheint sofort nüchtern zu werden. »Was hast du gehört, Lucia?«

»Maisie hat gesagt, du seist ihr Vater*«, zische ich. »Sie hat gesagt, du hättest eine Affäre mit Mrs Mulgrave gehabt und*

dass ihr beide euch immer noch liebt. So etwas absolut Lächerliches!«

Aber Dad streitet es nicht ab. Er sieht mich einfach nur an, einen traurigen Ausdruck in den Augen.

»Sag mir, dass es nicht wahr ist!«, rufe ich. »Sag es mir und dann wirf die beiden raus. Bitte!«

Dad ergreift meine Hände.

»Ich kann nicht. Ich hatte gehofft, du würdest es erst herausfinden, wenn du älter bist, aber ich … ich kann dich nicht anlügen.«

»Nein«, murmele ich und schüttele heftig den Kopf. »Das kann nicht sein.«

»Mrs Mulgrave hat mich vor fast zwanzig Jahren nach einem lebensgefährlichen Unfall während meiner militärischen Ausbildung gepflegt«, berichtet er. »Dabei habe ich mich wohl in sie verliebt. Aber ich war damals bereits mit deiner Mutter verlobt und habe sie in gewisser Weise auch geliebt.«

»In gewisser Weise?«, wiederhole ich und meine Stimme schwillt hysterisch an.

»Scht.« Dad sieht ängstlich zum Tor des Schattengartens. »Ich bin ein guter Ehemann und Vater gewesen, trotz meiner Fehler. Deine Mutter ist glücklich, und du hast alles, was du dir nur wünschen kannst. Du bist die Erbin von Rockford, nicht Maisie. Bitte, Liebes, quäl dich nicht deswegen. Viele britische Familien, die wir kennen, haben ein solches Geheimnis. Wir sind nicht besser oder schlechter.«

»Schmeiß sie raus«, verlange ich. »Ich kann nicht im selben Haus leben wie deine widerwärtige zweite Familie. Wenn du mich liebst, siehst du zu, dass sie verschwinden.«

Dad reibt sich erschöpft die Stirn.

»Schatz, ich liebe dich wirklich, mehr als irgendjemanden sonst. Aber ich kann sie nicht wegschicken. Maisie ist meine Tochter.«

Als er das sagt, flippe ich aus.

»Das werde ich dir nie verzeihen. Niemals!«, kreische ich und schleudere meine Laterne zu Boden.

»Nein!«, schreit Dad, als die Laterne einen Baumstamm trifft und zerbricht. Die offene Flamme springt auf das trockene Gras über, und ich sehe wie erstarrt zu, wie die Flamme wächst und sich ausbreitet. Sie bewegt sich auf das Labyrinth zu.

»Die anderen!«, ruft Dad. Er packt mich an den Schultern. »Lucia, du musst sofort hier weg. Lauf zurück zu Imogen und ruf um Hilfe. Ich muss deine Mutter und Edmund und Laura da rausholen.«

»Aber …« Ich starre panisch auf die Flammen.

»Geh!«

Das Display wird dunkel. Ich sacke auf die Knie und mir ist übel vor Reue.

»Du hast deine Eltern getötet. *Unseren* Vater«, sagt Maisie verbittert. »Ganz zu schweigen von deiner Tante und deinem Onkel. Wie kannst du danach einfach so weiterleben?«

»Ich – das will ich gar nicht«, flüstere ich. »Ich wünschte, ich wäre gestorben und nicht sie.«

Als ich in Maisies Augen schaue, erfüllt mich neue Wut. »Aber es ist alles deine Schuld. Wenn du dein Wissen nur für dich behalten und mich nicht damit gefoltert hättest …«

Maisie schnaubt.

»Mir kannst du ja wohl kaum die Schuld geben. Woher sollte ich denn wissen, dass du geisteskrank bist?«

Bei dem Wort pralle ich zurück. *Geisteskrank* … Genau das habe ich die ganze Zeit befürchtet, nachdem Mum und Dad mich zu Dr. Heron geschickt haben.

»Außerdem bin ich diejenige, die sofort den Notruf gewählt hat«, spricht Maisie weiter. »Wäre ich nicht gewesen, wären deine geschätzte Cousine und alle anderen im Haus vielleicht auch gestorben.«

»Warum tust du das?« Meine Augen füllen sich mit Tränen der Angst. »Ich leide schon genug. Du kannst es nicht noch schlimmer machen.«

»Doch, das kann ich. Ich könnte diese Aufnahme den Behörden zuspielen.« Maisie beugt sich vor. »Man würde dich in ein Jugendgefängnis oder in ein Irrenhaus sperren, und du würdest für alle Ewigkeit in den Zeitungen auf der ganzen Welt als das Mädchen bekannt sein, das seine eigenen Eltern umgebracht hat.«

Ich würge und ersticke fast an dem Gedanken, was aus mir werden wird. Und was werden Großvater und Imogen tun, wenn sie die Wahrheit erfahren? Sie sind jetzt meine einzige Familie, obwohl sie mich sicher verachten und sich für immer von mir abwenden werden, wenn sie herausfinden, was ich getan habe.

»Bitte, tu es nicht«, flehe ich. »Ich werde alles tun.«

Maisie lächelt.

»Ich dachte mir, dass du das sagen würdest. Und wie es der Zufall will, habe ich eine brillante Idee. Ich habe das Gefühl, dass du im Moment lieber jemand anders sein würdest als du selbst. Richtig?«

»Ja«, gebe ich unter Tränen zu.

»Dann tausche die Rollen mit mir.«

Ich reiße den Kopf hoch.

»Was?«

»Wir tauschen die Rollen«, wiederholt Maisie und ihre Stimme nimmt einen schmeichelnden, verlockenden Ton an. »Niemand wird je erfahren, was du in jener Nacht getan hast. Du kannst ganz von vorn beginnen – als Maisie. Lass diese schrecklichen Erinnerungen und deine Schuld hinter dir.«

»Aber – aber …«, stottere ich. »Niemand würde es glauben. Ich weiß, dass wir uns ähnlich sehen – ich *hasse* es, wie sehr wir uns ähneln –, aber trotzdem, wir sind nicht identisch!«

»Oh, dafür habe ich ebenfalls einen Plan«, entgegnet Maisie gelassen. »Du wirst deinen – unseren – Großvater bitten, mich und Mutter mit dir in die Schweiz zu schicken, als deine Betreuerin und Gefährtin im Internat. Während wir dort sind, werden wir uns gegenseitig beibringen, wie wir überzeugend zur anderen werden. Wir werden natürlich auch körperliche Veränderungen vornehmen, zum Beispiel werden wir uns das Haar färben. Aber am wirkungsvollsten wird der Abstand sein. Du wirst so lange wie möglich fortbleiben und den Sommer bei ›Freunden‹ verbringen, statt nach dem Schuljahr nach Rockford zurückzukehren. Wenn du dann ein Jahr später wieder nach Hause kommst, wird jeder erwarten, dass du – wir *beide* – gewachsen bist und dich verändert hast. Die lange Abwesenheit wird den Rollentausch bei unserer Rückkehr viel nahtloser und glaubwürdiger erscheinen lassen. Mutter wird auch helfen.«

»Du meinst es ernst«, flüstere ich. »Du willst, dass ich dir mein Leben überlasse und ein *Dienstmädchen* werde?«

Maisies Augen blitzen auf.

»Tu nicht so, als würdest du es nicht verdienen. Ich bin

sechs Monate vor dir geboren worden. Wenn die Welt gerecht wäre, wäre ich die Erbin unseres Vaters, nicht du. Aber lass dir gesagt sein, ein Dienstmädchen in diesem Haus zu sein, ist nicht annähernd so schrecklich, wie in einer psychiatrischen Anstalt oder einem Gefängnis zu sitzen. Es ist deine Entscheidung.«

»Deine Mutter ist wirklich damit einverstanden? Sie möchte, dass ich mich für dich ausgebe?«

»Als ich ihr das erste Mal davon erzählt habe, war sie gegen den Rollentausch«, sagt Maisie achselzuckend. »Aber sie hat sich schnell für die Idee erwärmt, dass ihre eigene Tochter als Erbin lebt und die nächste Herzogin von Wickersham wird. Auch in ihren Augen ist das mein rechtmäßiger Platz.«

»Und du denkst wirklich, dass es ausreicht, Großvater, Oskar und alle anderen von dem Rollentausch zu überzeugen, indem wir unser Aussehen verändern und uns gegenseitig beibringen, wie Diener und Herrschaften leben?«, frage ich ungläubig.

»Es ist ganz einfach. Du brichst an der Schwelle zur Pubertät auf, und am Ende des Schuljahres wirst du als Teenager zurückkehren – man wird erwarten, dass du ein bisschen anders aussiehst. Und ich weiß nicht, ob du es bemerkt hast, aber unser Großvater ist in letzter Zeit leicht neben der Spur. Ich glaube kaum, dass er Zweifel daran haben wird, dass ich die echte Lucia bin, wenn ich Rockford genauso schwungvoll betrete wie du.« Maisie schließt für einen Moment träumerisch die Augen. »Und was dich betrifft … nun, lass es dir von mir gesagt sein. Niemand schenkt der Tochter der Haushälterin große Aufmerksamkeit.«

Ich trete ans Fenster. Gegen meinen Willen finde ich

Maisies Angebot verlockend. Die Gelegenheit, meinem Verbrechen zu entfliehen, jemand anders zu sein, ist für meinen gequälten Geist zu gut, als dass ich widerstehen könnte.

»In Ordnung«, sage ich leise. »Ich mache es.«

XVII

Ich erreiche das letzte Wort von Lucias Geschichte und wende mich vom Computer ab, um sie anzusehen – diesen Menschen, den ich nie wirklich gekannt habe. Ich habe so viele Fragen, aber in diesem Moment kann ich nur daran denken, was hätte sein können, wenn sie in jener Nacht einfach im Bootshaus geblieben wäre.

»Meine Eltern«, flüstere ich und Tränen steigen mir in die Augen. »Du – *du* hast sie mir weggenommen.«

»Es war ein *Unfall«,* schreit Lucia. »Du kannst doch nicht glauben, dass ich jemals meinen eigenen Eltern oder deinen etwas angetan hätte. Ich habe sie geliebt – sie alle.«

»Aber es war ein Unfall, den du verursacht hast. Wenn du in dieser Nacht keinen Streit mit deinem Dad angefangen hättest, würden unsere Eltern noch leben.« Meine Brust schnürt sich vor Schmerz zusammen, aber ich kann meiner Trauer nicht nachgeben. Noch nicht.

»Ich weiß.« Lucia verzieht das Gesicht, als wolle sie weinen. »Ich kann mir auch nicht verzeihen, und das ist der Grund für alles, was ich getan habe.«

Ich schüttele schockiert den Kopf.

»Warum bist du nicht zu mir gekommen und hast mir erzählt, was passiert ist und dass Maisie dich erpresst hat?«

»Ich hatte zu viel Angst«, gesteht sie. »Ich wusste, dass ich von dir unmöglich erwarten konnte, dass du mir für das Feuer vergeben würdest – und ich musste dir davon erzählen, damit du alles andere verstehst.«

Sie hat recht. Ich glaube ihr, dass das Feuer ein Unfall war ... aber es wird lange dauern, bis ich ihr vergeben kann.

Ich schiebe meine Gefühle beiseite. Da ist noch viel mehr, was ich wissen muss, bevor ich alles richtig verarbeiten kann.

»Wie konntest du es nur ertragen, jeden Tag in ihrer Nähe zu sein, nach allem, was passiert war?«, frage ich.

Lucia schüttelt finster den Kopf.

»Du wärst überrascht, was ein Mensch ertragen kann, wenn es keine andere Möglichkeit gibt. Ich dachte, für mich hieße es, entweder als Dienstmädchen zu leben oder den Rest meiner Tage weggesperrt zu sein.«

»Aber dann hast du sie ... umgebracht. Nicht wahr?«, frage ich nervös.

Ich stelle sie auf die Probe und versuche, sie zu einem Geständnis zu bewegen. Aber ich kenne die Antwort bereits. Ich kannte sie, sobald ich herausfand, dass Lucia noch lebt.

Lucia vergräbt das Gesicht in den Händen. Als sie zu mir aufschaut, sind ihre Wangen wieder feucht.

»Als sie das Internat beendet hatte und das ganze Jahr über hier lebte und auf die Uni in Oxford ging, wurde Maisie noch unerträglicher als vorher. Für Außenstehende war sie eine kleine Prinzessin, aber mir gegenüber und allen anderen, die ihr zu nahe kamen, wurde sie ausfallend. Und dann packte sie diese Besessenheit von Lady Beatrice und Elementariern – sie war besessen von *dir.*« Lucia schweigt. »Hast du überhaupt den Brief bekommen, den ich deinen Eltern geschickt habe? Um dich vor etwas zu warnen?«

»Diesen Brief? Von vor über einem Jahr?«

Sie nickt und ich schaue sie überrascht an.

»Der kam von *dir?* Aber weder Harry noch Oscar haben die Handschrift erkannt.«

»Weil ich in meiner alten Handschrift geschrieben habe, nicht in Maisies Schrift«, erklärt Lucia. »Ich hätte den Brief ja getippt, aber ich konnte es nicht riskieren, erwischt zu werden. Wir haben in den Personalräumen nur Gemeinschaftscomputer.«

»Wovor wolltest du mich warnen?«

»Maisie hatte vor – dich loszuwerden. Sie war schrecklich unsicher, weil sie vorgeben musste, ich zu sein, um das Leben zu leben, das sie wollte. Und dazu kam ihre furchtbare Angst, dass du kommen und alles kriegen würdest, falls die Prophezeiung wahr war. Und ich wusste, dass sie etwas plante.« Lucia sieht mich ernst an. »Du warst früher wie eine kleine Schwester für mich. Du warst *meine* Zoey. Du hast mir immer viel bedeutet, selbst später, als wir nicht mehr miteinander gesprochen haben.«

Ich senke den Blick. Ihre Worte rühren mich, aber ich möchte nicht gerührt sein. Ich bin immer noch zu wütend.

»In der Nacht ihres Todes habe ich sie mitten im Sturm hinausschleichen sehen«, fährt Lucia fort. »Sie war in den Tagen davor unerträglich gewesen, und ich wusste, dass sie etwas im Schilde führt. Also bin ich ihr gefolgt. Sie schwang einen von Sebastians alten Poloschlägern, als sie auf das

Labyrinth zuging. Irgendwann habe ich ein Geräusch gemacht, und sie hat sich umgedreht und mich erwischt.«

»Und?«, flüstere ich.

»Sie hat angefangen, mich zu verspotten, mir zu sagen, dass es zwecklos sei, ihr zu folgen. Dass ich mein Leben niemals wiederbekommen würde. Und dann …« Lucia strömten die Tränen über die Wangen. »Sie sagte mir, sie habe einen Weg gefunden, dich zu *beseitigen,* genau wie ich es mit meinen Eltern gemacht hätte. Und da bin ich ausgerastet. Es war, als würden all meine Gefühle, all der Schmerz und der Hass, den ich so viele Jahre gegen sie angestaut hatte, an die Oberfläche kommen – und ich verlor die Kontrolle.« Lucia schnappt kurz nach Luft. »Maisie wollte mit dem Poloschläger ins Labyrinth gehen, um etwas an sich zu nehmen, das dir gehört. Ich weiß nicht, was genau sie vorhatte, aber nach allem, was ihr rausgerutscht war, war mir klar, dass sie dich als die größte Bedrohung für ihren Titel sah. Und deshalb … habe ich verhindert, was auch immer sie im Schilde führte. Ich habe ihr den Poloschläger abgenommen, als sie nicht damit rechnete, und ihn ihr auf den Kopf geschlagen.« Lucia senkt den Blick. »Sie war sofort tot. Das habe ich gar nicht gewollt – ich wollte sie nur aufhalten.«

Ich bedecke den Mund mit der Hand.

»Ich hörte jemanden kommen, also habe ich mich versteckt. Es war Theo. Er ist komplett durchgedreht, als er sah, dass sie tot war. Er schrie immer wieder, dass alles seine Schuld sei. Ich habe nie verstanden, was er meinte, und ich war so nervös, dass jemand ihn am Tatort erwischen würde. Aber dann ist Sebastian gekommen und hat ihn weggebracht.«

»Er dachte, Theo hätte es getan ... und Theo musste gedacht haben, *Sebastian* sei es gewesen«, begreife ich plötzlich. »Das ist der Grund, warum er mir immer wieder sagte, es sei alles seine Schuld gewesen, weil er und Lucia – oder vielmehr Maisie – sich hinter Sebastians Rücken getroffen haben. Er hat wahrscheinlich den Poloschläger und die Leiche gesehen und gedacht, dass Sebastian sie in einem Anfall von Eifersucht getötet hat.«

Ich verspüre eine Welle der Erleichterung, dass keiner der Brüder schuldig ist – und es berührt mich, wie weit sie am Ende zu gehen bereit waren, um einander zu schützen.

»Du musst gestehen und Sebastians Namen reinwaschen«, sage ich drängend. »Er ist in dieser ganzen Sache vollkommen unschuldig. Und wenn du ernst gemeint hast, was du über deine Schuldgefühle wegen des Feuers gesagt hast, dann ist das der richtige Anfang für eine Wiedergutmachung. Du bist die Einzige, die ihm helfen kann.«

Lucia blickt zu Boden und nickt.

»Ich weiß. Ich habe immer gewusst, dass es nur eine Frage der Zeit war.«

Ich stoße die Luft aus, die ich angehalten habe.

»Du wirst das Richtige tun.«

Für einige Augenblicke sitzen wir schweigend da, dann drängt sich eine weitere meiner endlosen Fragen in den Vordergrund.

»Wie hast du die Wahrheit über Maisies Tod vor Mrs Mulgrave verborgen? Sie wäre wahrscheinlich wahnsinnig geworden, wenn sie von Anfang an gewusst hätte, dass es kein Unfall war.«

»Die Art, wie sie gefallen ist, mit dem Kopf gegen die Säule, sah nach einem Unfall aus. Also haben das über ein

Jahr lang alle geglaubt, auch Mrs Mulgrave – obwohl sie diejenige ist, die Sebastian in dieser Nacht in Rockford gesehen hat. Aber sie war davon überzeugt, dass Sebastian wahnsinnig in Lucia verliebt war, und dass niemand jemals ihrer *perfekten* kleinen Tochter etwas zuleide tun würde. Erst als sie gesehen hat, wie Sebastian sich dir gegenüber verhalten hat, begann sie, anders darüber zu denken.«

»Mrs Mulgrave war die Zeugin«, begreife ich rot vor Wut. »*Sie* hat Sebastian bei der Polizei angezeigt.«

Lucia nickt.

»Ich glaube, sie ist auch diejenige, die den Poloschläger gefunden hat. Ich habe beobachtet, wie Sebastian und Theo ihn in jener Nacht in den See geworfen haben. Aber er muss an Land gespült worden sein – und wer auch immer ihn gefunden hat, hat ihn eindeutig Sebastian in Stanhope Abbey untergeschoben. Es ist wohl klar, wer das gewesen ist. Mrs Mulgrave.«

»Hat sie auch neulich Nacht das Feuer in meinem Zimmer gelegt?«

Lucia tritt unbehaglich von einem Fuß auf den anderen.

»Ich habe sie danach mit einer Streichholzschachtel gesehen. Ich wusste nicht, was sie vorhatte, bis ich am nächsten Tag von dem Feuer gehört habe. Es tut mir leid …«

»Aber als du Maisie warst, wie konntest du da so tun, als seist du Lucias größter Fan? Du hast sie offensichtlich gehasst, und zwar aus gutem Grund.«

Lucia lächelt traurig.

»Ich habe über sie gesprochen, als sei ich wieder Lucia – als sei ich diejenige, die in Oxford studierte und mit Sebastian Stanhope ausging und alles tat, wovon ich träumte, was aber stattdessen sie tun durfte.«

Ich sehe meine Cousine an. Als wir klein waren, wusste ich immer, dass sie kompliziert war, aber ich hätte mir nie vorstellen können, wie kompliziert sie wirklich war. Ich habe sie für glamourös und dramatisch gehalten, obwohl sie in Wirklichkeit mit ihrem angegriffenen Verstand kämpfte, einer Krankheit, die sie bis an diesen Punkt gebracht hat. Und dann, nach dem Feuer, als ich annahm, sie hätte mich vergessen, wurde sie die ganze Zeit über von den Mulgraves als Geisel gehalten.

Ich nehme Lucias Hand. Ich werde vielleicht nie in der Lage sein, alles zu verzeihen, was sie getan hat … aber in diesem Moment beschließe ich, *ihr* zu verzeihen.

Es klopft an der Tür, und Lucia wendet sich hastig ab, um sich die Tränen abzuwischen, während ich öffne. Carole steht mit besorgtem Gesicht vor mir. Im ersten Moment ist es ein Schock, sie zu sehen. Ich war so vertieft in meine Entdeckungen, dass ich beinahe vergessen hätte, dass sie und Keith hier sind.

»Hi. Wie gefällt euch euer Zimmer?« Ich grinse, aber sie lächelt nicht zurück.

»Süße, hast du Zoey gesehen?«

Etwas an ihrem Ton lässt mich stutzen.

»Nein. Ich bin von meinem – meinem Spaziergang zurückgekommen und sie war nicht hier. Ich dachte, sie wäre vielleicht bei euch.«

Carole ringt die Hände.

»Eins der Dienstmädchen hat sie vor einer Weile mit der Haushälterin, Mrs Mulgrave, weggehen sehen. Ich bin mir sicher, dass sie Zoey nur herumgeführt hat, aber sie hätte schon längst zum Abendessen zurück sein sollen.«

Eine kalte Welle der Angst schlägt über mir zusammen.

Aber ich darf mir Carole gegenüber nichts anmerken lassen.

»Mrs Mulgrave hat Zoey wahrscheinlich – wahrscheinlich nur den Garten gezeigt. Ich werde sie suchen gehen.« Ich zwinge mich zu einem Lächeln. »Mach dir keine Sorgen.«

Ich werde hysterisch vor Sorge, als Lucia und ich nach draußen rennen; ich verfluche mich dafür, dass ich Zoey allein gelassen habe. Was habe ich mir nur dabei *gedacht?*

Die Abenddämmerung lässt das Gelände von Rockford noch gewaltiger und undurchdringlicher wirken und ich fluche laut vor Frustration und Angst. Woher soll ich wissen, ob sie am See oder im Park ist, in einem der Gärten oder auf dem Reitweg?

Der Wasserstein. In meiner ganzen Panik hätte ich fast vergessen, dass ich meinen größten Verbündeten am Ringfinger trage. Ich hole scharf Luft, bücke mich und berühre die Erde unter meinen Füßen mit dem Diamanteiszapfen.

»Wo ist Zoey?«, flüstere ich dem Land zu, das mich umgibt.

Ich spüre, wie der Boden unter mir heiß wird, und Lucia kreischt, als vor uns ein Weg aufleuchtet. Genau wie im Labyrinth.

»Also ist es wahr?«, ruft Lucia. »Du bist wirklich eine Elementarierin?«

Ich ignoriere Lucias Fragen, fasse sie am Arm und renne los, wobei ich dem beleuchteten Pfad folge, der in die Gärten führt. Lucia und ich laufen nebeneinander her, und für eine Weile hören wir nur unser Keuchen und unsere Schritte, die auf die Erde und den Kies trommeln, bis der Weg am Schattengarten endet. Wir blicken uns an und meine eigene Unsicherheit spiegelt sich in Lucias Augen.

»Ich – ich kann da nicht reingehen«, stammelt sie.

»Wir müssen.«

Ich ziehe sie mit mir und plötzlich rieche ich … Rauch. Lucia schaut mich entsetzt an.

Bitte, bete ich stumm. *Gib mir die Gelegenheit, es diesmal in Ordnung zu bringen. Ich darf sie nicht verlieren.*

Das Tor ist angelehnt. Lucia und ich treten hindurch – und ich höre uns beide schreien.

Der Schattengarten, jetzt eine Wildnis aus rankendem, wucherndem Unkraut, beginnt wieder zu brennen. Ein Benzinkanister liegt achtlos auf dem Boden, während eine wachsende Flamme an den heruntergefallen Blättern züngelt und auf zwei Gestalten zukriecht, die sich am anderen Ende des Gartens aneinanderdrängen.

»Wir können zusammen gehen«, höre ich Mrs Mulgrave zu Zoey sagen, die ein Kleid trägt, das mir bekannt vorkommt – es ist das Kleid von Lucias Porträt im Paradezimmer. »Es wird so einfach sein. Wir lassen sie alle hinter uns und werden wieder mit unserem geliebten Charles zusammen sein.«

Zoey schreit, als die Flamme sich in zwei Teile spaltet, und ich stürze vor. Ich halte die Hände über die Flammen und versuche, mich zu konzentrieren, mit meinen Händen Wasser zu erzeugen, obwohl ich zu stark weine und schwitze, um zu denken … Wasser schießt mir aus den Fingern. Aus dem Augenwinkel sehe ich Zoey vor Schreck zittern, während sie mich beobachtet. Das Brennen in meinen Lungen lässt nach, als das Feuer ausgeht – aber ich bin noch nicht fertig.

Mrs Mulgrave stürzt sich auf mich, aber bevor sie mich erwischt, ziehe ich zwei knorrige Ranken aus dem Boden und ziele damit in ihre Richtung. Die erste Ranke fesselt ihr die Arme auf dem Rücken; die zweite bindet ihre Füße zusammen, bis sie sich nicht mehr rühren kann. Ich habe Zoey aus ihren Fängen befreit. Sie kommt schluchzend in meine Arme, während Mrs Mulgrave und Lucia mich beide erstaunt anstarren.

»Was *sind* Sie?«, zischt Mrs Mulgrave.

Ich ignoriere ihre Frage und stelle meine eigene.

»Was hatten Sie mit meiner Schwester vor?«

»Das ist nicht … sie ist … das ist *Lucia*. Das sind ihre Kleider, ihre Kette …« Mrs Mulgrave blinzelt, und ihr Gesicht verzerrt sich vor Entsetzen, als erwache sie aus einem Traum und sehe Zoey zum ersten Mal.

»Nachdem du weg warst, bin ich auf Entdeckungstour gegangen«, berichtet Zoey unter Tränen. »Und ich habe diesen Raum mit einem Schrank voll traumhafter Kleider gefunden – ich hatte keine Ahnung …«

»Ist schon gut, Zoey«, versuche ich, sie zu beruhigen. »Alles wird gut.«

Ich drücke ihre Hand ein wenig fester, hole tief Luft und drehe mich wieder zu Mrs Mulgrave um.

»Ich kenne die Wahrheit. Sie haben die ganze Zeit über nicht um meine Cousine getrauert. Es ist ihre eigene Tochter, Maisie, die gestorben ist. Sie haben die Rollen getauscht. Und Sie haben ihnen dabei geholfen.«

Mrs Mulgrave wehrt sich gegen die Ranken, die sie fesseln, und sieht mich schockiert an. Ihr Mund öffnet und schließt sich, aber es kommt kein Ton heraus.

»Es ist vorbei«, ruft Lucia Mrs Mulgrave zu. »Sie weiß Bescheid und bald werden es alle wissen.«

Mrs Mulgrave stößt einen Laut aus, der wie ein Heulen klingt, als sie auf Lucia zuspringen will, aber die Ranken halten sie gefangen. Ich beobachte sie, und alles, was ich sehe, ist eine Frau, deren Trauer sie um den Verstand gebracht hat, deren verzerrte Realität sie schließlich eingeholt hat. Es ist ein grauenvoller Anblick.

»Ich werde Zoey von hier wegbringen«, sage ich zittrig. »Um Sie kümmere ich mich später.«

Mit diesen Worten führe ich Zoey und Lucia durch das Tor und verlasse den Garten.

»Geht's dir gut?«, frage ich Zoey hektisch, sobald wir saubere Luft atmen.

»Ich denke, ja.« Sie krallt die Hände in mein Shirt. »Du hast mir das Leben gerettet, Imogen. Wie hast du das gemacht, mit dem Wasser und den Ranken? Wann bist du zum X-Man geworden?«

Und sogar in einem solchen Moment schafft es Zoey, mich zum Lachen zu bringen.

»Das erzähle ich dir später. Es ist … es ist eine ziemlich lange Geschichte.«

Wir drei platzen in die Marmorhalle, wo Oscar steht und uns verwirrt ansieht.

»Zoey, da sind Sie ja. Maisie, wir haben nach deiner Mutter gesucht. Wo ist sie?«

»Oscar, rufen Sie die Polizei und schicken Sie die Sicherheitsleute sofort in den Schattengarten«, unterbreche ich ihn.

»Den Schattengarten?«, wiederholte er verständnislos. *»Polizei?«*

»Mrs Mulgrave ist verrückt geworden«, keuche ich. »Sie hat Zoey in den Garten gebracht und versucht, dort Feuer zu legen.«

Oscar stößt einen gequälten Ausruf aus.

»Ich muss mich um Zoey kümmern. Können Sie die Sicherheitsmänner *sofort* in den Schattengarten schicken?«, dränge ich ihn. »Und Lu … Maisie hat der Polizei ebenfalls etwas zu sagen. Sorgen Sie dafür, dass sie bei Ihnen bleibt, bis die Beamten eintreffen.« Obwohl ich sehe, dass Lucia bereit ist, sich die Last der Wahrheit von der Seele zu reden, kann ich das Risiko nicht eingehen, dass sie verschwindet, bevor sie Sebastians Namen reingewaschen hat.

Oscar wird sofort aktiv und drückt den Sicherheitsknopf auf der Gegensprechanlage der Marmorhalle, während er gleichzeitig auf seinem Handy den Notruf wählt. Ich begleite Zoey nach oben in Caroles und Keiths Suite, und wir tun beide unser Bestes, den Vorfall herunterzuspielen und zu verhindern, dass die Marinos einen Herzinfarkt erleiden. Glücklicherweise scheint es ihnen wichtiger zu sein, sich davon zu überzeugen, dass es Zoey gut geht, als Fragen zu stellen, aber ich weiß, dass die Fragen bald folgen werden.

Im Badezimmer helfen Carole und ich Zoey aus ihrem versengten Kleid, und ich stoße einen gewaltigen Seufzer der Erleichterung aus, als ich sehe, dass sie dem Feuer unversehrt entkommen ist. Sobald ich mich davon überzeugt habe, dass sie bei den Marinos sicher und in guten Händen ist, renne ich wieder die Treppe hinunter. Oscar und Lucia stehen immer noch in der Marmorhalle, aber nun sind zwei Polizeibeamte bei ihnen. Lucia schwitzt heftig, während Oscars Adamsapfel nervös auf und ab hüpft.

»Mrs Mulgrave ist nicht da«, platzt Oscar heraus, sobald er mich sieht.

»Was?«, rufe ich.

Der kleinere der beiden Polizisten tritt vor.

»Wir haben nur Überreste des Feuers und einen Benzinkanister gefunden, Hoheit.«

»Sie ist entkommen«, murmele ich. »Ich fasse es nicht.« Haben sich die Ranken gelöst, sobald ich den Garten verlassen habe?

Oscar wendet sich an Lucia.

»Maisie, ich weiß, dass du in einer schwierigen Lage bist. Aber kannst du uns bitte irgendetwas darüber sagen, was heute Abend geschehen ist?«

Lucia schaut erst mich an und dann die beiden Polizeibeamten. Ich werfe ihr einen flehenden Blick zu. *Tu es, Lucia. Sag die Wahrheit. Sei tapfer.*

Sie holt zittrig Luft und tritt vor.

»Ja. Ich habe tatsächlich etwas zu sagen.«

Epilog

Zwei Wochen später

Ich lehne mich an Sebastian und genieße das Gefühl seiner Arme um meine, während wir zu neunt um den Kamin im Paradezimmer sitzen. Der Raum ist freundlicher, seit das Porträt der falschen Lucia abgenommen und durch ein Ölgemälde von Lady Beatrice ersetzt wurde, das ich mit Sebastians Hilfe vom Dachboden geholt habe.

Wir verstecken uns, seit der Medienrummel um die Geschichte der echten Lucia losbrach – sind außerstande, das Geländes von Rockford auch nur um einen Fußbreit zu verlassen, ohne von Paparazzi gejagt oder mit Fragen von Klatschreportern bombardiert zu werden: *»Wie haben Sie herausgefunden, dass Lucia noch lebt? Wie konnten sie und die Mulgraves die Scharade so lange aufrechterhalten? Wie hat Sebastian Stanhope auf die Nachricht reagiert, dass er mit dem falschen Mädchen ausgegangen ist? Wie FÜHLEN Sie sich bei all diesen schockierenden Enthüllungen?«*

Meine Antwort auf diese Frage würde wahrscheinlich

alle überraschen, aber die Wahrheit ist, dass ich ein seltsames Gefühl der Erleichterung verspüre. Zum ersten Mal seit sieben Jahren überschatten mein Leben keine offenen Fragen; endlich kenne ich die Wahrheit. Und jetzt, da wir die Lüge aufgedeckt haben, die diese letzten sieben Jahre durchdrungen hat, können wir von vorn beginnen. Selbst Lucia hat die Chance auf einen Neuanfang. Nachdem ein DNA-Test bewiesen hat, dass sie diejenige ist, die sie zu sein behauptet, und dass es sich bei dem toten Mädchen auf dem Friedhof von Rockford um die erpresserische Tochter der Haushälterin handelt, hat die Polizei ihren Kurs geändert. Der Mord an Maisie Mulgrave wurde als Notwehr eingestuft und Lucia nur wegen Vertuschung einer Straftat angeklagt. Sie ist zu zehn Jahren auf Bewährung verurteilt worden, und sitzt gegenwärtig die erste Woche eines einjährigen, vom Gericht verfügten Aufenthalts in einer psychiatrischen Rehabilitationsklinik ab. Ich glaube fest daran, dass sie als eine gesündere Version ihrer selbst zurückkommen wird; dass dies noch lange nicht das Ende ihrer Geschichte ist.

Der andere Grund, warum ich lächele, obwohl die Schmutzwäsche meiner Familie auf dem Titelblatt jeder Zeitschrift in Großbritannien ausgebreitet wird? Es sind die Menschen, die mich jetzt umgeben, die mir am nächsten stehen und die ich am meisten liebe, alle an einem Ort, während wir gemeinsam in Rockford Manor den Mediensturm aussitzen. Das altehrwürdige Herrenhaus habe ich übrigens noch nie so gemütlich gefunden. Da ich nicht weiß, wann ich das Haus wieder ohne Schwierigkeiten verlassen kann, hatte ich eine zusätzliche Ausrede, um Lauren ein Flugticket für einen Besuch zu schicken. Jetzt ist sie hier bei mir, genau wie die Marinos und die Stanhopes, und es kommt mir fast wie Urlaub vor, nicht als würden wir uns verstecken.

Lauren sucht meinen Blick und wackelt vielsagend mit den Augenbrauen, während sie in Sebastians Richtung nickt. Ich kichere in seine Armbeuge. Es war definitiv ein Schock für alle, als sie herausfanden, dass ich einen Freund habe, und der Schock war umso größer, als sie erfuhren, dass er a) der ursprüngliche Verdächtige im Lucia-Rockford-Fall war und b) attraktiver ist, als die Polizei erlaubt. Aber Lauren und die Marinos haben nicht lange gebraucht, um zu erkennen, wer Sebastian wirklich ist: der Gute.

Ich bin nicht die Einzige, der schwindlig vor Erleichterung ist. Lord und Lady Stanhope können nicht aufhören, mir wieder und wieder zu danken, dass ich die Wahrheit ans Licht gebracht und Sebastians Unschuld bewiesen habe. Sebastian dagegen lächelt die ganze Zeit über seinen Bruder an – ein Lächeln, das mein Herz berührt, denn ich weiß, wie viel es ihm bedeutet, dass Theo ebenfalls unschuldig ist. Selbst Carole und Keith – denen Zoey glücklicherweise die Details meiner »X-Men-Tendenzen« verschwiegen hat, um ihnen stattdessen zu erzählen, dass meine »krassen Jiu-Jitsu-Fähigkeiten« sie vor Mrs Mulgrave gerettet haben – scheinen angenehm überrascht zu sein, wie ich mich an mein neues Leben auf Rockford Manor gewöhnt habe und wie gut es zu mir passt.

Und es ist wahr. Trotz allem, was hier geschehen ist, gehöre ich hierher. Ich würde keine Sekunde zögern, den Titel, das Vermögen oder die traurige Berühmtheit wegzuwerfen – nachdem ich gesehen habe, was der Reiz der High Society mit den Mulgraves gemacht hat, kann ich *darauf* gut verzichten. Ich bin mir nicht sicher, ob ich es je gewollt habe. Aber es ist das Land, zu dem ich gehöre, die Erde, die lange vor der Erbauung des Herrenhauses hier war. Ich spüre jedes Mal meine Verbindung mit ihr, wenn ich in die Gärten gehe und sie unter meiner Berührung gedeihen sehe; ich höre es im Wind, wenn er meinen Namen wispert. Rockford ist mein Zuhause.

Das einzige Problem ist jetzt, dass wir Mrs Mulgrave noch immer nicht gefunden haben. Ich kann nicht dagegen an, mir Sorgen zu machen, dass sie eines Tages unangemeldet auftauchen wird und auf Rache sinnt. Aber wenn sie kommt, werde ich bereit sein. Sebastian und ich lernen immer mehr über meine Gaben als Elementarierin und eines steht fest: Ich sehe mich nicht mehr als Freak oder diese Gabe als Fluch.

Es ist genauso, wie Dad einst geschrieben hat, denke ich, als mich Sebastian enger an sich zieht. *Es gibt einen großen Unterschied zwischen Wahrnehmung und Irrglauben.*

Anmerkung der Autorin

Lilienfeuer wurde aus meiner Liebe zu den Schauerromanen Daphne du Mauriers und den Psychothrillern von Alfred Hitchcock geboren. Von ihren gemeinsamen Projekten hat mich *Rebecca* am nachhaltigsten beeinflusst, sowohl du Mauriers Roman als auch Hitchcocks Verfilmung. Ich weiß noch, dass ich *Rebecca* mit dreizehn gelesen habe (vielleicht ein bisschen zu jung!) und davon völlig fasziniert war – von der Welt eines britischen Herrenhaus und der düsteren, sich langsam entwickelnden Handlung. Hitchcocks Filmversion erweckte die Geschichte auf völlig neue Weise zum Leben, und seit meiner ersten Berührung mit *Rebecca* wusste ich, dass ich dem Stoff eines Tages meine Reverenz erweisen wollte.

Unterdessen wurde ich in den vergangenen Jahren wie Millionen andere Fernsehzuschauer auf der ganzen Welt süchtig nach *Downton Abbey*. Wie bei *Rebecca* verliebte ich mich in die Welt der Diener und Herrschaften auf einem britischen Anwesen und war fasziniert vom englischen Adel, den Julian Fellowes sowohl in *Downton Abbey* als auch in seinem Film *Gosford Park* so unwiderstehlich porträtiert. Ich fragte mich, welche Stellung all diese Grafen und Gräfinnen, Herzöge und Herzoginnen heute haben – gibt es die Titel überhaupt noch? –, daher forschte ich ein wenig nach und fand heraus, dass der britische Adel gesund und munter ist. Wenn man in einer Ausgabe der beliebten britischen Zeitschrift *Tatler* blättert, wird man feststellen, dass man den Lords und Ladys die gleiche staunende Bewunderung entgegenbringt, die wir hier in den Vereinigten Staaten unseren Filmstars gewähren. Den *Tatler* zu lesen, ist so, als betrete man eine neue Welt. Unterhaltsame Titelstorys geben Aufschluss darüber, »Wie man sich einen Lord angelt« oder fragen: »Sie wollen also eine Herzogin werden?« und berichten ausführlich über den Lebensstil der Mitglieder des britischen Hochadels, von den Schulen, die sie besuchen und dem Sport, den sie treiben, bis hin zu ihren Landsitzen, Partys, Liebesaffären und Skandalen. Ich wusste, dass ich dieses Thema erforschen musste: die moderne Welt junger britischer Adliger. Zusammen mit meiner Idee eines Spannungsromans im Stil von *Rebecca* führte dies zu *Lilienfeuer*.

Während ich mich für meine Vorgängerromane *Timeless* und *Schatten der Vergangenheit* mit der Familie Vanderbilt beschäftigt habe, war ich fasziniert von Consuelo Vanderbilts Erfahrung, als New Yorker Erbin die Herzogin von Marlborough auf Blenheim Palace in Oxfordshire zu werden. Als ich also daranging, *Lilienfeuer* zu schreiben und das fiktive Rockford Manor zu erschaffen, wusste ich, dass ich dafür Blenheim Palace zum Vorbild nehmen wollte. Ich fuhr mit meiner Mom als Reisebegleitung und Fotografin nach England und erkundete mit ihr Blenheim und das Gelände (auf dem es einen Irrgarten gibt!) und auch die Landschaft von Oxfordshire. Falls ihr, liebe Leser, eine Reise nach England plant, empfehle ich euch unbedingt, einen Tagesausflug nach Oxfordshire zu unternehmen und Blenheim Palace zu besuchen, ein Herrenhaus, das aus einem Märchen zu stammen scheint. Außerdem werdet ihr das Vorbild für Rockford Manor sehen! ≠ Falls euch England zu weit ist, empfehle ich das Buch *Blenheim and the Churchill Family* von Henrietta Spencer-Churchill, der Tochter des elften Herzogs von Marlborough. Das Buch enthält eine Fülle von persönlichen Anekdoten über die Kindheit und das Leben in dem Palast und viele schöne Fotos.

Ich hoffe, dass ihr beim Lesen von *Lilienfeuer* genauso viel Spaß hattet wie ich beim Schreiben! Dieses Buch war wirklich ein Liebesdienst, eine Möglichkeit, meine Leidenschaften und Interessen in einem Projekt zu vereinen, und ich bin dankbar für die Möglichkeit, es mit euch allen zu teilen.

Danksagung

Es war eine Freude, dieses Buch zu schreiben und zu veröffentlichen, und ich muss so vielen Menschen danken, vor allem den beiden tollen Frauen, die meine Karriere gefördert haben: Krista Vitola und Beverly Horowitz. Ich kneife mich immer noch vor lauter Aufregung, dass ich mit euch beiden arbeiten darf, und ich bin mehr als dankbar für euren ungebrochenen Glauben an mich und meine Arbeit. Beverly, ich danke dir dafür, dass du mich unter deine Fittiche genommen hast und mir den Weg durch diese Branche weist. Es ist wirklich eine Ehre, eine deiner Autorinnen zu sein. Krista, danke, dass du meine Vision für dieses Buch teilst, und für deine unschätzbaren Anmerkungen und dein Feedback. Ich könnte mir keine bessere Lektorin wünschen!

Mein Dank geht an Alison Impey, Designerin der Extraklasse, für den besten Umschlag, den ich je hatte. Du hast *Lilienfeuer* so perfekt eingefangen – ich kann von diesem schönen Bild gar nicht genug bekommen!

Vielen Dank an das hervorragende Lektorenduo Veronica Ambrose und Colleen Fellingham. Ihr habt mir mit eurer unglaublichen Liebe zum Detail geholfen, mein Buch zu verbessern. Jocelyn Lange, ich danke dir für deine Begeisterung und deine Erfahrung im Auslandsvertrieb!

Ich danke meinem fantastischen Team bei der Gersh Agency: Greg Pedicin, Joe Veltre, Lynn Fimberg und Jessica Amato. Es ist toll, mit euch zu arbeiten, und bin dankbar für eure großartige Unterstützung bei meinen Projekten. Und vielen Dank an Chad und Todd Christopher (meine Lieblingszwillinge!), dass ihr mich bei der Agentur untergebracht habt.

Familie ist eins der wichtigsten Themen in *Lilienfeuer* – was viel mit meiner großen Liebe zu meiner eigenen Familie zu tun hat, angefangen mit meinem Helden, meinem Vater Shon Saleh, den ich vergöttere! Danke, dass du mir Flügel verliehen und mir den Mut gegeben hast, sie zu benutzen. Dein unerschütterlicher Glaube an mich seit meiner Kindheit ist der Grund, dass ich diesen Traum lebe, und ich könnte nicht dankbarer sein. Und danke, dass du so viele Entwürfe gelesen hast und *Lilienfeuer* mit deinen wertvollen Anmerkungen verbessert hast.

Meinen Dank und meine Liebe möchte ich auch meiner Mutter und meinem Leitbild, Zaza Saleh, ausdrücken, die mich für dieses Buch auf eine unvergessliche Mutter-Tochter-Forschungsreise nach England begleitet hat.

Arian, du machst so viel von dem aus, was ich bin, und ich habe ein solches Glück, dich als Bruder zu haben. Danke, dass du mir geholfen hast zu wachsen und für dein superhilfreiches Feedback beim Schreiben meiner Bücher. Sainaz, meine Schwägerin, du hast schon so lange zur Familie gehört und ich bin so froh, dass es jetzt offiziell ist!

Ich danke meinen Großeltern und allen Angehörigen der

Familien Saleh und Madjidi nah und fern für ihre Liebe und Unterstützung!

Chad Christopher, ich danke dir dafür, ein großartiger Anwalt und Freund zu sein. Du bist der Beste.

Mein Dank geht ferner an Heather Holley und Rob Hoffman, die durch die vielen Songs, die wir gemeinsam aufgenommen haben, meine Karriere als Musikerin gefördert haben.

Dorothy Robertiello, danke für deine Liebe und Freundlichkeit!

Brooke Kaufman, danke für die ersten zehn Jahre (!) deiner Freundschaft und alle die noch kommen werden, für die Unterstützung und deinen Glaubens an mich. Meinen Mentoren Maury Yeston und Kirsten (Kiwi!) Smith danke ich dafür, dass sie mir so viel über das Schreiben und die Branche beigebracht habt.

Mia Antonelli, danke für deine wunderbare Freundschaft und für deine Begeisterung und die Unterstützung meiner Träume.

Vielen Dank an Chessa L. Donaldson, die zwei Entwürfe des *Lilienfeuer*-Exposés gelesen und kritisch beurteilt hat und dann an dem Wochenende mit mir gefeiert hat, an dem es verkauft wurde! Mit einem Forsyte-Saga-Marathon.

Mein Dank geht an meine tollen Freunde, die mich alle so wunderbar unterstützt haben: Kirsten Guenther, Christina Harmon, Camilla Moshayedi, Roxane Cohanim, Marise Freitas, Ross Donaldson, die Familie Robertiello, die Familie Bratman, Dan und Heather Kiger, Dani Cordaro, Ami McCartt, Adriana Ameri und Jon und Emily Sandler. Ich liebe euch, Leute!

Und an den besonderen Jemand, den ich bis zum Schluss

aufgehoben habe, Chris Robertiello: Bei jeder Liebesgeschichte, die ich schreibe, ist mir unsere immer noch die liebste. Mein Leben mit dir und unseren Hunden (Hallo Honey und Daisy!) ist ein Traum. Ich liebe dich so sehr.

Sarah Zettel

Ein Kleid aus Staub

320 Seiten, ISBN 978-3-570-40233-7

Kansas 1935: Inmitten des schlimmsten Staubsturms aller Zeiten verschwindet die Mutter der 13-jährigen Callie spurlos. Plötzlich taucht wie aus dem Nichts ein Fremder auf – und schickt Callie auf eine mysteriöse Reise, um das Geheimnis ihrer Herkunft zu lüften. Wer ist ihr Vater? Warum wartet ihre Mutter schon seit Callies Geburt auf seine Rückkehr? Und: Wo ist ihre Mom? Gemeinsam mit dem Jungen Jack macht Callie sich auf den Weg. Der Beginn eines fantastischen Abenteuers – denn Callie entdeckt nicht nur die Wahrheit über ihre Familie, sondern auch ihre Gefühle für Jack ...

40184

Sarah Zettel

Ein Kleid aus Gold

352 Seiten, ISBN 978-3-570-40264-1

Kalifornien 1935: Callie hat es geschafft – vor ihr liegt Hollywood mit all seinem Glamour. Und dort findet sich auch der Schlüssel zum Geheimnis ihrer Eltern! Dank Jack bekommen sie beide einen Job bei MGM und tauchen staunend ein in die faszinierende, schillernde Welt des Films. Während Callie trotz des Glitters ihr Ziel nicht aus den Augen verliert, ist Jack sofort hin und weg von Ivy Bright, dem bezaubernden Filmstar. Das gefällt Callie ganz und gar nicht, denn können sie Ivy wirklich trauen? Schließlich sind die Feinde ihrer verschollenen Eltern mächtig und sie begibt sich mitten unter sie. Und gerade als Callie meint, sie gefunden zu haben, gerät sie in einen Kampf auf Leben und Tod …

40239

cbj

www.cbj-verlag.de